i

imaginist

想象另一种可能

理想
国
imaginist

狼

朱西甯

北京日报出版社

图书在版编目(CIP)数据

狼 / 朱西甯著 . -- 北京：北京日报出版社，2021.5
ISBN 978-7-5477-3958-7

Ⅰ.①狼… Ⅱ.①朱… Ⅲ.①短篇小说－小说集－中
国－当代 Ⅳ.① I247.7

中国版本图书馆 CIP 数据核字 (2021) 第 071482 号

责任编辑：许庆元
特约编辑：黄盼盼　黄平丽
装帧设计：周安迪
内文制作：李丹华

出版发行：北京日报出版社
地　　址：北京市东城区东单三条 8-16 号东方广场东配楼四层
邮　　编：100005
电　　话：发行部：（010）65255876
　　　　　总编室：（010）65252135
印　　刷：山东新华印务有限公司
经　　销：各地新华书店
版　　次：2021 年 5 月第 1 版
　　　　　2021 年 5 月第 1 次印刷
开　　本：850 毫米 × 1168 毫米　1/32
印　　张：9.625
字　　数：176 千字
定　　价：68.00 元

作者像，一九六六年于文学座谈会留影

目 录

偶

　　裁缝铺子的老老板——这是说，他的儿子已经做老板——打着呵欠准备打烊的时候，已经一瘸一拐地上妥两块门板，又来了顾客，而且是老顾客。

　　老老板皱皱眉。

　　这一对夫妇不管哪一天光顾，总是伉俪联袂而来。不过先生可没有在这里定做过一件衣服。

　　老顾客的老程度，可以使老老板也好，少老板也好，一口就能说出她腰身几尺几寸，肩宽几寸几分，等等。

　　"不行，这次要重新量过，"女的掐着细腰嚷嚷，"瘦多啦，老板！"

　　"好好好，重量重量。"

　　老老板还没有戴老花镜的年岁，可是做裁缝是一种伤眼睛的行业，他戴上镜子，在还没有去拿皮尺之前，他知道，先生需要一份报纸，不一定限于当天的。

老老板是个健壮的瘸子，瘸的方式是一俯一仰显得很匆忙的大动作。所以屋里只他一个人走动——当他在找寻报纸、笔头、尺寸本子等等的时候，屋里就像不止一个人在走动，三盏低低的电灯，还有穿衣镜里的反光，四壁上就显得人影幢幢了。

毡案上一共是三件衣料。瘸子拿着皮尺走近来，在他正当一仰之后、应该一俯的时候，便正好俯到一堆衣料上面，有一种机械的趣味。

最上面是件黑底橘黄大菊花的织锦料子，老老板试了试，从老花镜上面翻着眼睛，微微在颧骨上表示一丝笑意："做夹旗袍？"他发现下面是件鸭蛋绿的里子绸料。

"你们去年做的那件夹旗袍呀，气死我了，总共没穿过两次；腰身太靠下啦，屁股像打掉一样，坠着。"

"去年那样子时兴，太太！"

老老板两手理着皮尺，想就动手量。他已经憋住一个呵欠没有打了，腭骨酸酸的。这位太太就是那样，量一件衣服不让她磨上半个钟头，便认为人家一开始就想在她身上偷工减料。

老裁缝理着皮尺在等。夫妇俩赶着这时候才商量该做什么式样。其实说是商量，倒不如说是这一个决定了，让那一个——追认而已。太太比画着小腿肚：

"你看，底摆到这里呢？"

"嗯，很合适。"

"我看，再加那么半寸，你说呢？"

"也好。天凉，长点儿倒暖和。"

先生不单完全追认，还找出充分的补充理由。要是太太万一又撤回原意，认为还是不要再加长半寸，先生仍会对答如流的："短点倒好，行动便利点儿。"先生是无好无不好，只看那一身料子也不算太退版的中山装，穿得那么窝囊，就说有一副好脾气——两只裤筒好像才趟过水，卷上去又放下来的，从上到下尽是横褶皱。

瘸子脚骨几乎都站酸了，才得开始量。

"老板，是不是瘦多了？"这女人的腔调往往失去控制似的，尖锐得使人不安，好像老裁缝量她的腰身，发生什么非礼举动了。

"也没瘦多少，半寸出入罢！"

"瘦多了！鞋不差分，衣不差寸，差半寸还不够瘦的！"

瘦瘦瘦！瘦落一把骨头架子啦！称心了吧！老老板心里头没好气儿地直想顶撞。光穿衣服不吃饭，哪有不瘦的道理！

说真的，老头子跟自己咕唧：这先生如果不靠借债给太太添行头，就只有瘪着肚子挨饿了。

先生是黄皮刮瘦型的奇窄奇长的脸，净是皱纹，看上去那张脸就同脚后跟很相近。老裁缝因为不满地偷看了那先生一眼，手底下便失去一点儿轻重，触到太太胸上。软软的，但比观念里的似乎硬一点点。再看那太太坦然望着天花板，毫无所动。老老板想，那是塑胶海绵的，没错。他自己铺子里也做那种带口袋的亵衣。

要说是观念，确定只是观念了。老裁缝是没回忆的，太长了，三十四年老鳏夫，谁能有那份好记性呢？三十四年，自己是正经人，没拈过花、惹过草。所以纵是碰上塑胶海绵，也似乎有些沉不住气了。

门前，最后一班公共汽车在狭隘的单行道里挤过去，橱窗玻璃给震得直打战。老老板似乎觉得这动静也许还不够，这太太如果为了衣着可以废寝忘食，那末班公共汽车的班次更可不在乎了。他决定提醒一下，望着那座玻璃罩上满是苍蝇屎的挂钟："十一点了。晚上，真过得快！"接着又怕话说得太露骨，得罪老主顾，连忙赶着打开尺寸簿子，取下架在耳朵上的铅笔头，十分用心地记尺寸。

"嗳！厦门街有幢房子廉让！"先生大概在读报纸上的分类广告。"二房一厅，美、洁、水电齐全、交便，校菜近，二万七。"

"那一带有什么好房子？瞎吹瞎吹的！"太太双手支着脸，伏在案角上看老裁缝匠记尺寸，许是老裁缝笔下太熟练了，反惹人疑心。"靠得住吗，老板——你记得这些尺寸？"

老裁缝不作声。能闻见这女人才烫的头发上说不出的冲鼻子的药味。那男人一定顶熟悉这个味道。他跟自己说，笔底下不由得打了个顿儿。

"重量下罢！"太太不放心，提醒他。头发上的药味之外，又喷过来一阵口红的香气和胃火造成的口臭。但老板不理会，铅笔尖迟疑地绕绕圈子，还是落笔了。

这太太是不爱用脑筋的，所以不懂得脑袋瓜子里头怎么一下子装进那许多数目字。平常多半都是少老板给她量尺寸，比较能使她放心，量一下，记一下，在量与记之间，嘴里还唧唧咕咕念叨个不停。

"来，重新量过，老老板！"太太拿过那本小簿子，"我们来对一对别搅错了。"

"错不了呀，太太！"

瘸子赔笑着，往后退，他那样一俯一仰地退着，好像是十分开心，笑成那样子。

"错不就晚啦！来，你量，我来对。"女的张着手，小簿子擎在头顶，等着人去抱她一家伙的架势。

老裁缝不能不应付一下，可是心里头一直说脏话，噜噜苏苏说出一大堆。那些脏话是不会影响他那张笑眯眯的老脸的。

"嘻！这架电冰箱倒是便宜极了！"做丈夫的大概购买欲很强，指头点着报纸，脚后跟似的瘦长脸上面透出一片难得的红润。也许因为许多欲望经常都被压抑着，所以对那些小广告就特别有兴趣："一定是回国的老美急着脱手……"

"哪儿有那么便宜货等你捡？衣裳都穿不周全了！"

听听，都成衣服架子了，她还……老老板跟自己咧咧嘴；那是心理上的动作，别人休想看得出来。

钟鸣两响，其实是十二点。

老裁缝存心是应付，那一套尺寸，他记得清楚得很，老奸巨猾地比画了一阵，报报尺码，反正打马虎眼，那样，太太就可以放心睡顿觉了。

夫妇俩又开始商讨下一件衣裳的式样，老裁缝叹口气坐下来，他把皮尺挂到脖子上，那里有颗暗紫的大痣，他就摸弄那上面的几根黑毛，神态岸然，仿佛忙上这一阵子，现在才得空儿办理这桩重要的事。

然而这位太太忽又那样没有控制地尖叫起来："我看那个式样倒别致！这半天我都没注意到呢！真该死！"女人指的是橱窗里那木质模特儿身上的一套秋季洋装。

"你看式样怎么样？该死，我怎么没注意到呢！"听那自艾自怨着急的口气，仿佛已经错过了一个机会。

做丈夫的丢开报纸，打着呵欠，身子在竹躺椅上挺得直直地伸懒腰。

"你瞧你，过来看看嘛，哪辈子没睡够的！"

先生打着长长的呵欠，话好像从嘴里嚼出来的："好好好，我来看看。"

橱窗里的木质女人长年微笑着。仿佛街上来往行人都使它那样满意，那末上了门板之后，它的微笑又表示甚么呢？是个瘦长身材的女人，梳着道士髻，面孔与汽水广告的美人差不多是同类型的，平平板板，无知无识的，你不能指责它不美，也没办法恭维它美，就是那么一个只负责穿上外衣展览的木头女人！合于小市民的欣赏水准。

老老板遵命把木人从狭小的玻璃窗里抱出来，扒下新装给这位老顾客试穿。可是面对面这样一个被扒得精光的女人形体，老老板有些犯嫌疑地心虚起来，觉得自己真的是把它当作个女人在扒，人家一定要疑心他怎样怎样。他倒想扯过一件衣料给披上去，遮遮丑——那是奇怪事情，因为情况不同而决定的美与丑——但不能那样招惹嫌疑，有甚么办法呢？自己是个正经人。老裁缝一想到自己是个正经人，就不由人地为他这后半辈子抱屈。

"死人，你也帮我一下！"

这使老裁缝从羞恶懊恼中醒过来。太太像是耍狮子似的，钻在套头的洋装里面，嚷着，奋斗着，找不到出头的地方。她先生则无能为力地站在一旁，不知从何下手。

"怎么这么难穿？"女人直埋怨，整整一件衣裳蒙在头上，能看见她的嘴巴在里面动。

"那不成，你里面穿了衣服了！"瘸子歪歪斜斜抢过去，把横在后墙铁丝上的布拉下来，请这太太到后面去更衣。

木头人虽然被剥得精光，依旧微笑着。扒衣裳时，把两只膀臂扯到背后，身子向前挺着，准备跳水的姿势。瘸子搓着手，不安地来回拐着，又止不住老是偷瞟一眼。赤裸的女人形体存在那儿，使得他站也不是，坐也不是。

布帘不时被那后面的女人撑出一些清清楚楚的形状，像肘弯，像手，乃至轮廓异常显明的圆臀。现在也许跟木头女人差不多一样地裸露，脱得很丑了。老老板心想。

那一对海绵可不要掉了，从布帘下面滚出来呀。老裁缝望一眼布帘底缘露出的一只高跟鞋的鞋尖。谁去捡起来呢？果真滚出来的话，他问自己，鄙夷地瞧了那位先生一眼。你这个窝囊废，反正你会抢着去捡。

先生已经不看报了，在照镜子。

窝囊废！瘸子重新一瘸一拐地来回走动，到底忍不住，做出一种纯粹职业性的漠然，把木人拖到墙角落里。而为证明只把它当作一段木头看待，让它不稳定地脸向下，横歪在那里。然后慌促地离开，像是急急离开一处是非之地一样。

"好穿罢？不要着了凉！"

先生对着镜子照牙齿，咧着嘴巴。他妻子还在里头磨蹭，大概无暇理会他在说甚么。

有得穿还怕受凉？命送掉都不含糊……老裁缝心里噜着，一转身的时候，怔住了。木头女人脚底下是个圆盘，自动地转了过来，仰脸朝上，比方才站在那里还要刺眼。老老板像准备挨一棒子似的把眼睛闭上。妖精！裁缝苦恼地咒诅着，又重复地怨恨自己是个正经人。自然，他不肯正告自己，除掉正经人，他还是个残废。他真正怨恨自己的，是这个。残废注定了老裁缝的正经。残废裁缝，残废一点也不妨碍裁缝，残废裁缝，残废裁缝……念着念着，也分不清楚残废裁缝，还是裁缝残废，有点像念拗口令。他经常质询自己：我有家吗？老老板经常都不用正眼看他唯一的儿子，而是不满地睒他的儿子。他吃的是媳妇从家里送来的饭菜，穿的是媳妇洗浆的衣服。但是我有家吗？世界上不只有饭馆子和洗衣店的。这个甩儿子！踏针车的时候，熨压边的时候，以及不管做甚么的时候，就会时不时抬起头来，睒他儿子一眼：这个甩儿子！

试装的女子总算磨够了，站在落地穿衣镜前左右顾盼。女的最遗憾的应当是后脑勺上没有生只眼睛，不时地探问："后面行吗？长短呢？"

"这衣服简直是给你做的，太太。"老老板例行地恭维着。做丈夫的是一头呵欠，一头附和。这是见效的。女的非常满意她能同那具木头人的身架一样，完全合乎标准。她这么一满意，竟使得老裁缝和她先生没敢妄想地提早结束了这件苦差事。

"完全照这件剪裁，领口略小一点。"

"略小一点，行。"老老板职业性的和气之外，还流露了一些真心的快慰。他知道，那领口浅浅的，使这个瘦女人凸起的锁骨露出了一点。

不管老老板怎么乐，还沉得住气，那先生就不然了，如同巴望下课铃响的小学生，忙不迭地拉架子就要走，忘掉他太太还须换衣服，还须在工钱和交活日期上下一番功夫。

自鸣钟打了一下。

"实在没人手，太太，总共一位师傅，又下乡奔丧去了，就我爷儿俩四只手在忙。"瘸裁缝确是真心地打着躬。他打躬时等于以他的瘸腿原地踏脚，一俯一仰的。

"星期二到底不行啊？"

"一定，放心，太太，下星期三，误不了。"

老老板双手搓着屁股慢慢停止他的原地踏脚。

有风的秋夜，街道很早就空落了，店家全部打烊。那女人靠在她先生的身上，缓缓地远去，好像害怕被街风吹倒了。裁缝铺的斜对面，一辆卖蜜饯的推车停在街灯下。那人蹲在车底下修电瓶，车上的灯泡一阵子亮了，一阵子又暗了。满车亮晶晶的蜜饯食品，中间安一支小烟囱，热热闹闹冒着烟，似乎那些橄榄、梅子、枣子、五敛子甚么的，都该是热烘烘的，在这样萧瑟颇有寒意的深夜，那是引诱。

其实都是冰凉冰凉的！老裁缝带着看穿一切的轻蔑，同自己唧咕，开始上最后一块门板。

常是这样，每当这位孤独的老老板把自己闭锁在这间不满七坪大的小店铺以后，就有一种说不出的迷失与困恼，仿佛是中了什么妖术，往往就弄不清身置何方，有一种乒乒乒乓捶打一阵的冲动。而那张原是红润的健康色的脸孔，几乎瞬息间会变成另一种样子，成为扼紧咽喉、涨出发黑发暗的瘀血的红色。

毡案就是老裁缝的床榻，他把上面散乱的东西一件件分移到两架缝纫机上。可他做这些，总好像少心无魂，迟疑着，最简单的举动总是弄得很错乱。他望着墙上一对追逐的壁虎，嘴里嗫嚅着："他们住离这儿不远，该到家了。"他手里提着只熨斗，一时的迷乱，不知该放到甚么地方。"他们这会子在做甚么？"熨斗放到缝纫机上，又神经过敏地试试熨斗热不热。女的一定一下子就躺到床上了。他望一眼仰脸朝上悬空卧在那里的木头人。那个窝囊废！要是警察不禁止光屁股，他可以那样，完全省下来给他女人。

四壁上横三竖四都是他深浅不同的影子，交叠着，有的折过来，贴到天花板上，隐进灯罩投射上去的阴影里头。老裁缝从柜里取出一小捆盖卷，往案子上摊开。那木头女人望着天花板上微笑，仿佛她可以预知就要有的事，才那样奸巧，且又装作一无所知毫不在乎的神情。

老老板伛偻着伏在案子上，抱住脑袋，努力想逃避或者抗拒甚么似的。被捂住的耳朵里响着杂音，像一堆上浆的布料在身边揉搓。

"我不要这样健壮！我该老了！"

老裁缝俯在毡案上的脑袋突地昂起，仿佛要谛听甚么。然后他缓缓地侧过脸去，望着店门，脸色似又从瘀血的暗红变成惨绿，两鬓花白的头发则被一种不知墙上的哪件衣料或新衣反射过来的光影染成了一抹粉蓝。挂钟孤独地在数着永恒的数字，滴答、滴答、滴答……这响声已替他累积长长的五十七年了。他常为自己不能早一些衰老而苦恼。还有甚么，我这个老头子？他谛听自己的呼吸，谛听电表转动的微弱而遥远的低鸣，还有藤椅偶尔迸动的喀喀喳喳的炸响。他们呢？老裁缝自怜地问。那个"他们"是广泛的，似乎不仅是那一对顾客，不仅是他儿子小两口……于是由自怜而断然地宽待了自己，这健康却又残废的瘸子带着醉酒的步态，歪斜着拐过去，在墙角落里，他骑到赤身露体的木头女人上面，然后抱起它，放置到他的床榻上，枕上他的枕头。

卖蜜饯的推车在街道上颠动着，缓缓地随着铃声从门前过去。

老老板把床榻上的人翻转来，熟练地去拧动肩头上的螺丝。他解下一只膀臂，安放在藤椅上。现在这个侧卧的裸女弯着剩下的一只膀臂，微笑得更俏皮了，好像说，一切果然不出所料。一对死板板的眼睛凝视着一个地方，安然地期待一个甚么。

这瘸子粗暴地一盏一盏关熄了电灯。但他必须留下一盏，他知道，一切完全黑暗之后，他只等于怀抱着一段木头。

案板微微地颠抖，他坐在边缘上。"一样的！"老裁缝自语着，然后又忽地记忆起甚么，跳下床，跛行到布帘那里。他从铁丝上面取下那件方才被试穿的洋装。她们都穿过。她们一样的身量，一样的肥瘦……他把这洋装翻转过来，抟作一团，头埋进去。他想嗅见那股新烫发的药味、脂粉味，甚至由胃火生出的口臭。

老裁缝咬湿了那衣裳。

卖蜜饯的铃声远去了，隐约的、战栗的，在可想见的秋风里摇曳着一街零碎的颤抖：

铃郎……铃郎……铃郎……

一九五八·一一·凤山

生活线下

蹬三轮的丁长发清早刚出生意，就拾到一只看不上眼的旧票篓，里面装着一千一百五十块钱。

整整一个上午，他怎么盘算，怎么觉得这个世界凭空多出了这么些钱，拿不稳派上什么用场才合适。车铃会在僻静的街道上，不必要地大吵大嚷响上一阵，那就是他丁长发在下一个快活的决心之时。

中午他把便当吃光，同平时一样饱，直着腰打出一连串的饱嗝儿，却还有些嘴馋，就带着一点儿新鲜和一点儿自甘堕落的懊丧，坐到公用市场的食摊子前，吃一碗煮米粉。他没有动用拾到的那一千一百五十元，不过也并没有决定用他自己腰包里的。

六月的晌午心，太阳把街道晒死了。一片煞白，难得瞧见大街心还有甚么行人车马。柏油路上烙下深深的轮胎印子，里面约略还弥留一些洒水车半个钟头以前留下的水迹。丁长发蜷卧在车篷里，打开火柴盒，捏出小半截儿又扁又皱的香烟，往烟嘴上装，想打一会儿瞌睡。今天是礼拜三，老美休假，一过午就闲不下来了。不能怕人瞧着寒伧，一窝五口都张着嘴等吃等喝，他一支烟得分作三次抽，火柴要费了一些。他咂咂嘴，叹自己不争气；这口瘾，发多大的誓，怎样也丢不掉。咂嘴的工夫，发现牙缝里还牢牢塞着什么，他就使用舌尖和腮肉合作起来，努力清除。

"到庄五那儿去！"他跟自己说。

原先丁长发抽签抽到的地区不在这里，他是跟庄五顶下来的。该那个小子时来运转，单单抽到顾问团这个肥窝，坐在家里不动，一个月净落一千块。他自己呢？风里雨里，蹬得腿痛胳膊酸的，落得的比这个数目也多不了多少。

时运走的！他跟自己认命地点点头。发觉牙缝里塞着的东西怎样也剔不掉，非用指头帮忙不可。他就想，不如到庄五那儿去，从这一千一百五十元当中，先提出一千元作顶金，迟早赖不掉的，早交出去，这个月当中，他就可以不必那么紧抠着算盘珠儿，难得舒舒服服喘口气。实在也是，让他出手就是千把块钱往外花，倒别扭。

还隔着六辆车才轮到他丁长发。他把牙缝里剔下的一小截翠绿的葱叶弹掉，水渍渍的食指就着裤筒抹一下，不光是口腔里，连心里也好像舒服多了。这又叉开腿，欠起身了，两股间把坐垫掀开一点点缝子。里面暗暗的，只看到便当盒的一个角角，那只旧票篓却没瞧见。其实瞧见瞧不见，丁长发一样地放心，他爬到前面的坐垫上，车把往左打着转。要说放心，顶好还是把它作个处置，老是放在座厢里，拖东拖西的，就像穿了一件后襟上破个大洞的裤子，脊梁骨上一点儿遮拦都没有。

"嘿！丁长发，想独个打野食去？"背后同行的喊他。他可是惊了一下，好像对方接着就会揭发他："这小子，拾到一千多块钱，吞了！"

他掉转头去："不称二斤棉花去纺纺（访访），姓丁的也是打野食的那种人！"他把车铃按得非常响亮，表示非常光明正大，绝不打什么歹念头去找零散买卖做。

庄五住在一家棺材店后院的小楼上。丁长发每次送顶金来，或者到这儿来闲逛，就有一种厌恶和恐惧。台湾式的棺材又小又丑，他没见过死人装进去是什么样子，但可以想得出，两只胳膊没办法放平，准得重叠在胸口上。凭这个，他就跟自己罚誓，在台湾是死不得。

曾经招白蚁的楼梯，踏在脚底下，不单是响，还摇摇晃晃的，像走在吊桥上。

小楼上一溜三间，从走廊这头过去，第一间里住个孤苦伶仃的老太太。丁长发每次来，都是在下面店门口跟她打招呼，一个用半生不熟的闽南话，一个用半生不熟的"国语"，讲得两下里都听不懂。今天不知怎的，老太太没有出摊子，房门里靠着一捆紫甘蔗，守着一堆破票子、零角子，在那儿数。显然是楼梯的响声惊扰了她，她停下来，张望着，一对含着敌意的三角眼，两只手对拢着，罩在那堆票子角子上。随即那凌厉的眼神变为友善的了。

"阿婆，今仔日莫做生意？"

"有啦，日头热啦！"老太太忙着去抽甘蔗："呷甘蔗，丁先生。"

"劳啦，劳啦，劳啦！"表示非常谢谢的时候，就多说几个"劳啦"。他从中间门前走过去，觉得里面不似以前那样肮脏零乱，而且不同得使他相信是换过房客了。他停下来，又往后退了一两步。只见一张艳绿的布帷把已经很小的房间又隔作前后两间，陈设很简单，不像住这种坏房子的人家；那是说，家常过日子的小户人家，总少不了甚么油壶盐坛罐子之类的家什，或者破锅烂灶甚么的。

前头庄五的屋子里爆出一阵喧嚷，使他有些诧异的是，里面夹着女人尖锐的笑声。他知道，那里面住的是三个不知靠什么行业生活的光杆，只有庄五有他丁长发这边按月孝敬的一千块钱，这是他确知的。庄五压根儿也不是踏三轮的，但工会里他照缴会费，抽签的时节，就来碰一碰运气。抽到肥窝，他顶让给人；抽到不大捞钱的地方，就算了。天下就有不靠脑子、不靠手脚，只靠运气过活的人，而且比他丁长发活得安逸多了，体面多了。

庄五的房门闭着，留一条指头插不进去的缝。一路上兴冲冲的，此刻丁长发又忽然犹豫了，仿佛这才醒了酒。他垂着头，望着脚尖前面，地板上圆圆的一个黑圈子，那是烧煤油的茶壶顿在上面留下的。他就想，他短裤后面口袋里的一千一百五十元，世界上实在没有多出这个数目，应该是少了这个数目。失主现在还在那儿直着眼发愣呢，人家心里现在是什么滋味？一家五口，或者六口、七口……一对对绝望的眼神，逼得人发疯。

丁长发推门进去，这与他是否决定交顶金不是一回事。他有时在回程的路上经过棺材店门前，也会来这里坐坐，好歹庄五也是跟他上下只差七十里的小老乡，虽然来台湾才认识，老家的大小事情谈起来都能接得上，也是一片乡情。人总喜欢这么点儿热烘、亲切。而且这里有好牌子香烟抽。

四个人围着打沙蟹，夹着个三十上下的女人一旁看热闹，老家里叫作"看二行的"。

"瞧，财神爷来啦！"庄五立刻抖擞起精神，丢一支双喜过来，他用斗笠接住了。

满屋子里腾着浓烟，那女人也架着一支，烟尾上印着口红印子。

丁长发偷瞟她一眼，带着点儿不屑，又是谴责的。但很使人着恼，两个人的眼睛碰上了。

"这边请坐吧！"女的让出一只歪竹椅，自己索性挨过去，伏到庄五肩膀上。

"不是正经货！"他想，"八成是庄五这小子叫的条子。"勉强坐下去，竹椅上的温度很高。他心里不由人地有点儿鼓鼓搐搐，别坐上甚么毒罢！好像有人说过，有那种肮脏病的人，热度都很高。瞧那一身紧紧的绿三角裤，把小肚子绷得鼓鼓的。

女的给他擦着了一根火柴送过来，他正扇着斗笠，火柴就被他一下子扇熄了。

"别那么殷勤罢！"庄五回过脸来，嘴上半截儿烟把一只眼睛熏得挤成一条缝："你别听着甚么财神爷，就打馊主意！人家老丁可是有家有道的。"

"甚么馊主意？撕你的臭嘴！"女的还是给丁长发点了烟，顺势儿勾他眼。

"这小娼妇，"丁长发心想，"就像是知道老子身边真有两个钱儿似的。"

"怎么样，最近。"庄五捻着牌，寸长的烟灰也不弹掉，微微弯着，显得很猥亵。他想回答俏皮一点，不知为甚么，平时不曾这么想过。

"怎么样？糊口罢了。"

他自然不满意这么样的拙劣。老实人猴不起来。他明白自己，在这些上面，很不如人。

他瞟瞟那女人，想看看她是甚么反应。女人全神用在牌局上。那是个塌平脸子，嘴唇翘翘的，可是好像很甚么，他说不上来。

"老丁啊，说你是财神，真没错！"庄五往自己面前拢筹码，"你这一来，瞧我手运！"

他只有傻笑的份儿；就是傻笑也没有笑好，喉咙里不知道怎么堵口痰在那儿，以至笑得哑喳喳的，很差劲儿。于是手里的香烟不知怎么拿才好。他有些奇怪，今天是招上甚么邪了！

站也不是，坐也不是的，自己年岁不大，可也是儿女成行的人了。

女的起身出去，扭着屁股，一双绿胶拖鞋，呱嗒呱嗒的。

"可是了，你上天来，倒忘掉问你，"庄五手里洗着牌，仰过身来，打个呵欠，"你身份证带在身上没有？"

"身份证？"他拍拍裤子口袋，又拍拍胸前的。"要身份证干吗？"他担心一阵子糊涂或者疏忽，会连那个旧票篓子也带了出来，露了相。

庄五疲倦地挤着眼睛："谁知道哪那么多的鬼名堂！生意顶让给甚么人，得把身份证号码报去登记——噜哩吧苏的！"

他把身份证递过去，又接过一支烟，好像是拿那个交换来的。

"老大这两天有点急，"对家挖着鼻孔，一面弹着，"你看出来没有？"

"谁也不是瞎子！"

"还不又是票子倒不过来！"庄五发着牌，"最后，将来，也不知坑到谁头上。"

"听说，早累到七八万了。"

"哪儿就有那么些冤种，肯大手跟他开票子？"

"哼！冤种！"庄五道，"要没那些冤种，他们发财发到最后，不是连台湾银行也买去啦？"

"怎么回事儿？"丁长发像闷在鼓里一样。

"比如说，"庄五打着洒脱的手势，"今儿我借你一千块的支票，下个月到期，我再借他两千，还了你的还剩一千……"庄五正注意着上家下注下得很蹉跎，嘴巴也停了。

丁长发翻着眼，心里头在算，那指头痉挛似的跟着弯动。他并不懂得这些，如同他不明白他们也不出力，也不出汗，而能一个个混得很体面。

"那不是像拾钱一样？天天靠着拾钱过日子？"

庄五也不理他，赌得正吃紧的时候。

他希望谁能告诉他，那个失主也是他们这一流的家伙，那千把块钱，不过是打了半天的沙蟹赢来的。要是那样，他现在就把顶金交给庄五，剩下一百多，好好地玩一家伙。

他幻想着怎么玩儿。

那女人一定就是隔壁新搬来的。是个干私门的也说不定。

"放我这儿好了。"庄五说的是他的身份证，"明后天你再顺道来拿。"

他听见了，心里想着别的事情，就没有注意。

钱有花完的时候，那恐惧可就没完了。不管那个失主是庄五这一流的，是他这一流的，钱可是他弯个腰拾来的，他要是吞了，他就注定非睡台湾的棺材不可了。就算逃得过台湾的棺材，还有那么大的海，海上翻船，那是常有的事。

"你瞧，"庄五把手里的两张牌跟他露了露，"运气要是来了，门板也挡不住。"

可是那只是一张小二子，一张小十子，另外三家的牌面都整齐，也不小。

对家又下八十，对家把筹码往台心推过来的那种神情，像只准备捕个大飞蛾的壁虎，轻手轻脚，深恐吓跑了甚么。丁长发一旁跟着同情地尖起嘴喙，干咽着唾沫，两颊凝神得收瘪了进去。他担心的是庄五这个大飞蛾。

上家把门前的筹码捺了一下，甚么表情也没有。

庄五下九十。矫作地踟蹰了一下。

屋子里好像人走光了。隔壁哗啦啦地筛茶，清晰的，由尖脆到低沉，仿佛在急急地催促下家下注："有什么关系呢？有什么关系呢？你看你这个人！"

庄五把一大堆圆的长的筹码往跟前拢。丁长发的眼睛直了，他们的钱就是这么唬来的，拾来的，不是苦来的。

庄五乘胜摔过一支烟给他："我看，老嫂子又快临月了是不是？"

"月底罢。"

他顺口应着，心里头又不平静了。千把块钱，不少，吞了罢！也让老婆多吃两只老母鸡。

那女人好细的腰；他老婆就不怀孩子，再饿上三天五天，也不能比。他想了些年轻时的荒唐事，片片断断的。有个额角上留一绺滴水鬓，叫什么翠，艳绿艳绿的小棉袄紧箍在身上，太阳穴上贴着俏皮膏药。同今天这个女人一样，一瞧就知道，准是吃那行饭的。那一次可是很冤枉，不明不白的。他那时候身子还没发足个儿，女的高他半个头，就揎他一顿他也只有受着。

"走啦！"他决然站起来，扇着斗笠。不管怎样，不是苦来的钱，吃鱼吃肉，吃到喉咙管儿里也不好消受。就像吸不惯老吕宋烟一样，喉咙肿胀得堵着个生肉块子似的。满街满巷人人都在那儿苦钱，没见在那儿等着拾钱过日子。

"抽支烟再走。"其实庄五心都用在牌上了，还好像知道他来这儿，就专为讨烟抽的。

他努力把脚步放轻，仍让那个女人绊住了。

"忙甚么，老丁，坐会儿去嘛！"

"才搬来的？"他觉得心里要不中邪，便洒脱多了。

"那有甚么办法？房子难找。"女的扭过身去拿茶，就怕人忘掉她有那么个肉颠颠的屁股，时不时提醒人家。"吃杯茶歇歇。"

他一脚门里，一脚门外，往里面张望。那一面绿帷子让他想起艳绿艳绿的小棉袄，他老婆怀着头两个孩子的时候，他经常在外边荒唐的，那是年轻无知，现在就不能那么没天良。他觉得留在门外的这只脚，趁这阵子清醒，先牢牢钉根大钉才保险。

女的倚到门框上，弄得脸挨脸，咬着嘴唇跟他吊膀子。

房间的甘蔗板板壁只有一人多高，上面空着大三角，看得见隔壁老太太屋顶椽子上挂的棉絮卷儿。甚么动静能瞒得过？当着人家那一把年纪，挑上这样的个所在做生意？

他心里冲着自己哼了一声：丁长发，你是狗！

然而他的手痉挛了一下，想伸出去，伸到哪儿没有一定。不知为甚么，仿佛只要他动一动，以后就不要来这里了，就没有脸同老太太说闽南话打招呼了。

他把斗笠戴上，咬着咸咸的斗笠带子。他逃掉了，多少有点儿不通人情世故的感觉，很羞辱，又极其快乐。那楼梯摇摆得越发像一架吊桥。

这一类的快乐对于丁长发不是第一次。每一次都一定给他解除了许多的又是相同的恐惧。他连睡午觉都会梦见他睡了台湾棺材，或者回大陆的途中，船在海上沉了——就如同那次吴淞口的江亚轮。那当儿，他在上海外滩码头干苦力，也不知搬运了多少死尸送到桃源路的宁波会馆去。他现在就会老做搬运死尸的噩梦。搬着搬着，尸首堆里就有他老婆，或者小二，或者才断奶的小五，甚至他自己。

仿佛谁给他保证了，店里层叠着那些又小又丑的棺材，他瞟也不瞟一眼，快乐地跳上三轮，戴上墨镜，几乎是躲过一次大难。街心上行人车马稀少得总是使人感到正是夜深人静的时候，从墨镜里望出去，煞白的阳光就成了月色。

这么样的大街上，只听见丁长发喧闹的车铃响。

隔一天，好几家报纸的社会新闻版都载有三轮车夫丁长发拾金不昧的消息。有一家报纸上，就在这一则小新闻的下面，却有一幅版面不算小的广告：

鸣谢洪惠方大医师医我阳痿：敝人自幼无知不幸沾染自戕恶习继则梦遗便溏见色流精集多病于一身婚后复因房事过度遂患阳痿精冷早泄等症终年头痛目眩失眠健忘食欲衰退面黄肌瘦几至不克人道鱼水失欢婚后七年子嗣无望遍请中西名医诊治服药无计病况从无起色一年前经友人介绍就医本市××路××巷×号洪大医师经诊断后除服药物兼施物理治疗不一月夙疾尽祛病痛顿消且内人得庆妊娠凡此皆为洪大医师妙手所赐敝人感激涕零特此登报鸣

谢广为推崇以为同病诸君之福音

　鸣谢人 丁长发 身份证号码 ×× □ 字第 × × × ×
号 住址 × × 市 × × × 路 × 段 × × 巷 × × × 号

　丁长发读过半年私塾，也还识得几个大字，可是他不读
这些的，报纸对于他，只有两种用场，包大饼，或者糊墙壁。
他只知道，一家大小五口——就快六口了——永远堵不住的
口，他只有凭这一双腿，风里、雨里、夜里、大太阳里……
终年地蹬下去。除此而外，他能罚誓，除掉这一双腿，他不
知道钱会怎样落到他的手里。

　　　　　　　　　　　一九五八·七·凤山

再见，火车的轮声！

灼热发亮的铁轨伸展在岗陵与海滨之间，枕木晒成油渍渍的黑亮。

夏日当午，静静的白热，无焰地燃烧着。在一切不规整的自然景物当中，嵌上这样子一条条直的铁道，像是钉在大地上的一个铁钯，将地球上某一条裂缝箍住。这是一种不甚和谐的构图，生硬的拼凑，仿佛默示人类的智慧将是绝望的，或者是辉煌的。

铁轨热胀，衔接的缝子密得仅可塞进一两张名片的样子。一个人，不知从哪里来，沿着铁道，一步一根枕木，自言自语跨着台步似的走着。现在他停下，在那副已有裂纹的近视眼镜后面，一对不甚正常的眼睛闪亮了，他终于在铁轨上找到一处较宽的接缝。

人有四十多岁的光景，不看他的头发，可以这样子判断。

他的发色已经是全白了，但粗硬和浓密的程度不弱于一个刚发育成熟的大孩子的满头盛发。他有一只准直的鼻梢，一张菲薄而苦楚的嘴唇。稀疏几根可以数得清的短髭，如收割后田里留下的稻根，枯黄的。他的脸孔正像那稻根下面的泥土，干皱而黯淡，有苔绿的底子。在他的脸上唯一显出神采的眼睛，也似那副已现冰纹的眼镜一样，一种散失而凌乱的光泽，是未经冶炼的矿质所放射的。

他身上共有三个口袋，都在黄咔叽布的短裤上，上身则只穿一件肮脏的汗衫，后襟没有扎进裤子里面——也许扎是扎进去，又揉搓出来了，拖得长长的。他就在那三个口袋里摸来摸去，反复找甚么，脸色是逐渐的困恼，而致失望。在他背后，远处碧青的大海皎洁而闪灼，海水的蓝似乎染进了那一头浓密的白发，不断地四处飞扬着肥皂泡一般的白沫，以至于不论这个人外表如何失修，也显得异乎寻常地洁净了。

"一块铁片，明明交在这只手里的。"他看看自己的左手，不甘心地继续在三个口袋里搜寻，眼睛翻上去，像对上天喁喁地祈祷。"也许不是这只手，也许……"他举起右手，迎着强烈的太阳，手指伸了，又拳了。

另想办法罢……他好像是在责成右手。于是开始在路基的石子中间寻找，向前探着身子，仿佛一只白鹤。难道还不醒悟？一个造福人类的大发明比铸造偶像更……我说"更"……那个"更"以后的意思，我说不上来，人都懂就是了！

他捡起一块薄薄的石片，端详了一下，丢掉了，又继续寻找。往北的一端，可以看见点点黑斑的车站，扬旗杂在重叠的电杆丛中。在近一些的地方，隐然一颗芝麻似的物体傍着铁路移动，视力好的人可以辨别出那是一个骑单车的人形。在这样的炎日辐射下，地面的蒸气如水流一般。那黑芝麻逐渐地大了，在那水流里漂浮。

这个人终又捡起一块更薄的石片，回来寻到原地，把石片试着嵌进铁轨的接口里。石片仍嫌厚了一些，又略带楔状，只能够嵌进三分之二，就必须敲打进去了。他物色到一块合手的大鹅卵石，着手敲打。在空旷的山岗脚下，铁轨发出清亮的震动，每一响声便好像在大气中震荡出长长一道金光。石片逐渐深嵌进去，部分粉碎了，最后留下一点锯齿形状，突出在铁轨的平面上。

汗水从稀疏的短髭往下滴，被铁锈染红的路石上现出汗滴的斑点。他开始利用手里的鹅卵石去磨锉那些突出的锯齿，要把它们磨平。

骑单车的沿着与铁路平行的小道驶近来。是一个戴白盔的铁路警察，粗壮肥硕的躯体，几乎可以把那辆单薄的白色跑车压垮。

单车停住，人还跨在上面，那样子似乎不是专为这事来的。

"你那是做甚么啦？"路警显然没想要干涉这事，顺便问一下而已。路警也戴一副眼镜，是白金属架的，对于这样一位黝黑的彪形汉子，眼镜似乎只有装饰的意义。

白头发的人继续做他的工作。路警第二次质问时，他方始抬起头，并且站起，兴奋而抱歉地搓着双手："这是要原谅的，用了石头，原打算用一块铁片。不知道谁在捣蛋！"

"不，我只问你现在在做甚么？"

"所以现在只好用石头片代替了。"他用满是铁锈的手指剔一下眉毛上的汗水。"只剩一点点没有磨平了。"说着重又蹲下，更为加快手底下的工作。

路警想，这人也许有些聋，不然不会这么混扯。他咬着嘴唇，似想用点儿脑筋来了解这事。他用那一对惯于侦察的锐利的眼睛，扫视这个人的周围。

"你住在甚么地方？"

"很可能，"这个人停下手底的工作，并没有抬头，"很可能不如铁片。你知道，这个接口地方要是不能填得密，填得平滑，没有缝隙，就没有办法证明那个假设了。"

胖子放下单车，习惯地去下锁。手触到锁柄又缩回来。他走到白头发的身旁，提提裤管往下蹲。这么肥胖的人在这样酷热的天气里，实在很辛苦的。

"要理想一些的话……"白头发用大拇指摩弄着接缝的地方，"不很平，也许要用一点黄泥涂上去。你那里装甚么药膏没有？"

"药膏？"路警跟着这人的手指望去，指的是他跑车坐垫后面的漆皮盒子。

"不要药膏也行。你总会带点羊毛脂、石蜡——或者一些 Schmalz*。"

路警也伸过手去，摩弄着嵌进石块的接口地方。"我告诉你……"肥短的食指指着对方的鼻尖，白盔底下的眼睛严厉得如同正要宣读判决书的法官，不过又不知道怎样来判决才合宜。如果他说："你照实说出你的阴谋罢！"那样会连他自己也感到大惊小怪得不像话。这里的治安能够保证；能吓人一跳的声响，除掉冒冒失失燃放的鞭炮，大概只有轮胎爆炸了。而他身上这一副武装，天知道，同他那副平光眼镜一样，等于装饰。那副平光眼镜是一个相士劝他配的，为要冲冲他那对眼睛里的凶煞之气。其实他是个几乎没有脾气的老好人，同大部分的胖子一样。

白头发站了起来，回身望着路基下面那一片洼地，一面摸索着把拖在裤腰外面的汗衫往里塞。"我们下去找点黄泥成吗？"他弹弹还蹲在铁轨上的路警的盔顶，又用手去摸摸。钢盔几乎是烫手的。"你不怕脑神经被炙伤？斗笠不是好些吗？"

胖子是好性情，不过也觉得不很舒服。他是个尽责的铁

---

* 德语词，意为黄油、猪油、动物油。

路警察，白盔代表甚么，他说不出。但不可以让谁随便摸弄，却是断然无疑的。他去推他的单车，决定要过问这事了。单车不宜曝晒，应该送到前面那株小树下。那是公家的车子，后轮内胎，单他经手已补过五次之多了。

找一点黄泥不应该太费时间的。然而这位路警的追问盘查，使得白头发分心了。他有些失魂落魄的样子，在那些起伏的石头和深草之间荡来荡去。碰巧左近多半都是山地特产的那种含沙红土。结果那个好心警爷替他在一处即将干涸的水塘边上，用黑黑胖胖的指头抹给他一团精细的浮泥。"真的吗？你能发明什么呢？"胖路警吃力地挪动穿短靴子的胖腿，跟在这人背后追问："你哄不了哪一个，告诉你，我在铁路上服务快十年了，懂得比你可多。你不要看我这么胖，瞎唬瞎唬的。"

"那要看……"那一个蹲下来，仔细在那嵌进石片的接缝上涂抹黄泥。"那要看能不能绝对地封闭空气。希望不至于晒裂了，你顶好替我采一片鲜嫩树叶盖在这上面。"

"唬不了我，你可知道？告诉你，你想让铁轨脱钉，你以为我外行，不懂，哼！"胖子叠着手绢，换一面干的擦拭脖子上的汗，热得咧着嘴巴。"你那是犯法的，我只好带你到站上去。你别以为另外我还有事情，我可以不去吃喜酒……"

"你怎么还不去呢？"白头发生气了，"那末，你吃喜酒去罢！没你，一片叶子我找得到。"

这位警察的胖脸有些变色，他看看表，也许决定要牺牲那顿喜酒了。时间原就紧凑，他抽出一个小时的空，交由他的同事代班。他自己连这一身装束都没有来得及换下。

"跟我回站！"路警挥手指着他来的那个方向。显然这么一位好脾气的胖警察在执行公务时，也并不严厉。

"你知道下一班车还有多久？"

"不行，下一班车没来以前，我得通知工务段，取出你那块石头。"

"工务段有现成的铁片吗？"白头发兴奋地跳起来，"顶好我们一起去，我知道应该用多大尺寸的铁片。"

胖子无可奈何地侧过脸去，长叹一声，但又忽然一震，在同一个瞬间里，他发现了两点：杂在丛立电杆中的扬旗落下了；他断定这个人不是一个聋子，而是个精神病患。

"赶快，取出来！"路警命令着，并迅速瞥一眼远处的扬旗。

白头发的眼睛透过那副裂纹的眼镜，再度闪出锋芒的光灼。"你身边原来有铁片？是我失掉的那一块？怎不早说呢？"

"车快来了，你知不知道！"

"恐怕来不及换了，还有几分钟？"这人兴高采烈的神色也是与常人不同的，他翻着眼睛，鼻孔张大了，嘴唇翘着显得更薄。路警几乎是惶恐地退缩了，靴子倒踏着路基上的石子，像走在冰窝子里。对方固执地伸着一只手，迎上来："一定，一定要先让我看看大小厚薄合不合用！一定要看看是不是我那一块。"

"取出那块石头！"胖路警吼着，挥动他的手臂，但像妇人似的，只因他手里握着手绢。

"取出来！不然，我动手！"路警也够执拗的，重复他的意志，甚至掏出一柄万能刀，一面解着扣在腰带上的链条。

"好罢，不管怎样，我们顶好不要去动它了。"白头发伸出一只脚遮在已经涂上泥巴的接缝上护着。路警不理会这个，从他的万能刀槽子里扳出一支凿刀，拉着架子要去取那块石片。两个人于是发生争执。最后白头发仆倒在铁轨上，用肚子护住，拼死也不让步，一面乱嚷着，像个专门捣乱的孩子。胖子是不能用大力气的人，上身制服已经汗湿了。他放弃了争执。"喂，老兄，你这样不行的，万一出了事，多少人的安全！你听我劝，我不送你到站上去。"

实在这位胖警爷已经让暴日烤炙得昏眩了，铁轨和发亮的石头子儿向每一角度反射出刺眼的光芒，密而紊乱的绿点在他的眼膜上窜跃。同车站相反方向的铁路顶端——在两条铁轨交并成单线而隐入村落树木的那里，路警看到了淡淡的一缕黑烟。

这个被看作精神失常的人一直俯卧在那里，到他发现胖子把那柄小刀重又扣回腰带上，他这才撑起胳臂，弓着身子，然后把耳朵贴近铁轨，一面眨动着眼睛，向上望着路警微笑。那翘起的唇角露出自嘲和满足；一个老人在反省当中，发现年轻时一个可笑的错误时，就是这样子笑法的。

"你顶好少在那里走动！停下来！停下来！"他打着制止的手势，耳朵离开铁轨的时候，颇有心得地点点头，仿佛说："好，一切都就绪了！"但他仍俯伏着，用指头细心地去摸弄那渐渐发干的黄泥。

"你知不知道你要使铁轨变形了？"

"自然。"他侧望着路警，不时贴近耳朵去谛听铁轨上的动静。"一个大发明。留下的幸福是长远的。不可以牺牲一班列车吗？你总不能说这一班车一定会脱轨。"不知是被一种甚么样的热情所迷惑，摆动着那一头有着成熟美的白发，"只要能证明那个假设，你还不懂吗？只要能证明……"他被火车汽笛声打断了话头。那是逗人心慌意乱的长鸣，使他突地站起，一只手遮在眼上，向传来汽笛声的那个方向眺望，努力想把身体提得更长更高。白热耀眼的日光戟刺着衰退的视力，他没能看到甚么。

"你要发明什么呢——你告诉过我的，是罢？我忘了。"

路警现在确定这人是个精神病患者了。对待这种人，他只有采取这种顺水推舟奉迎的询问方式，并且立刻非常满意他这种技巧。

"我告诉过你？"

"不是吗？叫什么名字来？一点记不清了；连你的尊姓大名我也忘了。"胖子弹着脑门，作寻思状。为了弹脑门，他还把铁盔往后推了推。他这种扮演使对方感到困惑。对方提提松在胯骨上的腰带，望着路警，又望望远处的海："我不知道该叫甚么名字。我没有先取名字……"他茫然而严肃地说着，沉入迷惘，好似失落了甚么，在盘问自己。

"那就笑话了，名不正……"

"不重要，名字不重要！"他从迷惘中蓦然醒转过来，顿时却又忧伤满面的，"有一天……海水干了，还叫作海？现在就发愁先取甚么名字吗？"

隐隐的火车声，像远远听见的起伏海潮，这使他欢跃了："大胖子，取名字去罢！顶容易的事交给你！"他好像可以抛开一切不理似的，转身跪在刚才的地方，虔诚地俯伏着。他注视铁轨的接口，又注视火车驶来的方向，他那焦灼不安的兴奋，不告为甚，看在胖子的眼里，像一只小家畜，吃饱了，喝足了，开始撒欢儿。

略斜的火车像一口黑棺材，不甚显明地蠕动着。如马蹄奔跑一般的车轮声里，似还夹杂着某种弦乐弹奏的单音。

"过来，到一边来！"路警抢前一步，一面喝叱着。他不能再儿戏了；纵令他自认已经不能防止铁轨脱钉的意外，他还该有能力来维护一个人的生命安全。他那种声色俱厉的呵责："你想死！"使人觉得出了乱子的埋葬费一向都是要他出的。

对方可没有理会这呵责。那一点黄泥很快就干了，有精细的裂纹。这位发明家张皇四顾，双手一无是处地徒然乱抓。他烦躁地甩动双肘，抵制路警的喝叱，希望一切不要打扰他。然后他伸长了脖子，对正接口地方，让嘴里的唾涎滴到上面，用指头去细心涂抹。

火车只有两百公尺距离，一切将只是转眼间的事。胖子沉不住气，插手抱住这人的后腰，往后拖。被抱住的人想回转身来，他抓不住铁轨，便抓枕木、抓路石，用脚踢打路警的靴子，把碎石头子儿踢得四处飞迸。机车呼啸着冲过来，只见机车的活塞杆和大铁轮横七竖八地从前面打过去。紧接着是，灰烟、飞轮、车风、汽笛急鸣，铁器震耳的击打。这人在路警的抱持下，忽然放弃了挣扎，头垂到地上，白发在急热的风里飞舞……

一切迅速地平息了，两个人喘哮着，面对面看着对方脸上滚流的汗珠。逐渐远扬的车轮声，像一条大铁链拖着跑了。

"就听不见了！……"

"走！我不噜苏。"路警指着车站，甩一下肥嘟嘟的下巴，有些动气，仿佛车站是给他主持正义的地方。

"我的实验完成了，就听不见了；以后，人类就听不见火车这样轰隆隆，隆隆，轰隆隆，隆隆！……"那人嗫嚅着，用粗黑的指头把垂在前面的一绺白发掠后去。"再听不见了，机械的音乐——Adieu!"他打着快活的诀别的手势。

哗啦——哗啦——石子在笨重的深筒皮靴下响动。路警从小树下把那辆跑车推过来。

"走！"胖子咧着嘴擦汗，带着怒容，还有点儿漠然的神情。

"用不着了！"这个人脸上的怒气却顿然消失，差不多是友善的，"大致，我们的假定成立了，谢谢你们铁路局，合作太不够！我们不必再去麻烦工务段了，Ade……"

"走！没甚么可说的！"

在这样热腾腾的火伞下，换另一个人，也许会没有胖子这番耐性了。但他慢慢地觉得，他没有发脾气的必要，人家就会知道，他牺牲五十元（他已封上这个数目的贺仪）一餐的喜筵，救了一个企图卧轨自杀的疯子。或者换另外一个说法——他牺牲了五十元的一餐喜筵，为捕拿一个阴谋犯，这阴谋犯畏罪企图自杀。那是值得的。

"多谢多谢，本博士宣告实验完成。"那人努力想抽出被抱住的胳臂。"这是你们自己的事。其实我会被辗死么？你影响了实验，铁片不用了。"

路警是不肯松手的。

从这里到车站，还有一段路程。在这种炎热的气候下，更显得这是令人发愁的长途。傍着铁路仅由少数行人踏出的一条小道，使他这个骑术并不高明的胖子坐在车上，连骑带走，随时还要两条腿左右保险才行。胖子腾出左臂看表，衣袖被汗湿了，贴着手臂，手表蒙在袖子里。他想，也该有十二点半了。帖子上正是这个时候入席，吃的事情大家总是很守时的。他决心周旋下去，并且决定换一个方式："那末，我请你到站上吃碗爱玉冰解解暑气。"

白头发被拖住一只胳臂，脑袋侧向另一方，呆呆在沉思甚么，眼睛急速地眨着。

路警重复他做东的诚意。

"可以减小角度，可以那样……"疯人跟自己点点头，脸上和胸前尽是棕红的铁锈。他望着胖子的倒瓜子脸，慢慢地，那躲在破镜片后面的眼睛透出笑意，嘴巴也笑了。他蜷起一只腿，用力顿了一下，同时大拇指和中指叭地打出一声。"可以！"他喜悦地嚷着，"可以！理论上成立；六十度，再不就大于六十度。你认为呢？"

"我请你到站上去吃爱玉冰。"胖路警舔着又干又黏的上颚。

"或者从另一面来立论，我可以那样从两点来证明我的理论……"他驯服地、无知觉地跟随路警缓缓走向车站的方向。

"你住哪里？"路警问。并放慢步子，让对方走到前面。"就住在附近吗？大坝村？"

"我们可以假设一下，"这人弯下腰，上身抵在膝盖上，手指头伸在铁轨上比画着，"假设正中有一条二至五厘米的深沟，你懂吗？——这么说好了，把垂直的接缝变成中间平行的沟，你明白吗？"

"是的是的，你走着讲，我听得懂。"路警催促着。

"铁轨上没有垂直接缝，只有平行深沟，车轮滚转起来，不可能发出响声——轰隆隆，隆隆，轰隆隆，隆隆！"他做着音乐指挥的手势。"现在我们可以进一步推断，把这条平行线增加角度，增加到一个无声极限——三十度，你懂吗？接缝又产生了，不过是互成平角……"说着又摇摇头，仿佛是否定或叹息甚么，伛偻前行，嘴巴在继续同自己讲这讲那，让别人听不懂的话。

从车站那边，又一个骑单车的路警很明显地向这边急驶而来。方才经过这儿的那班慢车鸣笛出站了。

"好，多谢！"白头发转身往回走，"我要赶回工厂去，工作还多，论文、模型，甚么甚么的。"

胖子把单车提起，横着拦住去路，坚持请他吃爱玉冰去。

"你知道，模型可以完全证明这个。"

"那末，你的工厂在甚么地方？我们好联系。"

"不是还在我那间老医院么？你想想看，模型只好用木材做，不影响的。"

"当然，一定不要客气。吃碗爱玉冰去，"路警抓住这个人的裤子，急切地等着他迎面而来的同事，"你那间老医院呢？在甚么地方？"

"你知道，厂长还在等我的实验报告，我们一定要在这个月底完成。"

"你那间老医院在甚么地方？"

"不就是现在的工厂吗？我以为你甚么都知道，你甚么都不知道——公民花这么多钱雇你！"这人显然很愤怒，摇晃着脑袋。

另外那位路警驶近来了，迎面喊着："新娘子可漂亮？……那是谁吃喜酒吃醉啦？"

"一个……"胖子真还不知怎样向他的同事来介绍这个精神病患，或者阴谋犯，或者自杀未遂犯，"这个人……"

赶来的路警是个中号的胖子，接近时，刹车的尖锐声非常刺人神经。这似乎使白头发发狂地痛苦起来，那双污手捧着脸，手背痉挛地暴起一根根青筋。胖路警从这人的背后向他同事暗暗做了一串手势，大致地说明了这是个甚么人。"我请他吃碗爱玉冰去，他客气！"说着挤挤眼。

"那末，走罢！"这新来的中号胖子有一股凌人的盛气，不过也是脸冷心肠热的那一种人。"既请就去，客气，就不好了！"他过来拉这人，似乎就不如大号胖子那样多懂一些精神病患的心理了。

三个人极不顺利地跋涉到车站，对于两位尽职的铁路警察无异于穿过一次大戈壁沙漠。大胖子又饥又渴，体内水分大约全部蒸发净尽了，周身衣着像是才从水里爬上来的那样湿，额头上留下帽盔衬圈压的红印子。大胖子本来就有好胃口，现在又饿得发抖，五块蛋糕压作一叠往嘴巴里塞，仿佛要急于堵住一个危险的洞口。

这是个三四等的小站，但客货运都很忙的样子。这个疯子——或说是罪犯——被安置在站长室。这人在生理上似乎全然没有受到气候影响，安于现实地坐在一只箱柜上，张着嘴，傻望着墙壁上各式粗劣的图表，指头停在膝盖上兀自画着甚么。这里可以听见外间售票房里那位有凌人盛气的中号胖子路警大喊大嚷打着电话。

"……是啊！我是啊！我是车站！这里啊，有个形迹可疑的……喂，形迹可疑的……妨害铁路安全，又有啊，自杀嫌疑……喂，是的。所以请你们啊，派位同志来……就是说了，姓名住址都问不出……喂喂喂喂，我们这里只有两位大员哪！"

这边，胖子还在继续抢堵那个洞口，他仿佛发觉他的同事在电话里弄错了甚么，大步抢出去。

在屋角里，三角公文柜的腿子上拴着一只像个小猫似的乳猴，正扯着铁链，用后爪去扒地上的蛋糕屑。那距离还远，却一再努力着，并不灰心。满是皱纹的小脸上，透着专心渴求的艰辛和难堪。

"站长呢？"一位生满络腮胡的脑袋探到窗口上。

"站长呢？"白头发应着，痴傻地望着那个胡子脑袋。他站起来，捶打着胸部，一个深呼吸，便向前迈一步。汗衫前襟上还带着在铁轨上揉搓的铁锈。皮靴踏出的响声使他中止了深呼吸运动。他伸出索讨的手势，伸到胖路警的重下巴底下。后者和一般饕食的胖子一样，吃相很邋遢，嘴角粘着许多蛋糕屑。

"爱玉冰么？稍等一下，马上，马上。"

"我要一张纸，快嘛！"这人气虎虎坐到写字台前，拿起一支蘸水笔，胖子像被甚么噎住，瞪着眼睛发愣，不自知地把手里的空玻璃杯送到嘴边。

"你坐到这边来，那是站长的。"

"我要一张纸，快点！"

"到这边来，我给你。"

"你怎么只会说话呢？Sage nichts！*快点！"这人握着蘸水笔走过来，仿佛是提着一柄剑。路警把握着茶杯同蒲扇的双手护住大肚皮。这人在走过来的途中，却被那只仍然一无所得的小猴子吸引住，唇角上苦楚的皱纹立即加深了，毫不迟疑地过去解那链条。但当他拾起地上一张作废的行李卡片之后，似乎他又忘掉原来的事了。他把卡片放在嘴边含住，

---

* 德语，意为"别说了！"

双手插进口袋摸索，拉出一团乱糟糟的皮尺和黑鞋带，由另一个口袋掏出皱作一团的草纸，破烂的零票子，还有一颗白围棋子掉落地上。他把这些重又塞回去，翻着眼睛在记忆甚么。他似乎有这种时时搜抄口袋的习惯。胖子也不作声，一旁观望着，扇着蒲扇，把空玻璃杯抵在嘴边干咂。

白头发俯在写字台一角，在卡片上画下一个图形：

画着，他跟自己说："就是这样的，就是这样；铁路的一个大革命……"他问："站长呢？我要同他谈话。"

"就来，马上。"

"他怎么随便乱跑？"这个白头发发脾气了，把手里的蘸水笔栽到写字台上。

"他出勤，不是乱跑，知道吗？"

胖子不时踮着脚尖，向那一面高高的窗子之外探望。另外临月台的一面低窗那边，一个只穿一半制服的铁路工人伏到窗台上。"巡官！"那是对警察们的尊重。"就去吗？现在？"

"劳你自己跑一趟，大约就在三六八号平桥这边百十步远。"胖巡官想起再穿一次大戈壁就胆寒了。"很好找，上面还涂了泥巴。骑车子好了，钥匙给你。"

工人用绕在脖子上的黑毛巾抹了抹鼻翅，无可无不可地歪嘴笑笑，转而抖着那一串钥匙（其中还有一支牛角质的鞋拔子），逗起猴子来："猴崽儿，嘎！嘎！"

一辆没有拖曳列车的机车气势汹汹闯进站来，同一个时间，一位警察闯进站长室里。"辛苦辛苦！"胖路警趋前热烈地握手欢迎。

他们开始交换一阵意见，双方都努力使用行话与违警罚法刑法一类的术语，然后开始盘查，询问一些简单的、几乎是对一个幼儿园的入学幼童的那些口试。

"你到底叫甚么名字？"路警搓着肥臂，望着刚来的那位警察摇摇头，表示他不止一次询问这话，都没有得到答复。

"Doktorat*."这是白头发首次答复他们。他在那张卡片上继续画着一道又一道虚线。

"你不要以为我们不懂英文，"来的这位警察双手叉着腰，踱两步，又叉开双腿站住，带着负气的样子，"英文很简单。你要说本国话才行。"

"要说本国话才对。"胖子很同意警察所说的"我们"。

"你们走开！或者替我把站长找来。"

"不要混扯！"这位警察比较性急一些，"那很简单，你要是照实说，甚么事都没有。"

---

*　德语词，意为博士学位。

"人不是为着名字才怎样！去找站长来。再不，罚你们找局长来！"

警察回头望望胖子，后者用手里的蒲扇打着大腿，无可奈何地摇摇头，还呷呷嘴。

"那很简单！"警察向胖子说，"要是装疯，过过电就知道了。"

"那就劳驾带回去处理。我这儿值班，不太好走开。"路警说。

警察闭上眼，欠动一下脚跟，似乎对甚么考虑了一下。

"我们用电话联系。"胖子说，摘下眼镜，迎着亮检视镜片。他显得那样清闲，仿佛表示他没有意思要逃避甚么。

"多少伏特？"白头发伏在写字台一角，急促地写着，头也不抬地问。卡片被已经损坏的笔尖刮得起毛，笔尖夹进一些纸纤维，写出墨团似的字体使人愈认不得了。他写上一阵，才直起上身，望着两位警察："这里，只有一百一。你们知道我多少？天生的两千二百伏特！我早量过，在德国！站长呢？"

"你这么装疯卖傻，并没有便宜可占，知道吗？"

"……二十三年了！"

"……"警察的话被站里的机车汽笛压下去，只有他自己才知道他说了甚么。

机车震愤似的发动了，空——空——空空空空空空……

月台上黑烟裹着煤臭，低垂在地面上，风是一点也没有。警察等着车头蠕蠕地游出站，又重复他的命令，同时紧紧腰带，要开始行动的样子。"你跟我走！"

"要那样？要到你那里查纪录？你们不凭脑子记忆？脑子派别的用场啦。站长也许知道。你们这些人！"白头发提提裤子，回过头去看进来的两个人。"站长呢？"他问那两个人。那里面的一个就是方才从窗口探进头来的那个胡子。另一个是站员，胸袋里露出轧票的钳子柄。

"耽误了一班车，到底耽误了。"胡子小声念着，谨慎地，仿佛是在监视下，不敢错走一步似的走过去解那只小猴子。那小猴子不识相地完全误会了，以为人要帮助它去取地上的蛋糕屑，便拼命挣直了链条去扒，胡子搂了它一巴掌。

那位胸袋里装着轧票钳的年轻人负气似的当门站着，两眼紧盯住天花板，好像对甚么他都充耳不闻了。但他被人从后推了一下，不耐烦地偏过身子让路，准备发作的样子。可是又变得很和蔼谦恭了。因为那是站长。

除掉白头发这人仍在急促地埋首书写，屋子里的人似乎多少都调整了一下姿势。然而一切仍使站长不甚习惯似的，略皱着眉，看了看所有在场的人们。

胡子拖着小猴儿，一路虾腰打躬同负气的青年站员退了出去。站员是把顾客当作小民一样地整起来了。

"我来给站长报告一下……"

"我知道了。"站长用手里的红绿旗挡住胖路警的报告。他摘下帽子，检查一下帽顶，捏捏弹弹，又吹了吹，轻轻挂到烧瓷挂钩上，然后走向他的座位。他几乎没有出汗，制服像才浆烫过挂在衣架上那样平整。在他，好像一切都必须不容错乱一步，就如火车必须在铁轨上行驶一样。但他扫一眼仍在埋头书写的这个人时，神情就变了。

"你就是站长？"白发瞥一眼站长，重又挥笔疾书。那么一点小的卡片，正面反面差不多都写满了。他没等谁说甚么，头也不抬地说道："告诉我交通部长的通信地址。"

站长愣住了。他正掏出一盒随身携带的药膏，准备搽一搽鼻翅旁的一块顽癣。他终于忠厚地答道："自然是交通部。"

"可以吗？那样？"

"可以。"

站长拉出挂表，瞟胖路警一眼，就走向临月台的窗口。胖子随着那眼色跟过来。

"坐一〇四次守车，请你赶快送他回 ×× 站去。"

"站长认识他吗？"

站长不作声，盯着手里的挂表。太阳约略偏西了一些，涂着桐油的木窗台已经照上一指宽的日光。他试着观察那日光是怎样地向窗里移动。

"这人——"他低声说，"受过大刺激，不得志。"

"不是我，早做轮下鬼了。"

站长感到那阳光移动有如钟表的时针一样，简直是观察不出的。"自杀倒不至于。"他用指甲轻轻掐着那片顽癣，掐出一个一个小月牙印。

"看样子，还有点学问呢！"街上来的那位警察带着机密的神色说。

"你们也许想不到，"站长仍望着窗台上的日光，"××出名的三博士，他是一个。"

胖路警扇着蒲扇，替自己扇，也替站长扇。站长搔着头，又连连打着呵欠，以至吐字含混不清："从德国学医回来，他倒用中药开药方，谁放心请这样的医生！医院倒闭了。"

两位警爷笑笑，摇摇头。

"是有些神经！"胖子抱着膀子，扇子打着背。

"另外还有个博士也是留德的，学制承轴钢珠。国内没有那种工厂，也变成神经病了。"

"怎么想起学那个？"

"还发明过方的玻璃杯呢！"

"方的？"警察笑得呛出咳嗽，别过脸去。

"免得滚到地上打掉。"站长慢条斯理涂着癣药膏，嘲笑地点点头。"这两个博士就终天混在一起，到处惹麻烦……没办法！"

月台上阳光耀眼，烈日燃烧着地面和一切暴露在地面上的物体。

"把他带走罢，到下行月台去，"站长说，"不能让他认出我，不然麻烦就大了。"

"就这样算了吗？"胖子脸上的肥肉好像顿然松软了，垂下来，但立即又恢复原状，因为他发觉站长用一种疑问的眼光望着他。

站长挥一挥手，径自背过身去，反剪着手，面朝着窗外。

这个白头发博士是他同宗的长辈，他有所歉疚，他很快地感觉到了自己怎会如此幼稚，在不相干的人面前奚落自己的同宗。然而他又仿佛得到一种满足的畅快。这些情绪在站长的内心里起起落落复杂地交替着。在一个较为老大的氏族当中，似乎是避免不了这些微妙的冲突。

站长把双手撑在窗棂上，但一点也不曾望着平板乏味的月台、发亮的路轨、道外那些错落的年久失修的贫民草房与生锈的铁棚子。他在用手指轻敲着窗扇，半侧着身子，他可以从玻璃窗上大致看到背后的情况。

他们经过他的背后，还不曾步出站长室的时候，博士嗫嚅着："多幸福的论文题目：'再见，火车的轮声！'"然后他们出现在炎热的月台上，那一位警察也陪着进站去了，两个人好像是挟持着一个盗贼，缓缓绕过去，穿过铁道，爬上对面的月台。

站长略略退后，退至室内的暗处，以便继续窥望。博士的背影给他一种单纯的苍凉之感，笨拙的体态，迟钝踯躅的步子，白发披散着，在日光下闪亮，使人不能信以为真，仿佛是兽毛禽翎，人体上没有那种东西。

博士靠在路牌收受器的柱子上，摘下眼镜，鼻尖贴着手里的纸片在读着甚么。

"多幸福的论文题目：'再见，火车的轮声！'"站长念着这两句话，回到自己的座位。他想理解这疯话时，他那微微下垂的嘴角翘了上去，颧骨上透出一丝笑意。

"生存全是有意义的么？"他发生一点无关紧要的疑问。随手去拔取面前那支插在写字台面上的蘸水笔。笔杆拔下来了，笔尖还深深嵌在木头里。他继续地想："唉，早离苦海吧！"

他衷心地为那博士祝祷，低下头看看挂表，然后凝视着壁上的红绿旗。"给老二买点什么吃的呢？联考刚完，该补补。"

他是个好站长，也是个好父亲。

一九五八·一○·凤山

大布袋戏

轮派我这个角色出场，戏是快完的时候，自然也是顶精彩的一场。王财火插在我肚子里面的汗手照老例子地抖开来，总是这样子，我要一路抖着出场，这是做戏。

今天王财火的手抖动得不比寻常，一定是因为参加全县布袋戏比赛的缘故。他抖得极其卖力，要不这样，把精彩的一场要得更出色，仿佛就没有拿那面旗子的份儿了。

不管我是怎么样地不乐意，我是被派定这个角色，过一会儿还要砍脑袋的，这么抖一阵子自然算不得怎辛苦。要说老蔡阳是否真的害怕到这步田地，那不是我能过问的。我只有这样抖下去，听让王财火替我报名，替我解释为什么要这样发抖，免得让观众误会我是饥寒交迫弄成这份赖相的。他用嘶哑的嗓子唱着：

耳听讲，关老爷过五关、斩六将，甥郎冤做刀下鬼……

从布幕上端，观众们看不见的空隙处，我总是看得到王财火那张哀求凄苦的脸。那是他的积习，他只要一开口，面部肌肉就不可约制地非要扭动出各种表情不可。他不是做给谁看，观众也看不到他。那是不由人的，正如同人在电话里说到再见时，也会点头虾腰同是一样的道理。

台下不等王财火唱完这一节，就抢着热烈鼓掌起来。这些观众也许不一定是喝彩，只是表示不花钱看戏的快乐的心境。还有我知道，王财火每人送一条肥皂，把他村子那一带的老的老、少的少，请来了八九十位专门负责鼓掌。

在急骤的锣鼓和掌声里，抖得超过平常的时间约有两倍还多，王财火的汗手大概超过疲劳限度了，不似开始时那么急剧，渐渐我不是在发抖，成了左右的摇晃。我这样子要不是有一把白胡须，或许跟私塾里背书的学童差不多了。

关老爷一上场，台下又是一片掌声。扮关老爷的这家伙，王财火两天前才定做的，从上到下都是崭新。旧的那个不要了，胡须差不多已经掉光，给了才断奶的阿龟仔当作奶头咂着玩了。

新来的关老爷在王财火几个指头摆弄下，像在发谁的脾气一样，全身都在夸大地扭动摇摆，也许这叫作威风。至于幕后面王财火那张汗油油的脸孔，也就由哀求凄苦的表情，一变而成凶煞神的狠相了。

我这个老蔡阳算是暂且定下来，歇一歇我这把老骨头。逢到这个当口，我总是笑眯眯地瞧着台下的热闹。我不是生性这么和气，他们把我塑成这个模样，主要是扮《赵五娘》里的张大公，扮老蔡阳只是客串。

今天场子也不同，不是在露天里。这个屋子够大，够排场。台口头一排坐着评判的老爷们，都是社会上提倡这个提倡那个的热心人士。老爷们面前的长台子上铺着白得反光的桌布，上面陈设着花瓶、糖果、绿盒香烟，还有高茶杯，在扩音器传送出的锣鼓喇叭和王财火嘎哑的嘶喊声里，老爷们热心地吃着、喝着、抽香烟，似乎大声谈笑着什么。有的这时候才得空赶来，越过别人的头顶狠狠地握手，坐下来，望着面前那些食物，不知先对哪一样动手。似乎是伸出了手，没等我看到，我又被王财火抓起来，开始同关老爷厮杀。

这是要命的一场戏，锣鼓喇叭一齐催命似的奏打，加上可以把人震聋的电炮一个连着一个，我这个老家伙便在闪动的电光里，翻过来，跳过去，送给关老爷杀砍，天也转，地也转，昏乱得满眼睛里横横竖竖，分不清甚么东西上上下下地旋转飞动，我的脑袋少说也砍上四五十刀了。台下的掌声更不必说，为着一条肥皂把手拍肿了，肥皂可并不能使一双手消肿。

砍杀的时间也是比平时多出两三倍，我老蔡阳也该剁成饺子馅儿了。可是忽然地耍不开了，不知怎么一来，关老爷的宝刀让我的胡须纠缠住，纠缠得牢牢的怎样也撕不开来。

王财火一定非常着急，一面把我们俩扭在一起，维持厮杀得难分难解的样子，一面我感觉到他的手指在用劲勾住我的脑袋，他非要硬拉开这个仗不可了。

仗是拉开来，可是关老爷的大刀一下子跳到不知什么地方。王财火气坏了，就把我抽到幕后，用劲摔到他背后的天花板上，蹦回来，落到放茶水的小桌子旁边。我笑眯眯地仰面躺在地板上，望着一切都高得离奇的物体。关老爷手里失掉兵器，下边的戏不知怎样做下去。

我睡在地板上，不放心地努力想看到王财火，希望他能想得开，不必太难过，也不要再找我出气。就算我不高兴扮这个角色，也是规规矩矩的，要我做甚么就做甚么，谈不上是存心捣甚么蛋。其实那个破绽不一定就有人发觉到，台下不是照样的一片掌声？要说那是喝倒彩，我想也不碍事；评判老爷们不是凭着掌声是否热烈给我们打分儿的吗？

一阵锣鼓喇叭，一阵比较更久的掌声，接着就是不再守秩序的一片噪杂，我猜得准那是收场了。不一会儿，王财火闯进我的视线，他狠劲坐到一只条凳上，歪着头不作声，抽起烟来。他徒弟王足、他老婆，还有一个老跟他在一起混吃混喝帮闲的邻居，三个人在那边砰砰通通地拆台子，收拾家伙。他老婆总是那样偷偷藏藏的神色，一头下着花幕，一头拿怯惧的眼光，打眼角儿里偷窥她男人。

王财火今天一定要打老婆。想到这，我可真有点害怕，现在正在他的气头上，他要是看到我笑眯眯地躺在这儿，准定走过来，照头上踩我一脚，把我踩个烂碎。我望着排在后架上还没有收拾的曹营的众将官——其中自然也有同我一样命运老被砍头的我那位外甥秦琪，我心里真发毛，真眼红他们那样地安逸。王财火那双特制的又高又厚又沉重的木屐，老在我脑门前摇来摆去；实际上，王财火歪着头坐在那儿，一直都不曾动。

王足，这个老挨木屐揍的大孩子在收地上的电线。一圈一圈收到手里，谨慎得好像那电线是他师父的肚肠子。电线是从我的附近扯过去，希望他会发现，把我拾起来，丢进箱笼里算了，免得躺在这儿，迟早不会有好结果。

这个专挨木屐的大孩子到底注意到我了，不过他回头去看他师父，这个小汉奸也许想邀功讨好，又像害怕挨骂，急促地拾起我，正眼也不敢看一下，又急促地放到小茶几上，装作没有这回事，自顾一圈一圈去收他的电线，谨慎得连脚都不敢放重一点。

王财火歪头坐在那儿一声不响，不知道他想甚么想得那么入神。八成还是在悔恨他自己怎么失了手。在他背后，一个不相识的油头叉腰站着，消闲地抖动着腿，好像存心卖弄他那一身细软的装束。他提起一边嘴角，瞧着王财火的脊背在笑，仿佛王财火的脊背让谁画了乌龟，惹他笑得那样俏皮。

靠近旁壁的窗子下面，铺一张毛了边的独睡席，阿龟仔歪在上面睡熟了，嘴角往下流着口水，拔掉了胡须的那个旧关老爷，面朝上卧在那里，仰承那流下来的口水。红若重枣的脸孔亮晶晶的，威武愤慨的脸谱也变作别一种意思，仿佛在喝叱着："嘿！这么臭的唾沫！"

刚断奶的孩子，唾液似乎并没有恶劣的气味，我也被阿龟仔那只有四颗小牙的奶酸嘴巴啃过，不过我这一大把毛胡子把他吓哭了。

停在王财火背后的那个家伙，似笑又不笑地说："冠军爷！怎么发呆啦！"仍旧消闲地抖动着大腿。

王财火不甚情愿地回顾一下，立时打起精神站起来。能看出王财火是带着一些敬畏的神情站起来。他那一双我所熟悉的汗手似乎一时找不到适当的位置安顿，就在大腿上摸来摸去，也许大腿上原有过甚么东西，现在找不到了。

"没有希望了，阿年哥。"说着顿然大悟地，手从大腿那儿拿上来，打胸前口袋里取出一包红盒子香烟。

这个油头粉面的家伙被王财火喊作阿年哥，看来年岁没有王财火大。不靠力气吃饭的人，似乎生得年轻些。

"别丧气，慢慢来。"这位阿年哥敞开绸质上衣，打着王财火敬给他的花折扇，向我这边走过来。

我可是一惊，王财火一双突出的红眼睛在瞪我。然而我知道，他已经专心在接待阿年哥，喝他老婆过来倒茶、搬凳子。

"拿不到，不要紧，还有下一次。"阿年哥用很响的声音喝进一口茶。

这一个把老婆搬过的条凳又挪正一下，垂着脑袋不言语。

"总共花去多少？"阿年哥坐下，跟着又变换姿势，蹲到凳子上，像要出恭似的。

"总共是……"

"我知道，你这次花费不少。拿不到旗子太冤枉。"

王财火也蹲上去，如同两只歇宿在房顶上的大火鸭。王财火翕动着肥厚的嘴巴，恐怕是在心里算账，算他这次究竟花去多少。

"奇怪，你那一手玩上十多年了，怎么耍着耍着扭住啦？"阿年哥算是发现到我，伸手把我竖起。"看，这半边胡子，三亭拔去两亭，报销了！"他把手指头伸进我里面，让我向他鞠躬。许是我的笑容感染，他也笑盈盈的，有一只眼睛被香烟熏得挤成一条缝。

"少说，也开销掉五百。"王财火似乎这才把账算明白。

"五百？你这个傻蛋！"

"没有五百，四百也有了。"王财火抢着改正，好像减掉一百，就可以不是傻蛋。

"你这个傻蛋，四百也够冤枉！你早不找我，听说你买了两百条肥皂去拉人？"

"哪里有两百条——一百条，一百条也没有用完，还剩下几条，自家也用得。"王财火努力替自己争辩，仿佛已经忘掉他拿不到冠军是因为做戏失了手，而是毛病出在他花钱没花对。

"唉！傻蛋！傻蛋！……"这位阿年哥感到一切都是这么不可救药似的，又逗上一支王财火敬他的红盒烟。好像他不断地骂傻蛋，完全是由于王财火不断对他敬烟的缘故。王财火呢，正相反罢，想以不断的敬烟，堵住阿年哥的责骂。

"早该找我替你筹划呀！"他继续指责王财火，漫指着台口前面，"那几个记分儿的先生，我哪个不认得？哼！谁替你打的主意？拉那些土泥腿来捧场？不说了，气也把我气瘪了。"

"你认得那些先生？"王财火从凳子上跳下来，指着台口那边。那些打分儿的先生早就走光了，从拆卸还剩下两根空架子的戏台那边望下去，一个生过佝偻病的残废妇人只露出上半个畸形的身子，在那里收拾桌布，不时捡些什么送进口里嚼着，又像是喃喃地抱怨什么。

阿年哥把下巴颏撅向天，扭过头去，表示那还用问吗？何止是认识？王财火这一问，似乎又把他给得罪了。

"你早要找我，一句话，只要我交代下去，阿火，闭着眼睛也给你记上——多了不要，至少也记上个一千五百分。"

"打那样多？"王财火的眼睛一亮，"前年，也赛过，只给我多少？只给我七十几分！"

"所以说，你早不告诉我！"阿年哥又把身子猛地别过去，决心不再理会这个傻蛋，但因为差一点把条凳空着的那一端弄得翘起来，赶快老老实实坐下，不再蹲在上面。

"早又到哪里去找你？"王财火找出理由了，"你是今东明西，跟着脚印追，也追不上你。"

阿年哥被恭维得乐起来，笑眯眯，急促地眨着眼睛，想把笑容遮住，一面把那一边翘起的嘴角索性扯得很大很大，露出一整排镶金的牙齿。

"现在，我看，"王财火全不像打他老婆时那种凶相，"还能去……找他们几位先生说说人情罢？"

"现在？"他把眉毛吊作八字形，好像不认得王财火一样，瞧着他，又转视着我，理着我的半边胡须，香烟把他的脸熏得歪过一边。"现在，嗯！"他摇摇头，"现在，记分记定了，再找人，是求人了。怎么？蚊子这么多！"他跳起，抖着裤筒。裤子是艳蓝色，光闪闪的。

"说说看吧，再花两百，我都情愿，要不，我那四百等于丢进水里一样，只要拿到旗子。"

"说说看？……我看倒要替你算算……"阿年哥沉吟着，用我的脑袋在他的小腿肚子上擦痒。他摇摇头："犯不着！犯不着再花上三百五百的。"

"多，不行，三百，我还出得起。"

"你再花那些钱做什么？傻蛋！就凭那面旗子，值多少？

算啦算啦，来年再赛，记着事先早去找我。"

王财火不言语，两手一齐抓挠蓬乱的头发。

王足他们大致地收拾差不多了。王财火老婆蹲在地上，想要喊醒阿龟仔，又犹豫地想再等一等，一面窥伺着王财火，好像害怕丈夫骂她："你还不喊醒他！"或者："你慌着喊他做什么？"她是一点也猜不透她男人的。

"三百，我要花。"王财火断然地叫着。他老婆吓了一跳。

"替你想，省掉吧！"

"一样，省不掉。那面旗子不值几个钱，可是有那面旗子，逢上大拜拜，到处争着请，一下捞上来，也不止这七八百。"

这位阿年哥却折身走开了。他用食指勾在我的脑壳里，把我头朝下，叩着他的大腿。我倒着看上去，看到王财火跟上来，他那张脸似乎是当他唱到"耳听讲，关老爷……"时的样子，凄苦、哀求，只剩没摇摆着脑袋了。

"你知不知道，现在酒席多少钱一桌？"

王财火听了，似乎又在翕动着嘴唇计算什么。

"太寒薄，也不像话。"阿年哥回转身，几乎贴到王财火的脸上，"要稳拿旗子，就漂亮些，五百——怎样？"

"五百？"

如果这个所说的五百有什么问题，那末问题一定是在阿年哥的脸上，王财火的眼睛在面对面的那张脸上打转转，不知他要寻找甚么。

"你要事先找我，就要不了这么多了，"阿年哥双手罩住嘴巴，贴近王财火的耳朵说，"现在，是请人家把记过的分重新改过，这不容易！要今晚上连夜办哪！"

参与这个机密的，恐怕只有我了，我是被套在说私话的人手上。

王财火打出一个手码："我，至多至多，只能出这么多。"

"没关系啦！你我亲兄弟一样，还用讨价还价？"他捣了两下王财火的肚皮，"要不是凑巧我口袋里不宽裕，我还能不替你先垫上吗？"说着扭头就走，没两步又转过身子："实在你一个也拿不出，还不是让抱仙阁先挂我的账吗？"他又走开，不两步又转回来："你老弟一心想要得到那面旗子，有什么办法呢？上刀山，我做阿年哥的也得给你拿来呀！一笔写不出两个王字，我不帮家门兄弟，我帮谁？你叫我帮谁？"

这次阿年哥去得远了，老弟拿出一卷票子开始数。阿年哥却像是唯恐染上甚么似的，几乎要走到台下了。"就这样说定啦！等一会，抱仙阁，我先去跑跑。"

"你先把这四百带去，"王财火赶上来，"万一不够，我再借。"

"你忙的什么？"阿年哥愤怒地喝叱着，好像骂孩子一样，接着他生气地把钱接过来，样子像要摔到地下，但迅速地塞进口袋，还看了场子里一眼。

"万一不够的话……"

"差个一百两百，你还怕我垫不起！"阿年哥还余怒未息，又补充了一句，"你这个傻蛋！"

"都包在我身上了！"这个下着台口阶梯。"放心吧！"但又折回去，爬上两阶，"你可快收拾了来呀！"

"我……"王财火摸着屁股，很抱歉地支吾着。

"你不来也好，省得顶着面，大家都不好说话。"

"我就不去了。"王财火挤挤困倦的眼睛，这时候恐怕已经不早，场子里的灯早熄灭了，只剩台口上的三盏暗灯，照着靠近前面的几排空椅。

怎么？他们都把我忘了？这位阿年哥似乎把我当作手套一样，把我戴走，王财火也居然没有发觉到。我是早就不要当这个专门挨刀砍的倒霉角色，可是现在果真把我带离开他们，离开那些伙友，甚至王财火，我又忽然惶恐、着急，不知怎样是好。我努力往台子上看去，一切都是倒影，看不清楚，在那三盏仅有的灯光下，似乎是王财火罢，从地上拾起扩音器的大喇叭，我再也看不到他们了，阿年哥把我从他的手上褪下，他一面向门口走，一面急促地，摸黑把一卷票子塞进我的脑壳里，塞得紧紧的。这是甚么意思，我不懂得，他是要把我当作票篓，存心要带我走了。

在他推动落地大玻璃门的当儿，我又回顾台上一眼，甚么也没有看见，玻璃门吱哟地响动着，把我隔在门外了。

在门廊下，水泥圆柱上靠着一个又高又驼背的瘦子，嘴上叼着香烟，看见阿年哥走出来，微微地笑着，放下抱着的胳膊，自顾走下台阶去。

"这样久！"瘦子走在前面，连头也不回。

"有什么办法？这种吃死饭的死人！"

"弄了多少？"

"嗯？"阿年哥迟疑着，存心不跟上去似的。

最后一个小贩推着甘草水浸番石榴的推车从我们身旁走过去，阿年哥迅速地把我塞进花台上一株浓密的龙柏树里。

"弄了多少？"

"哼！吃死饭的死人！"我听见阿年哥喃喃地说，"他死定了心不要锦旗，我有什么办法！"

"啊？"那瘦子转过身来，瞪着面前比他矮上许多的阿年哥，愈显得他是个驼子了。

门廊下的灯光照过来，照在瘦子愤怒的脸上。他把还很长的香烟从嘴上拿下，狠劲丢到地上，闭了一下眼睛，然后阴惨地笑笑："你又犯了老毛病，想独吞？"

"不信，你搜啊！"

从浓密的叶丛里，我不太清楚地看见背向我的阿年哥，半举起他的两臂。

"搜啊！"他说。

一九五九·八·铜锣

祖父农庄

我们家世居台湾省已经三代，老规矩我们还留下很多；例如我们说"姊妹"，那意思是"弟兄"也包括在内的。

今年的暑假，我们姊妹七个过得特别愉快，因为今年没一个是应届的毕业生，要赶着考这考那。大伙要怎么玩儿，手搀手，一个也不短少。长辈们眼见姊妹七个这样地齐全、友爱，心中一乐，就特别支持我们。

今天我们姊妹七个在乡下姨婆那里玩了一整天，已经够累了，晚上又团团围着大哥听他那些讲不完的鬼怪故事。

我们把所有的椅子、凳子全都搬到院心，每个人躺着一张不算，还要一张放脚。我们这个小集团，从来不很欢迎大人们参加，因为大哥那些不知出处的鬼怪故事，常受到大人们的指责，认为那不是信主的儿女所应有的趣味。其实那是上一代的迂阔，我们就不认为这与我们的信仰会有什么关系。

十点钟敲过，大哥继续讲他的故事，我倒是又被祖父窗口的景象吸引住了。

祖父的日常生活已经进入老年人那种流水账的方式，可以用"照例这样，照例那样"来说明。例如这个时候，祖父照例送走他那位三段老棋友，照例为他那一口好牙齿使用精白的上盐漱刷一番，再照例读一章信手翻来的新旧约，然后放下蚊帐，一天的生活闭幕了，留下一只五烛光暗绿色的小灯泡，隔着纱窗轻轻摇曳着。那在我们年轻人的眼睛里，真是一种不能忍耐的呆板的生活。我不知道上帝以七个工作日创造了这个宇宙，是否也只希望人类就用这种轮转不变的方式生活下去。

可是近几天以来，祖父的生活显着有点反常，闭幕的时间往往延续到夜空银河斜横过来，母亲催促我们就寝以后。甚至前天夜间一觉醒转来，发现一种不习惯的光亮——那是祖父房里的灯光，照射在我们的楼窗上。虽然第二天的清晨，当我们起身盥洗的时候，他老人家又已经照例从郊外带着满鞋尖的露水散步回来。

也许这些时我们总是早出晚归，到处去钓鱼、爬山、游泳、旅行，一玩就是一整天，对于家里到底发生了什么事故，竟而一无所知。不过我想，在我们家中，除掉商业上有什么亏损，似乎不会有什么不如意的事故发生。我们既无族人，又无近亲，一切的问题要发生，也就是在这个家庭——包括店面和住宅，不到两千五百平方公尺的面积里面。何况问题果真值得他老人家那样破例的话，今天船长和大副（我们私下里都是这样称呼我们的父母）也不会有那样的兴致去游台中，比我们回来还迟。

"玉峰，"我手肘抵了抵大哥，"你注意到没有？"

大哥也不答话，只在椅枕上侧过脸来疑问地望着我。

"这两天阿公像有什么心事，你可注意到？"

"睡得很晏是不是？"三妹玉嵋插嘴道。

可是小姊妹们一齐吵嚷着："不准打断大哥的故事。"

"对了，你该向玉嵋采访，"大哥弯起一只胳臂搂住大伙儿的闹嚷，"我这儿无可奉告。"

"乡下的事，你不知道？"三妹从脸上扯下手绢，故意睁大两只眼睛望着我，我们的"中央社"发布新闻了："亏得是你自己的农庄，你都不知道？真够精明的！"

我茫然瞧着祖父的纱窗，农庄上出什么事呢？几枝风铃树的桠条探进窗口的灯光里，那儿偶尔现出祖父那健旺的剪影，轻轻摇动着鹅毛扇子，我仿佛看得见祖父的叹息。

我们家在乡下有一片不到四甲的田地，都是祖父买下来作养老的。祖父自己经营的香茅油并不比父亲的营造厂更少出息。自从减租之后，那些田地已是徒负虚名了，我想不出那会给祖父带来什么烦恼。

三妹仿佛特别强调了一点："亏得是你自己的农庄……"

姊妹当中，三妹最是擅长察言观色的一个。尽管大伙儿一样地作息起止，她总比别人多知道一些什么。她那样调侃，不是没根据的。乡下的农庄早在我第一篇不像样的散文发表在一家大报上的那年，祖父就决定把它传业给我，供我在那里度一生的写作生涯，尽管我并不一定就有那种抱负。祖父对于所谓"作家"是否有什么特殊的宠爱与尊重，那是另一个问题，但是子孙当中能够有谁出人头地，那总是祖父愿意全力去栽培造就的。而自从我选读了农科以后，那份产权更是成了定案，只差他老人家没有动笔写他的遗嘱。然而三妹的语气，似乎祖父的心事，我若一无所知，简直真就该死了！

"到底什么事这样严重？你一定知道。"我拉了拉三妹的头发。

"不要！我要听故事。"

"我有酬劳，告诉我。"

"不稀罕！"三妹决绝地摆过头去，防备我再扯她的头发，索性双手抱着脑袋。

"玉岭在不在那儿？"

忽然祖父隔着窗子招呼我。

"阿公喊我？"

"到我这儿来一趟。"

低下头去找木拖板，满地都是，也不知谁是谁的。

"快去罢，小地主！"三妹笑着说。我扭了她一把，心里却意识着，毕竟我也要牵涉到祖父的烦恼里去么？

祖父的膝头上摊着那部沉重的串珠《圣经》，慢吞吞地摘下眼镜："上来！"

走上榻榻米，祖父闲散地望着我的胸口，打着呵欠："玩得还好，今天？"

我随便点点头，我把祖父的脾气摸得很透；他要跟你谈论什么大问题，总是那样，要不把空气弄得非常轻松，便一定弄得很散漫。我走过去，准备把纱窗外面的一只守宫弹掉，仿佛我也有责任协助祖父使空气更无所谓一些。

"姨婆很孤苦，你们这些蝗虫跑去啃她？"

"我们都带野餐去了。"

"噢。"祖父低下头了，重又把眼镜戴上。祖父有一种不是商人们所能有的那种气质。那两片轮廓清楚而又稍含羞愧的嘴唇，不知为什么总给人一种坚毅而高雅的感觉，尤当他戴上眼镜的时候，更有一种灼灼的神采。

"明天呢？"

"明天……"我忽然害怕他老人家会派给我什么差遣，把"明天"给占用了。我说："已经决定了到嘉义去玩玩儿。"

"跑那么远？"

"去看北回归线标塔。"

"那会很有意思？"祖父笑笑，仿佛很知道我的鬼心眼儿。

"地球上的一道线，只在地图上看过。"

"后天再去！"祖父岸然地说，"跟他们姊妹几个说，明天到乡下农庄去。"

这次我失败了，祖父一点也没有意思要跟我谈甚么问题，重又垂下头去读他的《圣经》，好像不再感到我这个人的存在。

五辆单车，世界上血缘顶近，又顶惹眼的小小队伍，铺张得使我们有一种快乐的野心，准备小规模地去征服一点什么。

农庄上大人孩子们都偷闲围拢来了，似乎我们是从天而降的那样使他们感到新鲜，久久才散去。佃家阿火哥夫妇俩一下子就里里外外忙不停，这家借茶叶，那家借椅凳。也明知怎样张罗都不能满意，所以一直搓着手，带着一种无地自容的羞赧忙碌着。

不管我们开到这里的小小队伍士气多么旺盛，我的内心却从昨天夜晚直到现在，老是不能坦然。我很明白，此行由祖父发动，总不全是为着到乡下来玩玩。当然在孙辈前面，祖父同往年带我们来农庄看庄稼，仍是一个样子：一种大大方方的满足，又不愿让小辈看出他内心的得意。只是有一点比较使我觉察着与往日不同的，他不阻止阿火哥的殷勤接待。

"阿公，你瞧，你这个农庄有新式农场的样子了。"

姊妹们都分头发展各自的天地去了，相思树的荫凉下，独留下我们祖孙俩和一些空在那儿的竹凳竹椅。在祖父的背后——也就是我的左首，一片模型式的小田畦，一块一块，仿佛经过打线做成那样整齐。每一块小田畦便是一种农作物，并且标着小竹牌，上面写着多少号的蓬莱、多少号的在来、多少号的番薯；还有，本省很少种植的玉蜀黍、草棉之类。好像深怕让人指责这几门农作物生长得很不像样，特别在标牌上加注"试种"二字，作为圆说。

"那是农会在那儿试验罢！"祖父比较吃力地扭头过去看了看那些田畦，有些儿慨叹的意味。

我望着祖父。他的肩上正有一只不知名的小甲虫，挺着长长的触角昂然而行。我伸过手去把它弹赶。

"不过看样子倒是很下了功夫。"

"农庄要是交给你，会整得比这个还坏吗？"

"很难说，阿公！可能我会把功夫花费在那边养鱼塘里，筑一座垂钓的水亭；或者另外辟一个花圃，把那些蔷薇大量繁殖开来，这个农庄将来也许会成出名的蔷薇别墅，在中国文学上反复地说到它……"

我们祖孙俩斜靠在竹躺椅上，瞧着扶桑树围上盛开的蔷薇，交谈着，却不知道阿火哥甚么时候来到我们背后，提着只铝质小茶壶。

"祥征伯公，你老人家用茶。"

"有事，你还是去做事吧！"

"没甚么事。"阿火哥搓着手，忽然又带点儿神经质的转过去斟茶。我发现他的眼睛总是喜悦地离不开那一片小田畦，急于借着那个找点儿甚么话头似的，以致把一杯茶斟到了外面。

鱼塘那边爆起一片笑嚷，六弟人小，嗓门儿却是最出众："好大的一条！好大！"叫嚷的声音里闪烁着鱼鳞的光灿。

"鱼塘放鱼了吗？"祖父呷一口热茶。

"放了些虱目鱼苗。不行，没多大出息。"

"吴郭鱼似乎容易养一些。"

"啊，是。吴郭鱼好养得多。嗳，好养。我家阿财也说，吴郭鱼营养高。"阿火哥就近拉过一张小竹凳坐下去，一双手谨慎地放在膝盖上。他的动作好像总是突发的，刚坐定，又忽然一愣，回过头去吵架似的喊道："阿典啊！阿典！赶快给阿哥阿姊们送斗笠去！拣那些新的。"然后像是跟自己解说："塘边太阳太大了。木麻黄栽了两年，还长不起来……"下面就听不清咕唧些什么。

"阿财呢？"祖父同样地瞟着阿火哥。

"阿财？"仿佛一下子还不知道阿财是谁似的，"阿财，嘿，山猴仔！放假了。今天学校有事情，到学校去了。"

"噢！还在念书？"

"本来，早两年，念完国民学校，我喊他回家种田。打从减租，家里过得可以，去年秋天又给他进了农业学校。猴精仔！会写很多字了。"说着，他那一对眼睛非常光灼，并且又转向那一片小田畦："那都是阿财亲手种的。玉岭小阿哥，你读的书多，你看我家阿财写的字，做得么！"

"做得，相当好！"其实我并不明白他所谓"做得么"

指的是甚么一种意思。我说："阿公，你瞧你这个农庄，要在阿财的手里科学化了。"

祖父笑得非常洪亮："科学化！那很好。等到甚么都科学化，科学就要把你剥得精光了！"

我望着祖父笑，我不明白怎么一下子把科学作了这样的解释。但在转瞬间，我却似乎茫然地感到那可能与减租有关。可是祖父是抢先响应减租的，那印象不能再鲜明：当祖父把旧租约撕掉以后，他拍打着阿火哥的肩背，把他拍打得前俯后仰几乎站不稳脚，那笑声比刚才的洪亮得多。那是一种挥金如土的豪华的笑，属于征服者的。从祖父当时的那副神采，我才发现征服的意义不完全是获取。祖父一生征服的太多，却数那一次的征服顶顶成功。

我感到，我永远没有办法重视别人述说的他们祖先的奋斗史。因为我想，不可能还有谁比祖父所承受的生活鞭笞更重。祖父早年是一个到处为家的海员，然后因病退休，落户到异国统治下的台湾。下层社会所有的、我们没法想象得到的那些寻找生活的苦行业，祖父都在里面打过滚，翻过跟斗。而每一种行业的结束，要不是因为不堪忍受的凌辱排斥，便一定周身负着被压迫者的刀痕枪伤。只为祖父是在台湾割让之后入境的中国侨民，"支那居留民"而非"皇民"的身份，使他比一般同胞的痛苦更深更重。他必须一无保障地遭受欺弄排挤和统治者加倍的虐待。"支那居留民"的痛伤甚且延续到我们这一代，例如抗战期间的行动封锁、财产冻结，"勤劳奉公"的苦役，以及不准我们入学的无理限制。尤其后者，我们总不能忘掉我和大哥、妹妹闹着要进学校的那种情景——我们所得到的回答，只是双亲的眼泪，与祖父一成不变的那句话："等着吧！等着祖国打了胜仗！"

我明白，国家的减租政策还在酝酿着而没有颁令施行的那个时候，祖父就抢先同佃户重立减租新约，那确是他为国家而征服了他自己。如今眼见减租后佃家受惠的显明的繁荣和进步，我却不懂得他老人家反而自嘲起来："那很好！等到甚么都科学化，科学就把你剥得精光了！"

那是使人费解的。不过我可以断言，祖父丝毫没有嘲弄科学的意思，他几乎是在嘲弄他自己。

用午餐的时候，祖父又以他那副善用一两句语言调节空气的偏才使大家快乐得迹近无法无天。祖父自己也甚至把一只脚蜷起来踏在椅子上了——那是早年的那些苦行业给他留下的一点纪念性的积习——仅有的，也是丢不掉的。每每在他快乐的时际，就会不觉间表露出来，虽则也会偶然自觉地赶忙规正自己。

这时阿火哥、连他那个分外羞羞躲躲的儿子阿财，似乎也不至把赔笑的笑容冻结在脸上了。

"来，阿火，敬你一碗！"祖父举起他的饭碗。

阿火哥一下子慌张得几乎不知道饭碗是怎么端法。五弟嘴快："我们没见过碰碗，只见过碰杯。"阿火哥好像被说到短处，忙着解说："伯公一家信教，阿火可没敢备酒呢，小阿哥！"

"玉仑！"祖父侧过脸来，一种做作的责备，冲着五弟问道，"要碰杯是不是？我先问你，酒是什么做的？"

"不是米做的吗？"

"谁发明的？"

五弟做了吃惊的鬼脸，应对不出了。

"好像是杜康吧！"三妹咬着筷子笑。

"是有钱人！"祖父换了一只脚踏到椅子上，"有钱人的米太多，肚子又比穷人小，吃不完怎么办？五斤米酿一斤酒，吃起来就容易多了！"

大哥带头鼓掌叫好，说祖父才是世界上顶大的发明家。我的心里却因此有点儿感触。祖父常把我叫到他的屋子里聊这一类的问题——就算是问题吧——很可以那样说，他这一生很大的一件憾事，便是他给自己苦来的财富已经超过了他的需要。因为他经常痛苦地感到，把属于自己的财富再送出去，不管是少到什么程度，竟是一件很困难的事。而在生活的享受上，他老人家几乎还保持着年轻时那个清苦的低水准。

"阿公的话不全对。"我说。我想三妹一定又认为我在奉承祖父了。"你才不能成为一个酒的发明家。"

"谁在那儿屙脓泻痢？谁？"祖父带点儿低级趣味的

矫作，巡视着我们，"我这个农庄就是个酿酒厂。知道吗？你们？"

"那不过分；阿公留给自己养老的，谁让阿公那样刚强，到老都不依靠人呢！"

"除掉养老，而且还准备留传给二哥，好做一个大文豪，就便研究研究植物病虫害，造福农民。"三妹是不肯放过这个机会的。

"不管怎么打算，这个酿酒厂——我是决定关门了。"祖父笑着，也不管这话在我们几个大姊妹心上会有多大的分量，却径自重又把饭碗举过头上："来，阿火！闲话耽误了，这饭碗还没有碰成。"

"这个，祥征伯公……"

"来，别管他们小姊妹拗嘴。"

阿火哥没弄清楚到底是怎么回事，但他知道这里面定有什么根苗。

恍然地，我明白过来了！

"阿公！"

祖父并不理会，自管对着阿火哥，一人捧着一饭碗："往时，我是不准你这么多菜的，今天我是以十七年前老地主，最后打扰你这一次。"

阿火哥迷惘得有点儿惶恐了。

大哥凑过脸来说："瞧，这一次又让阿公抢先了。"

"难道是……响应什么……耕者有其田……"毕竟那还不是我们生活里的东西，当作教科书太久了，以至说起来很拗口。

祖父与阿火哥商量变换契约的日子。

不知为什么，我这才发现这农庄原是我们的产业。一直我都像所有不务实际的年轻人一样，很难为什么田地房产动心。虽然这种对于行将失去的农庄所感到的惜恋只是属于情感而非欲望的。

显然阿火哥在心理上从没有过这种非分的准备，一时还很困难接纳这一事实。我看他连胃口也倒了，守着那饭碗，一粒米也吞不下。对于他，尽管前有减租的例子可援，毕竟忠厚的农民们只许有过减租的梦想，却断不可能狂妄地奢望平白从地主手里获得产权——那几乎是犯了天条的大恶。

这使素来对什么事也不大认真的大哥，也慨叹了："我们只以为教科书里说说讲讲的东西，倒是在我们祖父的手里兑现了！"

"就好像我们两只脚能够站在回归线上一样。"我说出相等的感觉。

"理想并不是距离我们很远的东西。照这样看来。"

"不一定是理想。"我懂得祖父。我断言，连他那样抢先减租，也并不为的是理想。他一直都不曾有过足可使他破费财产的理想。要不然，他不至把他超过需要的财富当作一生的憾事，而至感觉到在他甚难克服的困难，乃是将属于自己的财富送出去——哪怕是一点点。祖父的作为，我看得多了，了解得多。譬如不多会儿以前，他就曾为小田畦上阿财的那些竹制标牌嘲笑他自己。如果祖父确是为着理想而自动减租，他便没有理由嘲弄他已经实现了的理想。

大哥点点头，同意我的推断："不过，我想，总应该还有一种力量在影响着阿公。"

"那就是国家。他不是总爱说：'我只管国家有没有，我不管国家对不对！'"

大哥没表示可否，他好像是在试着想，有甚么事例可以证明祖父确是如我所说的那样。事实上，祖父他自己立刻给我们证明了。午餐用过以后，他老人家领着我们，沿着他的田亩边缘巡行了一周。祖父的意思是：如果他是一只鸟，他要子孙们确知他曾筑过多么大的一个窝巢。祖父的得意和失意，便是这些。至于因一种新的民生政策推行以后的农村远景，却没有给祖父甚么喜悦，几乎相反地却成为一种感伤。

"阿财！"我蹲下来，蹲到阿财亲手种植的二十四号蓬莱的小田畦前面，"你过来看看。"

那个老爱脸红的农校毕业生慌张地跑近来。

"你发现没有？你这儿生'稻蝽象'了。"

"那可怎么办？"仿佛他的稻子被宣布不治之症那样，不必要的慌张使他甚至发抖了。

"不打紧。用百分之六点五的 BHC 水悬粉，"我一面在地上给他写出来，"加水两百倍。要不了多少。还有一种……"

"瞧他一个人！"三妹在我的背后笑了，"憋甚么屁嘛！*"

"你说谁？"我挑着一指头的泥土，准备抹她的脸。却发现不是在说我。只见酷爱数学的四弟一个人踢着步子，往农庄门前那边的香蕉园走去。大家都瞧着他的背影笑。

"阿公，一共三千零六十八步！"

四弟跑回来报告祖父。想不到他那么贤孝又认真，巡行完了，他还要坚持着一步步走向我们刚才的那个起点。祖父乐得好开心，把四弟拉到眼前，抚爱着："好！好子孙！你们记住，一共三千多步！三千零六十八步！"

大伙不太诚心地笑着，都很疲倦了。相思树荫下，东倒西歪，又像夜晚围听大哥讲故事的样子，只有五弟一个人弯着腰在那儿刮篮球鞋上的泥巴，方才他失足歪到稻田里，连袜子也灌进了泥水。

祖父显出一种少见的疲惫，摇着槟榔扇，摇着摇着，手就失去控制地停了下来。

不知道为甚么，我感到阿火哥这时候是最需要同情的了。他一旁照应着水果、茶水，那样一个忠厚老实的农民，这件在他应该是极其喜乐的大事，对他仿佛成了一种打击似的，

---

* 客家话，意为"神气甚么嘛！"

他差不多不敢正视祖父一眼了，像是犯人犯了很大的过错，羞愧得无可如何。

"阿公，"我忍不住问，"你失眠好几夜了不是？"

祖父枕着椅背，侧转脸来惺忪地看着我，然后把视线移向那座高高的井架。那一起一落的鸟血杠杆，使我想起《唐·吉诃德先生传》里的风车，带点儿魔法似的。

"嗯，或者还要有几夜。"

姊妹们都注意起祖父来。不知为甚么，连最小的七妹那一对稚气的大眼睛也含有一种怜恤的光灿。

阿火哥也许并不十分懂得"失眠"的意思，他迟钝地一个一个环视着我们，动了动嘴唇又闭上，然后忧戚地道："祥征伯公年事也高了，总要……多保重。"那神情简直是快乐不起来了。我想纵是像三妹那样尖酸的人，也难不够厚道地以为阿火哥那是假装的。他仿佛实在找不到甚么理由再停留在这里，又找不到甚么理由走开，于是摸索着就近把小几上一些香蕉皮和菩提果种子捡了一大捧，走向猪圈去。我望着他的背影——那个在年轻时被超量的劳动妨害了正常发育的畸形的背脊——却发现他对于祖父无法表达的感恩、同情、难以图报的觖望，竟遮盖住他的应该发疯的喜乐。人类不是还没有现实而贪婪到不可救药的地步么？也许农民们远比我们都市的小市民更懂得人与人之间的情义。

"不过我觉得，阿公一向都是很达观的。"

大哥敲破了沉寂，我几乎是惶惧地瞧着他。可是祖父闭着眼，并没有甚么反应，壮健的胸脯挺动了一下，似乎那就是他回答大哥的。

"土地本来就不应该属于个人。"三妹说出我正巧要说的。也许轮到我来表示这个见地，我会说得噜苏些、婉转些。

"血汗呢？"祖父依旧闭着眼睛。

三妹正用一双手抹着鬓穴，把两只眼梢抹得吊上去，被祖父这么一问，一时回答不出了。

"我的财产里面，主最知道，没夹着别人的一滴血、别人的一滴汗。别人用一滴血汗换来的，我用十滴血汗才换来。我错了吗？"

"可是阿公偏又抢先把血汗往外送，我不知道阿公为甚么要那样做？"三妹用指头一下下梳着头发，嘟着嘴，做作出来的怄气的样子。

"我尝尽了没国家的苦；我只管国家有没有，不管国家对不对。国家的制度我总要比谁都抢先遵行。"

"玉嵋的看法并没错，"我很少帮三妹说话，"土地本来就不应该属于个人，就像太阳和空气一样。"

"可是我们的农庄属于阿火哥了。"四弟挖着鼻孔，也许一直还在心里背诵着呢——"三千零六十八步，三千零六十八步……"

"并不是属于阿火哥，"我道，"因为阿火哥要种田，会种田，他就应该有田可种。"

"很好，玉岭，我喜欢你说这种话，"祖父一直闭着眼睛，"我把农庄留传给你，总也说得通罢？你学的是植物害虫病。"

"是植物病、虫、害！"三妹一向是负责给祖父纠正新名词儿的。

"不，阿公，"我说，"这是一门学问。如果研究这门学问需要土地的话，自然也会像阿火哥一样，从国家那里得到。我们姊妹是幸运地有个好祖父，我那些同系的同学却不一定个个都有。可是他们怎么办——如果土地非从祖产得来不可的话。"

"可是你知道不？"四弟满嘴的番石榴，嚼得磕崩磕崩地响，"阿公用多少血汗才买下这个农庄？"

"那是因为阿公不幸生在那个时代——像现在，阿火哥就不用花费那么多血汗。"

"像亚当夏娃，更不用花费一点血汗。"

大哥一语点破问题的核心。

大家都沉默了。因为大哥的话使人乍听之下，不费思索，就觉得那该是一个真理。然而那又是必须煞费思索的。

六弟七妹不知什么时候睡熟的，六弟嘴角在流着口涎。我瞧着他们，心里在思索大哥推出的那个真理。

大家都被午后的炎热熬得困倦了，农村沉进奇特的平静当中。我也闭上了眼睛，只是心里思来想去，琢磨大哥的高论。

我很自信，我可以那样地下注：

伊甸园——最早的祖产，不是用血汗买来的，是创世主赐给人类的。可是承受这肥美土地的伉俪俩却以一颗善恶果子的低价卖给了撒旦。从此，土地含有了买卖的意义，且是属于可咒的魔鬼的买卖……

我很得意我的这些新的发现，但是大哥也睡去了。

在我心安的蒙眬瞌睡中，一点细微的动静使我醒转来。祖父打着呵欠："天有多晏啦？"

太阳偏过大毛竹林的后面，祖父的身体沐在阳光里，被晒醒了，肥厚的腮颊上印着竹椅枕的痕迹。

"四点五十了。"五弟拉过大哥的手臂，看了看表。

树枝上垂下一只小青虫，半空拧绞着身体在奋斗。系着它的吊丝迎着太阳，现出一道精细的金色弧线。

"我们该回去了罢？到家也该六点了。看这两个孩子，比我还睡得熟。"

"阿公睡熟啦？"

"这几天……"祖父吞下一口茶漱嘴。他哗啦哗啦地漱着，仿佛借此还要再整理一下他要说的什么。他弹去袖口上飞跑的农村特有的高腿蚂蚁，疲乏地望着大哥："为这点儿田产，这几天心里都不平静，你说很糟不是？"

"不过阿公给我们留下的这个榜样，已经距离我们够远的了，"大哥道，"我很害怕连我们这一代也没办法做到。"

"没有用，没有用，我一点也不心甘情愿！"祖父摇着头，脸上有一种牙痛的苦楚，"不管怎么不甘心，我都能压迫自己去做，我这辈子受惯了这么磨炼。这一次——一开头我就求主引领，不要照着人的意思。可是，心太刚硬了……或许在求祷上，我把国家看作顶高的了；我只求主让我心悦诚服接受国家的制度，没求主让我明白我的私产为什么要送出去……玉峰！主借着你，给了我启示……伊甸园……伊甸园……"

一群排成一排的开屏的雄火鸡，像是西洋古代那些自视过高的贵族妇人似的，耸耸然向我们走来。

"我不是不同情穷苦人，我只觉得他们的干劲还不够。当年我不也是像他们一样？他们比我还好得多，他们还有国家！……就是这个想法让我落伍了。从来，我都是不甘落在人家后面的……"忽然祖父的精神为之一振，拍了一下椅把："我想，我还是落伍不了！我们回去罢！"

"永别了！我的蔷薇别墅！"我以这个逗得祖父大笑起来。可是阿火哥一直在为我们不肯接受他那顿或可稍补于内疚的晚饭而怅惘得要哭的样子。说真的，想到他那摆满了一桌的白色的大肉块、白色的虱目鱼、白色的烧豆腐……我们实在心有余而力不足。那真是白色的恐怖，像吃死尸一样。我发现我们尽管悲天悯人地同情这班劳苦大众，却很难跟他们一道生活；哪怕只是仅仅的一天，而且是被盛情款待，也是难熬的。我不能确定我们应该属于社会上的哪一个阶级，但我们只能很进步地活在概念里面，略一触到身上的痛处，便一刻也容忍不得，这是没有疑问的。

祖父用他"老爷式"的上车，一条腿先跨上单车，另一条腿还立在地上，等他看着大大小小都上了车，这才瞥一眼他曾寄以许多许多美想的农庄，蹬车启行。

"玉岭！"

祖父在前面喊我。我加力蹬着单车赶上去。祖父道："你刚才说的：太阳、空气、土地。我怕有一天，会又扩充了：太阳、空气、土地，再加上金钱！"

我还没有想得这么快。祖父倒是超越到我前面去了。

坐在我面前的七妹忽然指着前面喊道："阿公，你瞧那只白鸽子，好可爱！"

田边一块木牌上落着一只白鸽，前面三辆单车从它面前过去，都没有使它惊吓。单车走近去，那牌子上的字当我们下乡来时倒没有注意：

"高育二十七号蓬莱新种。"

那分明是阿火哥家的阿财——那个农校学生的笔迹。这田地现在是他自己的试验场了。

"阿公，怎么它嘴里衔着一根鸡毛呢？"

"它要做巢，孵小鹁鸽。"

"阿公，"我一直在思索着他老人家说的，"或者有一天，连金钱也不该是私有的了。不过……"

我不知道我有什么可以说的。

"不过又该让你们的孙辈来开导你们了！"

这是祖父向我说的。

一九五八·二·凤山

蛇屋

　　要是在萧旋的东北那个老家，早就是见雪的天了，这里的山色却还是一片夏绿。祖国的土地就是这样地辽阔。

　　石龙长堤从山脚那里蜿蜒下来，伸展向平原腹地。这一道防洪长堤是由无数装进鹅卵石的铁网袋一垒一垒排得整整齐齐堆积而成的。不罢！应该说是在白热的太阳辐射下不可想象的大量汗水和心血的结晶。在台湾省的北部，太平洋的滨岸，萧旋和他的无数伙伴刚刚完成这类的兵工工程，现在又只身南调山地，进入荒僻的山区。

　　石龙堤坝向阳的一面，是一座大水圳，老远老远他就听到这水圳的极大的动静，使他仿佛又听到塞外草原上千骑万骑的奔腾。激流从山根底下凿穿的闸口里漱着喷着直泻而下，仿佛是一幅玉蓝的大缎带，绷得紧紧的，悬空奔出丈远之外，再俯冲下去，飞溅起白云一样的浪花，大团大团的浓雾，映着夕阳，现出一弯影影绰绰的彩虹。水圳工程的顶上是一层层高上去竞赛着耸入蓝天的群峰。肉色的山尖衣着夕阳余晖。一两朵白云从山巅上飘过，被刮下丝丝皎洁的纤维。

堤坝北面，辽阔的河床上满是灰绿的鹅卵石，一流浅水躺在偏北岸边陡立的红色山根底下。远远望去，一群涉水晚归的人们，头上顶着高高堆积的物件。河水最深的地方，也只没到膝头。

萧旋这个年轻硕壮的军官，怀着一股子热衷于拓荒边疆的激烈的情怀，衔命来到山区担任组训民众的工作。萧旋爬上石龙堤坝。石龙身上每一片黑色鳞甲，似乎都是他所熟稔的。那张赤黑的东北型的长脸，衬着他背后的蓝天白云，显得异常鲜明。斜阳从侧面投射过来，在他的脸庞上雕削出虔敬的，几乎是痛苦的深刻的线条，毛孔像橘皮那样粗糙，从那里攒挤出来的汗珠大得粒粒可数。他笨拙地抹一把汗，心全用到浏览群山的景色上面。瞧着瞧着入了神，大拇指又送进嘴里，啮咬着指甲。他的妻子总是纠正他，总是改不了他这个自幼养成的坏毛病。

萧旋的背后，苗老师跟着爬上来，替他指点这一带山区的地理情况，以及进山的两条路线。他替萧旋决定取道那边的吊桥进入山地，这是进山的最后一段里程了。

苗老师摘去眼镜擦汗，遮在斗笠下的是张黑瘦的尖脸，看上去比萧旋年轻些，还透着一脸的稚气，谁也不相信他比萧旋还长上两岁。

"要是涉水过去，比吊桥就近得多，"他说，"不过，随你的意。"

苗老师说着从地上重又拎起那只琵琶箱子，准备再往前走。"要是我，老萧，我就要走吊桥了；省得涉水过去，提着袜子鞋子的，不大像话，人家摆队迎接你这位队长呢！"

萧旋好像没有听见这位中学时代的老同学跟他说了些甚么。他从堤坝上往下看，隔着河身，远远的一个身穿山地盛装的矮子，腰里佩一柄腰刀，手搭着凉篷，发现河堤这边的他们俩，便转身飞奔上山，粗犷地长嚷着，引起满山遍谷的回声，挺有点儿威胁人。河里那群涉水者立即加快了脚步，河水溅起一片金花银屑；波光分外地灿烂。隐约地传来一阵嘶笑，大约是因为其中的一个跌倒在水里了。

萧旋这才兴奋地笑道：

"老苗，你猜怎么着？"他用中指和拇指打了一个响："咱们也跟他们学学好罢？咱们也下水趟过去。"

苗老师也并不反对，他看了萧旋的绑腿一眼，觉得下到河里去要费那么多的手脚，实在太麻烦。而且涉水过去，迹近狼狈，总似乎会使他这位老同学在威望上受到一些甚么说不出的贬损。

萧旋并不很魁梧，只不过骨架子大，人长得结实，血液也好像比常人多上几百CC，看上去就令人觉得这家伙精力太充沛了，时时要冲到哪里去。只有那对深邃的眼睛对冲了他周身上下粗的线条，只有这使他不致流于浮躁浅薄，保持了他这种人所需要的那种深度。

走在河里，他除掉背着背包，另外还有一只箱子，也学着刚才的那群一样，把它顶在脑袋上。

水声哗啦哗啦地响着，萧旋走在前面。"你说甚么，刚才？"他转一下身子问道，"谁在摆队欢迎谁？"

这位老师只顾着把裤脚提得更高一些，没有应他。

"我说老苗，别那样。我跟上面争取派到这儿来，图的是你在这儿，咱们合伙儿创一创，可不是要你给我这么样捧场的！"

"我们伟大的队长，话说慢点儿成么？"

"咱们年纪轻轻的，干吗好的不学，单单学来那些腐败的铺张！"

"铺张？我的天爷！"这一个忍不住笑，"你别想得那么铺张好罢？待会儿，等你瞧见我那群光屁股高足，再批评我铺张也不迟。"

萧旋那张多血的脸孔罩上一层严肃的颜色，一直涉过了河水，坐到岸边的红石上晾脚，始终没再说甚么。

"说老实话罢，你也别那样不通情理，"苗老师扇着斗笠说，"咱们俩交情也不浅，信上你又答应过我，将来夜课你要替我分担一部分。那末，让我的学生来迎接你，小小不言的，没甚么说不过去的罢？"

"再说，"苗老师瞧着这位老同学不言语，心里很不安顿，"除掉我那些光屁股高足，至于那些所谓父老兄弟，我可没敢去惊动，不过刘警员既要那么做，我就不便阻止了。待会儿别都记在我一个人的账上。"

"也许，我这身军服穿久了，真像你说的，有点不通情理了。"

"老同学了，谁还不知道谁吗？"苗老师拣了另一块红石坐下来，跷着一双赤脚在晾。"刘警员的意思，我也同意，咱们都是大陆人，不互相帮撮帮撮，架架势儿，也让他们瞧不起。再说，你这次进山来组训民众，咱们这是军、警、教，合成一家人。你没来时我们是觉得有些势单力薄，总壮不起胆似的……"

萧旋不禁诧异地望着他的老同学，似乎不大懂得他说了些甚么。一片反射的水光在他的脸上和身上荡漾着，人显得有些飘忽，摇摆不定。他的脸色明了，暗了，也就使人摸不清他是怎的。然而在他们俩深深地对着凝视了一阵以后，有一种近乎幽默的谅解同时表露在他们的眼神里。两个人好像又回到读书的那个年代里去，多少争执、多少冲突，最后总是被这种眼神轻轻地冲淡了，和解了。尽管现在他们俩不曾争执和冲突，但他们都比年轻的时候更敏感了这些。

有一个青年从山坡上奔跑下来，就像滚下来似的那样快法儿。到了眼前，不知是出于夸傲还是甚么，动作夸张地冲着萧旋行了个军礼。萧旋一眼就看出这是一个接受过良好军事训练的青年，且是一名好兵，萧旋还在赤着脚，就连忙把黑胶布鞋套上脚，提着袜子绑腿站起来。

"咱们赶路罢，天色不早了。"

他望一眼提着他的衣箱候在一边的这位青年，却在苗老师脸上发现到一抹迟疑的颜色。后者动动嘴唇，没有再说甚么。

之字形的山路，往复盘附在陡立的峭壁上。人是很难信任那些悬临当顶的巨块危石；同样，对于脚底下镶在悬崖边缘的小道，也是放心不下。苗老师殿在最后，边走边为他介绍这位曾在军士团受过训练，并且得过全团第二名褒状的林军士。

"将来你要借重林军士的地方，恐怕还多着。在山里，这就是文武全才！"

"恐怕也是你苗老师的高足罢？"萧旋一路卷着绑腿，跟前面侧过脸来的林军士交换了友善的微笑。他从那张棕黑的大颧骨的脸上，发现到一种平静的崇慕和信任。从这里，他看到在我们古老的国度里这个最年轻的新族系的特色；有如在母亲怀抱里真诚地挣扎着要到地上试步的幼儿，皎洁的灵魂，高尚的心，超越于邪俗之外。好似从孩子们那一对清可见底的眼瞳里，可以窥察到黑是黑、白是白的那种洁净，没有成年人眼球里那种贪婪的血丝、褪色或者污脏了的斑迹，以及那些专看某一些、无视某一些的灰黯的云翳。他爱这一些，是因为他自己有一颗年轻跳动的心，不是每一个人都有的年轻跳动的心。

绕过前面山腰，人会陡然感觉到被陷进重重荒山。远近的层峰叠岭尽是深黑的森林，有几处蓝烟从山里引升上天，又不像是炊烟。走在密密的樟树丛林里，到处都是翩翩上下的大彩蝶，扑到脸上，落在肩上，对于怀着复杂趣味的大孩子萧旋，没有比这更友好的欢迎了。但是没有习惯深入生活的人们，就觉得难耐这种荒漠和孤零。人唯有处在这样子景况里面，才会相信群居的安全和需要。当萧旋在这条荒无人烟的山路旁发现一摊新粪时，这才他仿佛嗅见了人的气息，内心有一种微妙的宽慰和亲切。他就停在这附近，弯下身子打起绑腿，然后把袜子握成一团，塞进裤子插口里。

经过这一番涉水跋山，天色已近薄暮。往前再绕过一道山坡，便看到招展在丛林里的鲜丽的旗帜。通往村子去的石子路两旁，正排列着这山区的居民们，在迎接他这位年轻的民众组训队队长。

有一种自我的憎恶和鄙弃，立刻抓住了萧旋。他侧过脸去准备瞪他的老同学一眼。后者正忙于给他引见迎上来的归乡长、老酋长、刘警员和山区的军士们。却不知怎的童年的一些片片断断的景象，泛着涌着，仿佛一片汹涌的浪花，一片在狂风里翻腾的森林……侵略者踢着鹅步，马靴的后面是蜂拥的木屐。侵略者挺进他故乡黑山，一个被征服者身受的凌辱、苦难，三八式步枪和刺刀，雪原上殷红的血洞……血洞……血洞啊……他从这个忽又唤醒他痛苦的旧梦的欢迎行列前面走过，努力想一一地审视他们，审视那些深陷的眼睛里，是否会有一种"日本人去了，你们又来了！"的忍受、不满、屈辱、种种沉默的憎恶。但连最幼小的儿童在内，没有一个不是深深地弓下腰，双手垂在膝盖之间。这在萧旋的感觉里，不如说是一种羞辱和讽嘲。

仿佛这是天下最长的行列，就也走不完了。临到排尾，他发现仅有一个仰脸向他微笑的孩子，他发现甚么珍宝似的，拉住那只满是污垢的小手，萧旋这才发觉孩子不是在笑，龌龊的小黑脸上，只是为着吃力地瞧着甚么才形成的一种近乎笑容的筋肉牵动。

他迟疑一下："叫甚么名字？"

脏孩子翕动着嘴唇，半晌，却"嘿嘿嘿"地只有形式而无内容地傻笑了两声。孩子的眼睛有毛病，始终呆滞地斜视着天空某一个固定的方向，没有表情。

萧旋正待直起腰杆儿，忽一只手鲁莽地打在孩子的后脑上，随即是略嫌尖锐而使人不安的女声："说，阿卡鲁！说，你叫阿卡鲁！"

一对深陷得近乎空虚的大眼睛，闪灼灼地仰视着他，随又惶惧地躲开，像是触犯了天条那样，那眼睛里闪动着战栗的光耀。

这是个大约十六七岁的姑娘，棕红的皮肤，身材在她的族人里不算矮。惹人疑问的是一袭陈旧的压着滚边的黑衫，湿淋淋贴在身上，像是刚从水里爬上来一样，整个结实的身子隔着衣衫，画出几道主要的线条。

"怎么啦，杜莲枝？"苗老师一旁问道，"看你弄成这个样子！"

姑娘仓皇地笑笑，一时不知道要怎样掩藏自己。向着山下河流的那个方向噘噘嘴，仓促间又深恐要受指责地瞥了萧旋一眼。

"萧队长，"苗老师竟然这样地改口了，"我给你传报一声，归乡长的意思，请你主持降旗，就便给大家讲讲话。"

这位队长皱皱眉，他不知道自己来到了甚么地方，完全不是他所预想的那样——满是他的沸腾的狂热，他所期盼的洁净的土地，最蛮荒的所在，没有虚伪的假文明，人们是赤裸着，他也是赤裸而来的……

但必须抑制，他自信他的理想，他的洁净的心田。

"队长太辛苦！"那位刘警员一旁引导着，"还是先到里头歇歇脚，喝杯茶再说。"

朝着欢迎的行列，萧旋拱拱嘴："那末，大家呢？"

"管他们去！等等没关系。"

萧旋咬紧了嘴唇，沿进村的小道移动起脚步。晚雾里荒凄的山色，把一抹淡淡的灰心丧气的哀伤带给了他。

"这样好吗？刘同志，"萧旋停住脚步，按捺着自己，"你要有事，你请便吧。"

兀鹰在暮色里盘旋，哗哗地鸣叫。

人们齐大伙儿来到学校的操场。

刘警员没有去寻方便，心里很不舒畅。这样一番好意，反而碰上个不软不硬的钉子。对于存心作好，而实在并不十分明白自己在做着甚么的这样一个小人物，没有比这个更会使他作闷。今天这些村民一过晌午就在这儿摆队欢迎，不是他挨门户去通知，去动员，休想有这种排场。说起来这又为的是谁呢？把这一支民族新元视作异类，刘警员正代表不知多少以空虚的文明为夸耀的官员。为一个小有地位的自己的同族装点这点儿排场，刘警员已经感到够寒蠢，够过意不去，这位姓萧的却不识大体，不领受这份苦心。大伙儿走往操场上去，他落在最后，想着想着，一阵子闷气，挥起腿来把路心一颗不顺眼的石头子儿踢开，踢得很远很远，滚着滚着，带着多少不服气的意见，滚落进树林里去。

操场是在半山腰里开发的一片平地，这山场的红色土质才经过一场新雨冲刷过，又经过太阳的曝晒，便尽是些精细的龟缝。

站在山场上仰望上去，耸进云天的胭脂红的巅峰，山麓上黛绿的森林和挺立在那里的巨人似的高压线铁塔，便成为正在热烈飘扬着的旗帜的背景。有几只兀鹰低旋在傍晚的天空，勾着头寻找昨夜宿处。

萧旋的背后，扬起那带着宗教虔敬意味的歌声，带引他飘向许许多多片断的幻觉。在那些悠长的流亡和战斗的日子里，在白音塔拉河上，义勇军的战士们曾高唱过的纤歌。在冰雪封锁的塞北草原，蒙胞的羌笛泣诉着低徊感伤的招魂曲。还有那黄荡荡无边无沿的沙海鳞波，沙原上卷起擎天的沙柱，容忍的驼铃，口马长嘶……太多了，那些感人的际会。他是在那些际会里，在那些流亡和战斗的日子里，由着风沙和雨雪打熬成人。在他的前面，总是这一面旗帜，一年又一年，一如每一个贤孝的祖国儿女那样，跟随在这面旗帜的后面，紧紧地跟随着。

他那旺盛的心脏，便在这一片虔敬膜拜的歌声里，一阵阵收缩，抽动他每一丝精细的脉管。他思念海峡对岸祖国的土地和人民。在那边，日夜渴念的是这个歌声。他便像是个饱经忧患的老人那样，体内装载着过量的感慨，需要吁放出去。他轻轻喟叹着，在暮色隐隐泛起的这个山场上，这又是祖国的另一面的边陲，另一次的劫难。

半圆的月亮已在深山的那边浮动，天还没有黑透。

就在这山场邻边，一栋很像东洋庙寺的桧木建筑，不算怎么样高大，但在这尚未完全脱离穴居的荒凄落后的山村里，显出它不知有多唐突，有多奢华，又有多孤独！

他只知道刚才林军士为他安放行囊去了，现在林军士从那栋建筑里出现，迎面走来，一步一跳轻松地下着台阶，嘴里吹着口哨，一首萧旋熟悉的日本童谣——

撒库拉，撒库拉，

三月的天空呀，望呀望不着边。

……

这建筑，这口哨，那末，他就要住进这里了？唐突，奢华，孤独，在往后的十个月里？

几株苍郁的凤凰木把这栋房屋黑森森地罩住。它是这样阴暗，总比室外早黑一个时辰。走进这屋里，不像是一步踏进来，倒很像一失足掉到里面来了。

烛光照着归乡长他们一双双眼神，那里流露出一种期盼，希望从这位政府委派来的军官的脸上，看到他多么满意他们刻意为他安排的这个驻所。

他有一千个不满意，也只有做出一万个满意。他的不安和不赞同，都被他的不忍所抑制了。

这屋里似乎多着甚么，又似乎缺少甚么。萧旋去拉动窗子，觉得急于要看看不属于这屋子里的以外的甚么。

窗子大约很久很久不曾打开，被岁月和风雨封死，拉它不动，有几只手伸过来。窗棂上有些灰尘，指头触在上面就能感觉得到。

窗子猛拉开来，不知盘踞在甚么上面的一条黑苍苍的小蛇，好像是从窗框顶上掉落下来，适巧就拦腰夹进两扇窗页窄得塞不进一只筷子的间缝里，真不知道怎么会夹到那里面，牢牢地夹住，露出小半个上身，仿佛还很悠闲似的悬空荡着，夹在里面的尾巴咚咚地抽打着两面玻璃。

萧旋一阵子发麻，不觉退后一步。

迎着西天金黄的云霞，又映着烛光，蛇影扭绞着左右荡动，从那张喘息的嘴里，隐隐吐出精细的红信。

忽然老酋长抢着跪到窗前，往上直直地伸起一双枯干的光臂，喃喃地好像念着甚么。一阵子无来由的寂静，山场上又传来似乎仍是林军士的口哨：

三月的天空呀，望呀望不着边。
又像云彩，又像霞……
……
去吧，去吧，
大家同去赏樱花……

还是那首凄凉的童谣，一个精明年轻野心勃勃却又总是被命运拨弄的民族，艺术的声音就是这样地凄凉。

年老的酋长张皇地扎煞着两手，凑近去，眼睛直直地瞪紧这条垂危的蛇，不知道是想放走它，还是要打死它。那窗页不管往哪边拉动，都足以把它轧作两段。放走它，和打死它，都成不必要的了，眼看它使出生命余烬，用力蜷紧身体，蜷作一个个圆环，再颤巍巍地用力伸直，反复地这样，直到松软地垂挂下来。

萧旋并不懂得蛇在山胞的心里、信仰里，会有多重要。他把这当作非常难得而有趣味的奇观。苗老师在学校那边为他张罗晚饭，刘警员的家眷住在山背的神社里，装着一肚子闷气回去了。这里只有归乡长、老酋长、三位军士和拥塞在门口的孩子们。萧旋带着这种趣味转过身来，兴奋地笑着。然而映在烛光里和隐在暗处的那些脸子，就都跟他相反：有些惶惧，有些焦虑，老酋长更有些掩饰不住的不悦，好像是不欢而散的，一个个搭讪着走开。

烛光摇曳着，空荡荡的地板，空荡荡的四壁和屋顶，窗外是空荡荡的山场，这都没有萧旋这时的心情更空荡荡地摸不着边缘儿。死蛇挂在那里，那是甚么意思？他记起父亲教过他怎样打蛇，怎样处理蛇伤，怎样抓住蛇尾把蛇剌抖脱……可是在老家那样的地方，他父亲一生没有打过一条蛇，或许见都没有见过。那些都已经远去了，父亲教给他的那些，可没这样用窗页来把蛇给夹死，老家也没有这种式样的窗子，一切远去了。

在这里，台湾省的山区也像其他边远的国土一样，不知蕴藏着多少让年轻孩子们迷醉的祖国的神秘。但是在山下，他想得多飘忽！多概念！那个天下最长的行列，双手过膝的大礼；那一张张惶惧、疑虑和不悦的脸色，都使他感到迷惘和淡淡的悲凉，好像每一个陌生的地方都会给人这种感觉，而这里，却多出一些甚么。山下他想象的那些，飘忽的和概念的，一切也都远去了！

迷凄的月色给群山镀上一层银烂。在月光下面，远山显得出奇地逼近，却又是沉黯的，浮动的。

山场上架起野火，四周围拢着野牛一样粗壮的半裸的汉子和盛装的姑娘们。人类第一次认识火性的那个荒远年代，大约就像这样的疯狂的喜悦。那些最单纯的感谢和人类与生俱来的艺术欲望，使得他们热烈地酣舞，就是这样歌唱着礼赞他们的生命的罢。

火光给棕红的肤色加深了一层壮健的油彩。这是一种梦幻的节奏，随着每一个欢愉的跃动，发生无数金属片的颤索，铠甲一样威武的音响，颤索着，哄动的原始之歌激起深山里繁复的和声，群山都在欢颂了。

萧旋第一次发现在这个粗犷的歌声里，是糅合着宗教的旋律和劳动的节奏，从这里就闪耀出信和力的、朴实无华的光灿，沉厚而年轻，古老的民族多么需要从这里获得激动！他已经抑制不住自己要冲进这个群里——人还是那些人，却不是那个天下最长的行列——笑和歌舞扭绞在一起，姑娘们的头饰和压滚边的裙裾，在火光里跳跃出不知多少绮丽的彩片，就是这么样地抓紧了人们无邪的狂热。

沉甸甸的大鼓把这些歌舞推上高潮，就陡然结束了这些欢悦，接着是那个被苗老师介绍称作"山地之花"的杜莲枝，用那种山区的孩子们不适于独唱的嗓音，一个接一个唱着甚么"玫瑰玫瑰"一类的滥调子。在这上面，萧旋感到难以忍受的厌恶，就和他的老同学起了争执，他就像每一个忠心的艺术工作者对假艺术的那种深恶痛绝。

"咱们干吗要把这些丢脸的东西搬运到山里来？"萧旋那种年轻人的偏激，使他不自知地在恶毒地指责起他的老同学，"山里那些洋琴鬼儿已经够咱们砍杀一气也杀不完了，你不怕这些丢脸的玩意儿把山里这块净土给弄脏了？"

苗老师侧着头磕磕烟灰，近视镜子反映着火光，看不见镜片后面他的眼睛，但在颧骨上浮现出一丝莫可奈何的笑容，嘴角俏皮地扯向一边。他在用这种俏皮给自己解嘲。

"别的事，我不想跟你争，"苗老师说，"唯独提到音乐教材，就凭这些大姑娘，让你说，你该教她们甚么？这些流行歌尽管很俗气，总比她们这儿那些呀咿呀嘿的好听一些罢？"

"我不能原谅你，老苗！哪怕你还能找出一百个借口！"

"我知道，在这方面，我远不如你。这就看你的了，将来在识字班上看你教他们甚么上流的歌曲罢！"

"并不，"萧旋断然说道，"音乐就音乐，没甚么上流下流。就凭那些专门哄哄小市民的甚么家、甚么星，也配沾上音乐的边儿？去罢！下流的渣滓！"

他狠狠拍了一下老同学的大腿。后者依然维持着颧骨上那一丝丝固定的笑容，莫可奈何地摇摇头。

"不过，渣滓虽然是渣滓，"萧旋叹口气，"我总同情那些可怜虫。对他们来说，混饭吃当然比甚么都重要，尤其是学着卖淫的女人一样，拣最省劲儿的混饭吃。"

这位老师对于他的老同学不知有多少慈爱的笑容："我不大懂得，是甚么原因叫你这么样愤世嫉俗……"

"我也不大懂得，是甚么原因叫你这么样贫乏！"

"谁都有理由贫乏，"萧旋半晌又说，"唯独你我，都尝过流离之痛，生命应该很充实了。"

火光照在他的脸上，在他阴沉的脸上跳动。他站立起来，火光又烧了他全身。强壮粗野的孩子们正在跳着火舞，一双双抖动的手指伸向天空，火就在那无数伸伸缩缩的手臂上飞扬了，炽烈了，偃熄了；又交替地飞扬了，炽烈了，偃熄了。火的精神就在那些粗壮的手腕上细腻地表现了。他看到那一双双同一种类型的深陷的大眼睛在沉迷地闭拢着，仿佛他们的心灵也在燃烧、腾跃。火是甚么？他忽然追问起自己，火到底是甚么？这些强壮粗野的孩子们最知道火，知道得那样深切，以致表现得这样真诚。

萧旋眼看着这样深切真诚的生命的跃动，没办法沉住他那颗旺盛的心脏。

火舞随着一个个身体瘫下去，缓缓地结束了，真好似熄灭了那样地静悄，许久许久，才忽然轰起笑声。萧旋把那一面大鼓抱到怀里，他在苗老师的眼里成了癫狂，然而他仿佛一下子就跳到了这个群里，这是工作在山地里三年的苗老师再等三十年也难得投身进去的。他击打着大鼓，鼓点子他会九套半，打的是"龙抬头"——他自己却埋着头，鼓槌上下飞开像一柄展开的大折扇。打得不过瘾，中途换了"狮子滚绣球"，一时间，春雷夏雨一齐来，又好似滚滚黄沙，又好似澎湃汹涌的万头浪。

人们听到了狂烈的海潮一波一波涌上山上来，强壮的孩子们瞪大眼，仿佛又不是为的这陌生的鼓声而惊奇，惊奇的倒是这么个斯斯文文的军官，怎么会像他们的朋友一样，一下子和他们靠得这样拢，挨得这样近，鼓声打透了双方心坎儿，透明透亮地见真情。回溯吧，回溯吧，回溯到先古同一个脉流里去了，总是流着一样高热的血液，就仿佛千条河、万条江，大海大洋总是家……

鼓点转到"老虎磕牙儿"，沉沉的，郁郁的，又顽皮的，他心里却高歌着乐圣黄自的遗作《渔阳鼙鼓动地来》：

渔阳鼓，

起边关，

西望长安犯；

六宫粉黛，

舞袖正翩翩。

怎料到边臣反，

那管他社稷残！

……

有雨点飘落似的，月亮晖晖沉沉穿进穿出在云层里。山场上一片岑寂，孩子们听到了震颤他们灵魂的乐曲，也看到他们萧队长的眼眶里噙着晶亮的珠光。这确是他们的；不是平地的，不是内地的，也不是山地的，这是中国的。

这还不能餍足萧旋那一股狂热的饥渴，他扔下皮鼓，真的投身到这个行列了。

他把一双手交叉起来，右手拉住左首的一位姑娘，就是叫作杜莲枝的女孩子，她纵情又任性地歌唱，把唾沫星星溅到了萧旋的脸颊上。那一对老是急急促促瞧人一眼的大眸子里，闪亮着火一样的光流。不知是野火烧进她的眼睛，还是那对眼波使得火烧得更加炽烈。火光里，映出她一嘴雪白的牙齿，丰厚的嘴唇有一股浓重的野劲，手心里满是粗硬坚实的茧子，把萧旋的手紧紧箍住。一个不抽烟草的人所最敏感的那种烟气，还有涂着过多油膏的头发蒸发出的垢腻的酸气，便是这个山区少女喷放的气息。而身上仍是那一袭潮湿的黑衫，大概是为了赶来跳舞，没来得及换衣裳罢？萧旋很不过意地这么猜测。

> ——哪鲁瓦——多——咿呀哪呀嘿，
> 咿嘿呀……

激越而雄浑的歌声，生命的内蕴就是这样奔放了。

> 哪鲁瓦多咿呀哦哟，
> 哦咿哪鲁瓦——
> 哆咿哪哪哟嘿……

这姑娘便把生命的内蕴、生命的热流，从铁铸似的指尖上传到萧旋的掌心，他是这样清晰地感觉着、被刺激着。

一段不很短的日子过去，萧旋的工作在繁乱和贫困中起步了。

一个清晨，比平时晚了一些，他照例爬上他一进山那天就被迷住的当顶那座苍蓝的山峰。太阳照到山场上旗杆的时分，他已经满足地从那片丛林里穿越下山。

途中他碰上村里上山伐柴的姑娘们。头一眼惹他注意的，又是那一袭黑衫，汗斑重汗斑的那一袭黑衫。走近了，越发发觉它肮脏破旧得够瞧的，经过长期的汗水浸渍，布质粗糙得发硬，一圈重上一圈的白色汗碱迹子，便缀成令人瞧着周身感到黏腻不适的斑痕。

萧旋把这个姑娘喊住，可并不知道自己把这个姑娘的名字弄错了，以至惹得她们一阵子哄笑。

"你该换换衣服，你看，别的姊妹都比你清洁。"

这女孩慌忙看看自己，似乎一时弄不明白是怎么回事，良久才拉起裙摆，坦然笑着说：

"我只有这一个衣服……"

好像说她只有两只手，只有十个指头那样理所当然。

那些已经走过去的女孩子们重又转回来，把这一个团团围拢在中间，叽咕着问这问那，那些一个式样的深陷而空荡荡的大眼睛，不时投到萧旋的脸上。

萧旋回到宿舍，隔壁的苗老师还在打着甜呼噜。

他这间独居的宿舍就是第一天用蛇来吓吓他，又被那位老酋长弄得他十分迷惘的屋子。

木屋曾是异族派驻山区的警官官舍，他住的这间就是警官的卧室，传说里一个女鬼常在这儿出现，这是经过翻译的语言，山村的村民不是这么说：村民们相信人死之后化作家蛇，那女的就化作一条碧绿碧绿的小蛇。在太阳落山的时候，在月亮爬上高山的时候，不声不响地游来了，又游走了。人们能够看到她从窗口往外眺望，那样子悠闲、恬静，月亮把她的身影投到窗玻璃上，她动都不动，她思想甚么？怀念甚么？蛇是山民们崇奉的神灵，从蛇到龙，那是一个型系的文化的蜕变，向前的，不是倒退。

每当那样的时候，孩子们远远地唱起那个古调，那首童谣，比甚么样的寒月还凄怆：

撒库拉，撒库拉，

三月的天空呀，望呀望不着边。

……

唱吧，她游去了，也许还在那儿聆听。山民们作弄他吗？作弄这位政府派来的军官吗？苗老师在这间屋子里住过半年，不曾见过一条蛇影，但在他听说这样的传说以后，这屋里好像挂的是蛇，爬的是蛇，他吃的喝的睡的，都要碰上冷冰冰的、滑油油的、长长的、细细的，都是那么些，他就一天也待不下，这间屋子一直就空着，堆积废的桌凳和运动器材。山民们不管这里面住着谁，放着甚么，这是间神屋，永恒的神屋，一代一代都这么流传罢。行文来到乡公所，给政府委派来的组训队长准备住处呀，就是这一间神屋了，该说这是虔敬的奉献、尊重和崇慕，全都是那样地单纯。但不能激怒他们的，第一天他就伤害了他们的信仰——或者并不叫作信仰，总是他们看重的，他要怎么努力挽回自己的过失呢？

苗老师仍在扯呼。

萧旋坐到窗前的写字台前面，把给他妻子已经封口的信重又拆开，末尾附上两行：

替我买两件布料，身材比你胖一些、矮一些，不要考究甚么花色，耐穿就得了。我在试着能不能帮助一个孩子，使她贫困的生活能够稍稍好一点。

他怔怔地瞅着这两行字，咬着指甲探问自己，该不该这样，能不能这样；这样了，又是不是施舍——他很憎恶"慈善"这个字眼，几乎是无理性地反感。除非说他真真配得上理解那个人的出于至善。

窗外凤凰木有一只比皂角还长的黑褐色角壳，忽然掉落到窗台上，他震了下，伸手去捡，一抬头看见刘警员后面跟着他的妻子，缓缓朝这边走来。女人手托着小包袱，肚腹隆起得很大，很笨重，快要临月的样子。

萧旋把家信封上，隔着窗子递给刘警员。

"队长该把太太接来，"女人不必要地笑得前张后合，仿佛拿谁开了个大玩笑，"这房子收拾收拾也还勉强住得。"

"哪儿都像你！人家萧太太是军医院的医官。"

女的似乎没感到受责备。"那倒好，生活艰难，夫妇俩都有进项。"就睨她丈夫一眼，好像说："意见都是一致的，何必见责呢！"

"我看，队长这几天够劳神的了，这些家伙生头野脑的，不跟他们来厉害也不行，亏你队长这份耐性、这份才能，又说的一口好日语，不的话，可真抓不开。"

萧旋茫然摇摇头，他自己也不确知是不同意对方的某些意见，还是谦逊自己的才能。

"那——我们这就去了，还要带点儿甚么吗？"

"山窝里就是这么个死地方，没办法！"刘警员的妻子说，"要甚么，没甚么，简直把人住腻了。"

萧旋迟迟地觉得有点甚么事，拉开抽屉，凑齐二十块钱："就再麻烦你夫妇俩，带一两打洗发粉回来。"

"洗发粉？"

这夫妇俩一定都以为他们听错了，不禁都望一眼他那个中国陆军式的光头。愣了愣，刘警员的妻子神经质地嚷着道："要甚么钱？萧队长，骂人嘛？"拉着丈夫就走，仿佛受到侮辱。

萧旋冷脸望着窗外，那夫妇俩渐让校园外面的香蕉园遮住。

远山腰里夜气还没有退尽，远山在晨雾里似乎没有根，摇摇地动荡。萧旋摇动一下手里凤凰木的壳角，想起摇着拨浪鼓的童年，不隆咚，不隆咚，想过要做个走南走北的货郎挑子，翘翘的长扁担，挑着红的和绿的、小巧的盒子亮晶晶的瓶，一跳一跳地来了，一跳一跳地去了，不隆咚，不隆咚……隔壁的苗老师在漱口，满嘴里翻江倒海，并且发出刺耳的呕吐。

　　需要呕吐，他想。一个狂热的革命者，不可能指定在一个固定的职分上而不准他过问他所看到的、所听见的、所感受的。民族在一场大病当中，必须呕吐，太多的渣滓、太多的污秽，要呕吐净尽，留着就是病。他想起舞台上的老生，病了总是呕吐，又呕吐得那样潇洒风流，那么美。他来到这里，原只是奉命主持这一个乡的单纯的军事组训，协助学校办理成人识字班。工作是艰辛而简单的，他必须努力，却用不着放在心上。然而这多少天里，他走遍这一带的山村，内心就泛起日夜不宁的一种责任的浪潮，又是一条抽得他痛楚的鞭子。

　　那些一律都是黑黝黝的停滞在穴居时代的石屋，那些不比茹毛饮血进化多少的粗陋低劣的生活，那些疾病，那些迷信和贫困，贫困和陋习，认命地忍受，忍受着……处处留下当年侵略者愚顽统治的罪迹，"理蕃政策"戕害了他们的生活进步，那是有计划地逐步逐步要把中华民族这一支派彻底地灭除。他们那样强烈地自卑于政治地位和种族地位的低落，就显示了这些。

那一天的清晨，萧旋在村后的第二座山峰上碰见一位老人。山峰向阴的一面，有个不易发现的大石洞，又黑又深，老人抚拭着一根竖立在洞门旁的大腿那么粗的青石柱，向他述说祖先抵抗异族占领的那些事迹。光复以后，石柱被供奉着。那个手持石柱打死十一个异族兵士的英雄卜拉尔扬，四十多年来，一直都活在山民们的心里。

"我们没有被当作人看待，"老人沉痛地诉说着，"不准跟平地人来往，书也只准读两年。漂亮些的姑娘，就注定了薄命，阿卡鲁那个孩子，就是他们留下的孽种，眼睛生下来就残废了……"

那就是萧旋进山第一天，在欢迎他的行列里排在末尾的那个脏孩子，眼睛总是吃力地斜视着天空里一个固定的方向，甚么时候都是痴痴呆呆地傻笑着。

老人望着远天，衰乏地努力想记忆起甚么。

"阿卡鲁的母亲是个好姑娘，比壮小子还有力气，会唱歌不算，会跳舞不算，还顶能编歌、编舞，没有哪个年轻人不爱在她家唱歌……没有谁比她更尊敬老人，没有谁比她更会替大伙儿看管孩子，没有比她更能干的姑娘……"

老人凝神地注视着不知甚么一个物体，仿佛看到那位被驻在这里的外国警佐龟山糟蹋了的姑娘，那个害上一身毒疮的可怜的少女。

"阿卡鲁生下没有多久，可怜的小母亲受不住毒疮的痛苦，受不住龟山的凌辱打骂，就打那边的吊桥上跳下去了……"

老人原来在注视着那一架进山的吊桥。桥在遥远的山谷间，俯瞰下去仿佛精致的假山盆景，那故事也就如同这架吊桥，多遥远多迷茫呀，然而那样清晰得惊人，从高处看低处，平地上住惯的人就拿不稳那有多远、有多近。

"只有十六岁的姑娘……只才十六岁……"

老人重复地念着：

"十六チャッタ。ノゥ，十六タケチャ……"

老人打着"十六"的手势，带泪的声音，颤巍巍的，好像认定十六岁的孩子不应该遭受那样残酷的命运来蹂躏摧残。

云里荡起哀婉凄迷的乐曲，风声，雨声，云和流水的呜咽，在山下那条溪河里，他曾在那里涉越，那个受苦的姊妹曾从那里漂浮而去，浪花，流沙，那名字，那苦难，那罪恶，冲刷不完，掩埋不住的……受苦的女子浮现在萧旋眼前——棕红的肤色，硕壮顽强的体躯，生一对老是急急瞧人一眼的大眼睛，闪亮着火一样的光流，有那一股浓重的野劲，却又怯生生地窥探着这个人世，仿佛已曾预见那个命运的结局。那结结实实的身体，隔着衣裳画出几道主要的线条，依稀那一袭衣衫也是灰黑的、陈旧的，一圈重上一圈的白色汗碱迹子，湿漉漉的。在清晨的山林里，远山被浓雾载沉载浮……躲躲闪闪的幽灵，躲躲闪闪地出现，又躲躲闪闪地隐没了，在太阳落山的时辰，在月亮上升的时辰，碧绿碧绿的蛇灵从窗口远眺，聆听着孩子们为她唱起《三月的樱花》，那首不知安慰她还是刺伤她的古调子童谣。

因这样，萧旋不知怎样去处理刘警员从山下带回的洗发粉，和他妻子买的两件布料。他找苗老师把这些物件送过去，说清楚这都是他那位服务在军医院的妻子的意思。但在夜间识字班刚刚下课，他回到宿舍的时候，叫作杜莲枝的孩子，顶着一篓肥大的香蕉闯进来。

在摇曳不定的烛光里，那张壮健的脸膛红得发紫，满额头的汗珠子，颧骨紧绷绷发亮，好像两枚熟透的李子。

"谢谢萧队长，爸爸说——谢谢萧队长。"

"你们不要弄错，我不是送甚么礼物给你们，你们没有，我有，我就得给你们，懂得吗？"

孩子低着头，本不要动用言语，顿了顿却又艰难地说道："爸爸叫我谢谢队长，我最谢谢萧队长！"

她低着头，看看自己翘动的脚趾。她身上自然还是那件黑衫，有浓浊刺鼻的气味，恐怕那已经是从汗酸进展到又黏又腥的阶段了罢，也许不会是衣裳发出的，那满头浓密的长发涂着粗劣油膏，也得分担一部分过错。

"洗发粉——那些洗头发用的粉子，是不是都分给那些姊妹们用了？"

女孩忙不及地点点头。

"头发是要常洗的，搽油不一定能够更漂亮，顶好不要搽。洗发粉很便宜，用灶灰滤水也一样，我将来教给你们。不过，你天天下山卖柴，钱都是怎么用掉的？你还是坐下来的好。"

莲枝拿不定主意要怎样，委委曲曲坐到一张竹凳的边沿上，仿佛要是坐正点儿，就会犯了甚么过失。她望着窗外，窗外黑荡荡的甚么也看不见。

"我祖父很老，"她发抖地说，"我父亲，我母亲，要种田。我没有哥哥，弟弟很小，只有我砍柴，卖钱要买酒、买烟给祖父吃，给父亲吃，给母亲吃，还要买盐，买……买很多，啊——我没有钱了。"

她说这话时，很不安心似的，仿佛在扯谎。手放在腿上，又移倚到背上，又攀住肩膀，又抓挠头发，抓挠的时候，忽然又为她那满头已经犯了过错的头发羞愧起来，连忙放下，手互相紧紧地握住，这样似才把一双手放到适当些的定处。她的右腕上戴着一串红琉璃珠子，陈旧得失去了应有的光泽，好像那上面也该凝固着某种刺鼻的气味，而她又开始嚼咬这种珠子。

萧旋打开抽屉，几天前刘警员不肯收下的二十块钱还放在原处没动。

这女孩子赶紧起身跑走。萧旋忙着喊住她。人在黑地里看不清，不知站在哪儿。他就向黑里喊着：

"杜莲枝，回来，请你把这钱带去给刘警员，是他借我的，要还给他才行。"

这才莲枝重又出现在亮处，为这个误会，越发窘得不知多出了多少只手没处可放。

他一把拖住莲枝："还有，这些香蕉，我一个人哪一天才吃得完？放着会坏的。"说着，从篓子里取出两箍，其余的叫她带回去，到山下去卖钱。她可是争执着不肯，有股子可以拖得萧旋站不稳的力气，一面央求着：

"不，我父亲会打我。"

但结果还是被萧旋提起篓子，放到她头上顶着，把她推出门去。

萧旋坐到床边，看看时间。然而他刚刚脱下一只黑胶鞋，那孩子却隔着窗子喊一声："萧队长，再见！"香蕉篓放在窗台上，人跑开了。

他赤着一只脚跳到窗前，外面是一片深黑。

村子里传来起起落落的男女青年们齐唱的歌声：

哪噜哇，

哪咿哪哪呀欧，

欧哇咿呀嗨欧——哼嗨呀……

他悬着一只脚，伏在窗台上。这里——窗玻璃的第二格，曾在进山的第一天晚上活活夹死一条小蛇，但不是碧绿碧绿的传说里那个色调。

传说里的女鬼会常常来到这间屋子里吗？这时望不见那架悬在山谷间的吊桥了。这是一个甚么地方啊？他觉得自己是幸运，他有工作，又广又远的工作。

天是阴沉的，没有风，没有星斗。

这村落是个"非"字形；中间一条沿山坡一路倾斜下来的大道，两侧便是排排对称的小巷。

山民的"美丽新节"到了，这种祭典要一连七天。

山民们把应有尽有的装饰全都堆积到身上，铜铃和银铃，骨片和甲片，到处闪灼着饰物的华彩，到处是绛绛缭缭一片喜悦的跃动。

第一天，美波福日，照例由部族的老酋长领着全体族人，聚集到第二峰那个岩洞前的会所祭祖。

男孩子们一定要一个挨着一个去抚摸一下那根耸立的青石柱，那是骁勇的祖先留下的无字碑，四十二年前，英雄卜拉尔扬曾用这栋石柱击毙十一个外国兵士。而英雄卜拉尔扬正是阿卡鲁外祖父的亲叔。

于是萧旋决心提早实现他早有了的打算，他要把阿卡鲁送下山，要他的妻子在军医院里设法为孩子疗治眼疾。因为在祭礼完毕以后，可怜的阿卡鲁抱着青石柱，人们都散去了，他一个人孤零零的不肯离去。他不曾见过有这么样一个孤独而有着沉重心思的孩子。那是一种先天的悲苦么，还是由于失去母爱的打扰而有着过多的寂寞使得这孩子长于思索？让他的眼球矫正过来罢，让他能够正视面前的这些景象，不再是他母亲活着和死去的那个羞耻的年代，不再是他降生时那个灰暗的年代，不再是了。

萧旋那颗恻隐怵惕的活泼的灵魂，便又被阿卡鲁这孩子占去了。这样的灵魂总是常时脱离他，而被别的事物全部占去。

"美丽新节"第六天是哈阔摩特日，七天中最重要的日子，家家倾巢而出，齐聚在山场上，从清晨到夜晚，从夜晚到天明，歌舞连场，一刻也不中辍。

这天夜间，最精彩也最少见的歌舞，要算是老酋长率领着一班高龄老人跳的"大祭"。从那种粗犷猛烈的大线条的扭动当中，萧旋看到一重被压迫者不可抑制的愤怒，重浊而带着嚎叫的歌声，也成了一种可怖的咆哮。那该是最早的入侵者红毛人逼使他们报复的出草猎取人头，用来血祭那些惨死在残酷杀戮下的族人。以后也曾经经过祖国的王道宣抚化育——延平王爷那个世代的经营和生息，出草馘首虽已终止了，但还留下这个仪式上的习俗，延续到五十年前的另一个时代，新的侵略者由于心虚，索性就把这种富有浓烈的民族色彩的"大祭"强制取消。如今除掉老一代长者，几乎没有人还会跳起这古老的舞踊。

年轻的孩子们入神地注视着这激情的大祭舞，迎着烈火，那一双双深奥的眼睛瞪得更大了，那里面含蕴着近乎妒忌的倾慕。也许正为着孩子们不够熟稔那些远古的故事，那些故事便在孩子们的心灵上更为珍贵而神秘了。

　　大祭舞刚罢，林军士就跳起来，提议要请萧队长弹奏琵琶。

　　在这样狂欢的气氛里，琵琶是不适宜出现的。怎奈萧旋一再解释，也平息不下去大伙儿那种不可理喻的固执的要求。他就只好就近吩咐杜莲枝，请她到刘警员家里去一趟，琵琶被刘警员借去好久了。

　　莲枝却摇摇头。她一向总是抢着替他做事的，防止她都防止不了。萧旋有些诧异。

　　"刘太太……她不在家，"莲枝嗫嚅着，"我要去看看田秀玉，她生病了。"

　　这才萧旋觉得这个理由很可爱，又很可笑，而林军士早就等不及地跑开替他拿琵琶去了。

　　通宵的火光使人遗忘了黎明的天色，疲劳偷偷爬上萧旋的一双眼皮，他撑不住了，而大家伙儿也都有些在勉力支撑地跳着，只是兴头还没有尽。

　　他没有弹琵琶，刘警员的门上了锁，人不在家。他跟大家告罪离开。向来他对自己的精力都很自信，可是搁不住连日连夜地这样兴奋，这样舞踊，他但能撑持下去，也断不会这么失礼地早退了——在山民中间，这是个规矩，你可以不参加，参加了就得有头有尾，不能中途掉队。

回到宿舍里，人摔到床上，仿佛连睁睁眼的气力都没有了。隔壁两个人的鼾声正好是一起一伏，那样巧妙地配合着。窗外的树影已经依稀可辨，天空是那种沉睡未醒的淡灰，寒气微微袭人，他也懒得去拉上窗扉。这样的佳节盛会，那个女鬼——那条碧绿碧绿的小蛇会否偷偷游进来？她会停立在对面的窗上眺望山场那边的野火和醋舞吗？

山场上传来锣鼓，和歌舞，和嘶笑，他真倾服他们那股像大火一样蛮悍的体魄和豪兴。

门轻轻地推开，他一点儿也没察觉，直到低微的脚步声挨近来，他恍惚意识到身畔有人的气息，那个女鬼？那个阿卡鲁的母亲吗？这里住的不是那位外国警佐，她爱他，还是恨他？——似梦又似醒着，他好像听见自己娓娓嗦嗦地问着自己。

一阵铃铛珠子哗哗啦啦摇曳的响声。面前真的伫立着一个黑影，背后衬着窗外微弱的曙光。

啊！他模糊地意识着，那倒不光是一个传说了……那个曾在这间屋子里开始了悲苦命运的姑娘，那个薄命的十六岁的孩子，在这么个欢腾的夜晚，被遗忘的孤零零的幽魂，漂游到生前使她抱恨的这个旧地……面前的黑影该多真实啊，他不信这是一种错觉、幻象。

"萧队长！"

又是一阵铃声，猝猝缲缲的珠子摇曳的声音。

萧旋隐隐地返醒过来。

"谁？你是？"

"卡拉洛。"

他起身寻找火柴，一时忘掉放在甚么地方。

一双手按到他膝盖上，他能感觉到对方在他面前跪下来了。

"快站起来！"他握住那双粗硬的手，"有甚么事吗？"

对方的酒气和烟臭随着急促的呼吸喷到脸上。

"萧队长，不要生气，生我气。"

他才确知这是杜莲枝，但他不懂这是甚么意思。

"这是从哪里说起？生你甚么气？"

萧旋找着了火柴，把白蜡点上。

"卡拉洛是你的小名？"

莲枝站在那里，点点头，却磕磕绊绊的，要说的话好像在嘴里结成了疙瘩。

"我不要去刘警员家，他……最不好。上次我替你送钱还他，拉我手，要把钱给我，不要我走……要这样我……"

她噘噘嘴唇，补足她的言语。

萧旋放下蜡烛，不当心指头被浇上一滴油脂，很烫。他吮着指头，良久良久。

"那也没甚么，刘警员把你当作小孩子逗着玩儿的。"

"不是，他还这样我……"

莲枝又打了一个手势。

烛光在他的背后，他的影子正好遮在孩子的身上。好像是无来由的，他感觉着自己有些儿欲念在隐约地涌动。这是没有过的，在不知多少次的歌舞中间，挨着扯着，纵情地谈着笑着，都没有过这样的欲念。

他闪开来，坐到床沿上，望着墙上这孩子的影子。他很清楚自己简直有点可鄙，却不禁带着点研究——仿佛是自欺——的意味，设想着一个可能的光景。一切都很简单，连抑制和放纵也是一样，一如要看手背还是手掌，就是那样地简单。他啮着指甲，觉得自己一双眼睛也邪了，也是没有过的；他忽然觉得欲念的本身，并不是想置人于死地的那种大恶——尽管结局多半是那样地不幸。欲念本身似乎和爱也是那么接近，他第一次发现这样的解释，也发现对于自己一向所深恶的，竟然会如此宽厚了。

莲枝一直凝神望着他，嘴里呷着一团烟草。

"十五了吗？还是十七岁了？"

他像是害怕犯了甚么忌讳似的，但愿这孩子在两个年岁里面挑选一个。

"十六岁。"莲枝坦然说，给他送过来一团嚼烟。她为甚么那样不经意地就说出了？她一点也不思量一下么？萧旋冲着自己的内心冷笑笑，一如他嘲笑莲枝这么个年轻的女孩竟然有这么个辛辣的嗜好。

屋门被推开，烛光飘摇着，一时明处看暗处，看不清是谁。

"刘警官！是你？"莲枝跑到门口去，张望一阵子招呼道。

刘警员抱着萧旋的琵琶扁身进来。一进门，便愣了一下，就像做错了甚么事似的赔着笑脸：

"太莽撞了，我不知道杜小姐在这儿。"说着就急忙要退出去的样子。

"有事吧？"

那一个大笑着摇摇头："没事儿，方才到附近去巡查，刚刚回来就听说要琵琶，特意赶着给你送来。不打扰队长的雅兴了，琵琶就放在这儿？"

萧旋忽然很清醒，也许并不是所谓清醒，而是恢复了他那个纯粹的真我。他像看一出瞒不过人的戏法那样，玩味地欣赏着刘警员在他脸前笑一阵又说一阵，说一阵又表情一阵，直到对方去了以后，趣味的笑容仍然挂在他脸上。

萧旋自然不愿意刘警员误会他甚么，但也不急于要消除甚么误会。尽管他清晰地发现刘警员对他的态度多少有了些改变，凡事老是表示点不买账的意思，然而那对他似乎是不关痛痒的，因为他从不曾打算过要谁买他账。他要做的工作太多，分内的，以及所谓分外的，这就没有多少工夫给他去调整那些妇人式的事务的枝枝节节。

他有他的快乐，太丰厚了。偶尔的那点欲念在他很难得再想起的时候，大约就如同十五岁那年还尿过一次炕那样，他相信不再发生了，就拿来取笑自己，简直是颇为光彩地取笑着自己。

年轻的孩子们对于操练和歌唱的认真学习，这就足够占去他现时生活的一大部分。他那种热衷于拓荒边疆的情操，使他变成一个建设狂者；他们把多年搜集的祖国各地的民谣，把属于中国自己的歌曲，传授给这些年轻的一代，启示了他们创造新的广阔的境界，并且从山区里赶走他所谓的那些洋琴鬼的滥调子；他在他经常举办的歌舞会里，用品茶代替饮酒，山上也到处在垦殖茶田；属于他工作地区的每一个山村里，妇女们的浴室建立起来了；男孩子们上课的学习风气，也替代了深夜的闲荡……生命向他下达的命令很多，他做的是这样少。他做不到的，可以找出一百个理由，但他老是要找出他应该做的那一个理由来谴责自己。就因为他那颗恻隐怵惕而永远活泼的灵魂，使他长期陷身在永难满足的欲望里。他明白自己充当的是个被指定只需执行、无须去理想的职位，他就越发要日日夜夜抑制不住去苦苦追寻那些永难填满的欲望了。

南国冬短春更短，时光就像漏去一样，不知漏到甚么地方去了。

已经是河水陡涨，凤凰木盛开的季节。

到处都是一片热辣辣火红，人走到树下，就像走进喜气洋洋的洞房，满脸的红光。气候却是顶恶劣的，一天里不知有多少场大的和小的暴雨，雨来之前，山区里低沉的气压又总是把人窒闷得透不过气。

钢铁就是这样炼出来的，高热和低冷，反复地磨难着。青年们每一个时刻里，总要忍受一场暴雨，和接着而来的一无遮拦的烈日的烘烤。

这番动人的辛苦，苗老师也许比甚么人都看得清楚。他自然不是不要善，不是不认得真理；他要，他认得，但他似乎只看到老同学个人的辛苦，而他自己又是这么懒惰，不很想把人生安排得过分吃力，他总相信善和真理自有那些先知先觉的圣贤去追寻，去创造——不管在他看来这种人物是如何稀少得令人不安。他自己无意去追寻创造的，也认定自己无能去追寻创造。多年的教学经验，使他过分重视人的禀赋，老同学的辛苦放在他面前，给他带来的是喜悦，而不是鼓励，因为他发现既然善和真理果然有人——他自己的老朋友——在追寻创造了，反而非常安心了。

"老萧，"他总是这样说，"你有这种禀赋！"

散学时是午后四点钟。苗老师停在树下看出操。瞅着萧旋走到他附近时，"队座，"他低声招呼着，"出完操，过来品品我的酸梅汤做得如何。"

他是体贴萧旋的，他感到自己也只能如此爱护萧旋。

后者会意地笑笑，转身去为一个青年矫正装退子弹的枪身角度。

贸然地，一个女孩子从村子里奔出来，一路喊着直奔学校那个方向跑过去。

村子里一下子涌出许多人，一个老人拖着一根长长的臼杵从众人拉扯中挣脱出来，追向那个女孩子去。

不一会儿，从萧旋的宿舍背后又冒出那个女孩子，差不多同老人顶面撞上，那老人下死劲地冲着女孩夯过去，那一下虽然手脚乱了，没有夯准，可是倒像是决心要把人打个稀烂才称心。

女孩子也乱了手脚，在满是泥水的地上滑了一跤，顺着那一段斜坡滚将下来，连跌带爬地往山场这边奔跑。

萧旋迎上去，认出那是老闹病的田玉秀。对方好像得到救星似的一下子把他抱住，周身的红泥，跪倒在地上。

他一时弄不清这是怎么回事，只见这孩子哭叫着，满脸披散的污腻腻的头发，脸是姜黄的，牙齿凝着血。

老人已经追到跟前，那是玉秀的父亲，喘哮着上气不接下气。

"甚么了不起的事，动这么大气！"萧旋把玉秀遮住，赔着笑。

做父亲的一双眼直瞪瞪的，嘴唇歪歪扭扭地发抖，仿佛得了面部痉挛症那样。他瞅着躲在萧旋背后的女儿，几次抢起手里的杵棒，都被萧旋搪过去。

"有甚么过错，你叫她改过就得了。孩子一身的毛病，你这么毒打，不把她给打坏了！"

老人打雷似的吼叫着，满口的外国语言。他记得这老人在识字班里"国语"说得很好，不知是急成这样子，还是对他表示某一种敌对的态度。

"有话好好说，顶好你先把那个家伙放下。"

玉秀的父亲虎下脸来，态度非常坏，真的是含有敌意，咆哮着向谁呼求正义似的：

"她的肚子！你们！都是你们！她的肚子……"

萧旋被这个刺耳的"你们"一震，笑容从脸上消失了。

老人已经收拢不住他的咆哮，并且暴跳着。

萧旋忙把队伍交给值星军士继续操练，把这父女两人请到自己的宿舍去。

老人还不放下手里的家伙，似理不理地从苗老师那儿接过一支烟卷，狠狠抽进一口，呛得一阵子咳嗽。

"老萧，"苗老师靠近他低声说道，"劝说劝说不妨事，倒不要太干涉了，乡里现成的调解会，别太揽事儿！"

萧旋咬着指甲，他在等老人慢慢地消气。

门口拥塞着还没散学回家的小学生，苗老师一出去，就都散开了，窗口却还攒动一些小脑袋，那里像个小鸟巢。

"到底是哪一个？是谁？"

"是哪一个？"玉秀的父亲重又暴跳起来，"都是你们……

都是你们平地人！自己有老婆，有孩子……"

"平、地、人！"这好像冲着他胸口捣了三拳，好像一下子捉住他的短处，好像被那根胳膊粗的白杵当头夯了一棒。

他努力使自己镇静下来，说他需要知道那个人是谁。

"你问她！问她！"

姑娘双手捂着脸，抵在墙上，周身都在颤抖，灰色的长衫后襟上，整片的红泥沾着几片凤凰木的残红。

姑娘抽噎着，模糊地说不清楚，但萧旋听出了主要的那个字音。

天又要来雨了，室内光线一阵比一阵沉暗。

阿卡鲁伏在窗口，戴一顶白运动帽，那对经过三位主治医官会诊动过手术的眼睛好似特别明亮。然而似有一种从生命里带来的忧郁，孩子仍常皱紧眉头。

萧旋走过去招呼孩子道："归有义，到操场上去给我请两位班长来。"

"要不要林班长？"

阿卡鲁候了一阵儿没得到答复，径自去了。萧旋转身走近玉秀："你喜欢刘警员吗？"

"不！"

玉秀把披在脸上散乱的头发往后一甩，回得很断然。她哭着说，美丽新节的第六天夜晚，大家都不在村子里，她一个人生病躺在铺上，那个人就趁那机会，带着手枪吓唬她……

萧旋听着，激愤地走来又走去。他那个暴躁的性子，只恨不能把那人立时抓到手上，三把两把撕上个粉粉烂碎。当那两位军士出现在窗口时，他已遏止不住满腔的恼羞和愤怒，挥着臂膀喊道："给我把刘警员捆了来！"

他坐到床沿上，觉得这床铺要不是高了些，就是矮了些，总那么不对劲儿，重又跳起来，这屋子，这间出蛇的屋子几乎没有他站和走的地方。

"老萧，你要冷静点儿！"苗老师又从隔壁赶过来。"凡事不要太过分，你也要考虑考虑自己的职权。"

萧旋仿佛压根没有听见，咬着指甲，要把它连根拔下来才称心。

然而在他那个可笑的欲念浮现的片刻间，他曾原谅过那个外国警官，曾原谅过这个刘警员，也原谅过自己。欲念的本身也是一种爱，它没有理由非要制造悲剧。

雷声就像北国大牛车，轰隆隆，轰隆隆，从一个远处朝着当顶推动上来，催雨的尖兵风摇动着山林，山在喘息地蠕动，窗口飘进几片凤凰木的落花。

屋门一下子推开，刘警员冷着脸进来。他抱着胳膊，努力想把胸脯挺高一些，给自己壮壮气势。他进来以后，把屋子里在场的看了一圈，笑笑。

"队长大人把我给提溜来，这是怎么回事儿？"刘警员尽管努力想使自己显得流气一些，俏皮而不在乎，但却是个很恶劣的演员，周正的五官怎样做作也还是那样周正，看不出他是个恶人，到处都可以看到这样平平凡凡很体面的国家公务员，碰机会作点小恶，碰机会也一样地行点小善，都不是打定主意要怎样怎样，就是这么样的一个人。

萧旋不由得又有些心软，觉悟到自己的鲁莽和激动。

雷声近了，风雨欲来的阴暗仿佛带着一种天谴的愠怒，要发作又不发作的。

他想，自己很可做个好人，鲁莽地把这个警员教训一通，打一顿，绑起他送下山去，真是大快人心。萧队长是萧青天呀！军人比警察优秀多啦！不是这些；他追寻的不是这些落伍的东西，这些也一点解决不了问题。把刘警员踩到脚底下，也是把自己踩在脚底下，田玉秀父亲口里的"都是你们"，那是一根绳索，把他，和刘警员、和苗老师、和所有的国家公务员全部捆绑在一起，这还不够吗？开始的道路就偏了，一直偏下来。进山的第一天，刘警员和苗老师便张着这根绳索要把他们三个一同自缚起来，那样地甘心，认命；你们，我们，他们，这样地肢解，他还该再继续肢解下去吗？他是永远不肯认命的人。

"现在，我不是队长，你也不是警员，"萧旋戏剧性地脱下身上佩戴官阶的军人制服，"'国家'只叫我担任'国防'安全的职分，只叫你担任社会安全的职分，我无权过问你这桩子事，你更不是受命执行这桩子事，咱们得把彼此职分给撒开，别连带上'国家'的体统跟体面，现在姓萧的跟姓刘的打商量，怎么收拾这个烂摊子！"

萧旋娓娓道来，一旁担忧着会发生甚么不幸冲突的苗老师似乎有些安心了。

"没你说的这么严重罢？"

刘警员不屑地横着食指抹一下鼻尖，仍在做作他那副恶劣的演技，为甚么老要扮那一副恶相，偏偏又扮得不像，这是很使人费解的。

"我很想不通，当初我刚刚进山的当儿，你总是把我们和他们分得那样清，你总想着，在这个山窝里，你，我，和两位老师都该是一伙儿的，要彼此关照，彼此捧场，门户之见不知有多深，我一直都不同意你这样……"

萧旋埋着头说，抬起眼来看了看对方。后者冷笑笑，似乎表示："你现在总该同意了罢！"

"可惜了，没有用到刃儿上，用到刀背上了。门户之见不知有多深的人，反而这样败坏起自己这伙人的门户，这真叫人想不通！"

"正是这么说了，你这样神气地把我提溜来，你可想到要顾全咱们大伙儿的体面没有？你就是把我刘某人踩在脚底下拧个稀烂，了不起你落个自相残杀的名声，白白在外人面前丢自家人的脸！"

"对了，你关心的就只是这些个，怨不得……"

"好歹我总是国家的警察人员，你这样像捕人一样把我拘留了来，你又顾全大体没有？"

"不要这样说！"萧旋严厉地顿一下足，"这样说，你就把全国的警察人员统统给侮辱了！今天是你姓刘的个人做错了事，你不能像田玉秀她父亲那样，把所有的平地人统统拉扯上，统统陪着你替罪！"

说着说着，萧旋又激动起来，但立即被苗老师暗暗递过来的眼色制止住，重又坐到铺沿儿上。

一阵大雨泼下来，但像刀切的一样齐整，忽然又停住。

刘警员打鼻孔里冷笑一声，仿佛嗤笑这阵子下雨太不像话。

"其实，认真地说，谁又是陪着谁替罪啦？横直都不大干净！"

"这么说，你倒是真打算拉扯上谁陪一陪你了。"

"用不着拉扯，萧队长，你是聪明人，事儿戳穿了彼此都不好看。好歹我还懂得顾全大体。"

"你这是甚么意思？"

"老萧！"

苗老师板着脸，冲他瞪眼睛。

"不必说穿，咱们太太不在身边，各人玩各人的……"

刘警员带着没有说完的话，甩头就走。

"站住！"萧旋跳上去拦住，"你以为这样可以唬住谁是吗？"

"萧队长，你不要做糊涂事——逼人过甚！"

"你今天不要把话说清楚，休想走出这间屋子！"

"算了，我刘某人至不济，总还识点儿大体……"

"老萧！"苗老师硬插到两人中间，把这两人尽量往两下里推开。"是是非非，咱们隔天再谈成么？老刘，你也别这么大的火气，咱们别闹笑话给外人看！"

"好啊，老苗，好像你们都为这个莫名其妙的'大体'弄得不辨是非了！难道我萧旋就不识大体？我很奇怪，这里哪儿冒出外人来了？谁是外人？指给我看看！"

苗老师推推眼镜，为难地结结巴巴说不出甚么。

"难道我萧旋落下甚么把柄给你们捏住了不成？照你们这样的口气！"

"是啊，算你萧队长玩得神气，没留下把柄！"

"老刘，住口，你先回去！"

苗老师冲着刘警员挂下脸来。

暴雨开始不分点儿地往下倾泻，屋子里可挤着不少人，光线暗得需要点灯才行了。

"你把话说清楚！"萧旋发青的脸色像有一百天没修面的样子。

"把话说清楚！"他重复地催促着，显得那样地固执。

在苗老师一再的暗示制止下，刘警员到底不顾一切地说出了：

"当然了，你萧队长自以为很神气，没留下把柄。可是村子里哪个不知道卡拉洛是你队长大人的禁脔！大概你是把大家都当作瞎子聋子罢？"

大约这话使得萧旋感到太荒唐了，他一脸紧张的筋肉反而松弛下来，好像天气在他的脸上慢慢放晴了。

"这多新鲜！"

他笑笑，摇摇头，真像是有些惋惜怎么会有这样新鲜的事儿。

"果真有这层事，我会改过的；要是没有这层事，也用不着我再辩护。只是很不幸，国家到了这种地步，还有这么大的兴趣搬弄口舌！"

淅淅沥沥的檐水，滴答，滴答，雨后余音给人一种安慰、一种安定。萧旋那种莽撞的火性似乎也随着雨势缓和下来。

"那末，你想过没有？打算怎么收拾？"

"这倒不必劳动队长大人来烦神。"

刘警员掏出香烟，要擦火的时候，又停下来，抽出一支丢过去。田玉秀的父亲端着斗笠闷气地蹲在墙脚，香烟飞到面前的斗笠。

"那就到调解会去罢，雨也住了。"

萧旋紧了紧草鞋，打算走一段长路似的。他站到门外等着，檐水打在身上，他站在那里动也不动，感到身上有些发烧，黑云就在树梢上翻滚，走动。

他依稀听见老酋长愤慨的叹息。

"孽种！孽种！又来了个阿卡鲁！"

多羞惭啊！他把头垂得很低很低，好像老酋长的指头正点在他的鼻子上。

"催催你父亲、你妹妹，到调解会去。"

他嘱咐田玉秀的哥哥——那个一直都含怒站在一旁的义警，他的黑眼球很小，漂浮在太大的眼白上。

在一场大雨后，山场上操练的口令，又恢复了那种嘈杂。

萧旋看看表，看看天色，也看看屋里一张张忽然陌生的面孔，似乎是无来由的，他痛苦地微微摇摇头，指甲又送到嘴里狠狠啮着。

暴风雨一直不停不歇，真不能够想象出天上哪会悬起那样大量的洪水，几乎不分点儿地往下倾泻。闪电把夜幕扯裂，遍山一片惨白。山坡上一股一股的洪流，也好像天上的闪电，弯弯曲曲发出刺眼的亮光，从窗口便可看到山下陡涨的河水，平时是看不到的，大水已经浸上石龙长堤的半腰。

太多的苦思围绕着萧旋，他离开窗口，重又倒到床上。

又来了第二个阿卡鲁的母亲，又来了第二个阿卡鲁，为甚么还会来呢？甚么样的一个时代！人就永远逃避不了这种可诅咒的悲剧么？欲念从天而降，加在每个人身上的分量总是公平的，然而就是那么简单，人的操行仿佛和物体运动同是一样——下坠比上升要省力、要方便。人的千万种悲剧即是这样省力而来，方便而来。省力属于自己怕克制，方便便是来自权势了。

第二个阿卡鲁的结局要怎么收拾呢？将近十个月的奋斗，一切都在他面前倾倒下去。他奋斗的目标只有一个，他要山地民众相信他们自己是主人。这一切都破灭了，一些也不剩，纵有剩下的也已立不稳脚。

不管是谁，都无权命令他收拾这个残局。但这不是职责啊，是别的甚么。

暴雨依旧倾注不歇，不时有山石崩陷和树枝摧折的响声，这些动静会直接给人一幅幅清晰的可怖形象；那巨大的胭脂红的岩石在欠动着，欠动着，裂缝一点点大了，分开了，直立着，慢慢地倾斜下来，半空中迟疑地停留一下，仿佛还须下一次狠心似的，终于挟带着无数沙石投进无底的溶谷。那景象带有一种巫术的邪气，乌黑的夜云，电光和山洪，那些呼风唤雨的妖法，山和天多么靠近啊，潮湿的云块似已飘进了屋里来，艳绿艳绿的小蛇该腾着云，驾着雾，轻飘飘地游进屋子来了罢？巫师们好像都有一个样儿的癖好，专跟美丽的女孩子们作对。

卡拉洛是个美丽的女孩子；但是那一种美，一如山地歌舞所给人的美感——良善和无邪。就凭这样的完美，也曾惹他引动过欲念，人是多么不可救药地腌臜！

第二个阿卡鲁的死结算是把他困恼住了，躺在床上翻一个身，又翻一个身，把身体怎样安放，也没办法和梦更靠近一点。脑子在失眠的时候，真是一件多余而可恨的东西。他重又来到窗前，望着曾经轧死过那条小蛇的窗棂。窗扉和灰黑的天空真难分辨得清，凝视久了，就看到一条小蛇在那上面盘动。因为知道那是错觉，就伸手去抓，手贴在水凉的玻璃上，脸也想贴上去冰一冰，想淋一场冷雨。

好像是在西南那个方向，忽有长长的一声呼叫，像要了命似的，萧旋侧着耳朵换一个角度仔细地谛听。他判断那一声呼叫不会远，但被雨声隔住，分不出远近，他努力想判断会有甚么事情发生。

又在呼叫了，这一声显得非常近，好像就在村子里，接着有模糊的嘈杂，的确是在村子里。

他拿过枕头下面的手电筒，照着墙上的雨衣，取下来紧裹在身上。

一阵更大的豪雨像是特意要阻挡他，由远而近真有千军万马的气势，逐渐逐渐逼上来。萧旋不管这些，从屋子里一头冲出。雨真是大得可怕，想把这山窝也给淹进去地疯狂地朝下倾倒。他一冲出屋子，就觉得周身被密密的雨水沉沉实实地打着，两只露在雨衣下的裤管立即就被浇湿了，贴在腿上，比打上绑腿还服帖。他爬上教室屋基的高坡，遍地都横躺着凌乱的树枝。学校的花园已经完全没进水里，闪光照射出露在水面上菖蒲兰和矢车菊的梢子，很像小溪岸旁漂荡的水草。一种谈不上灾害的景象，却给人没落苍凉的感触，真像一场灾难正在袭劫这儿。

在教室的廊檐底下，萧旋停下来。风也大，雨也大，电筒的光柱里，照出雨点是横着打到地上的。

村子里似乎到处都闹嚷嚷的不安静，他倒疑心是不是雨声。有时一阵子大雨就很像菜市场上那么样嘈杂。

这才他忽然得自甚么灵感指点似的想到靠近悬崖的入山检查站那间警屋。那里面轮班住着两名义警。这个发现还没有等到确定，人已从廊檐底下奔出来，直往村南的悬崖那边奔去。

山道两旁的排水沟里，绞成辫子似的滚滚流水急湍地奔流着，跑起来，脚底下飞溅起水花，常是整片整片地扬起，裹住双腿，可以把人绊倒。他真的摔了一跤，身体纵出去好远，好像往游泳池里跳水那样，幸而挂在腰里的电筒不曾跌坏。

果然那间警屋不见了，他的判断一点也没有错。

山并没有坍陷太大，凑巧坍陷的部分正当警屋的半边墙基，崖头上还留下横三竖四的几根大毛竹。

他急忙跑向前去，摘下电筒往悬崖下面左右照射。过于陡立的崖壁生满了灌木丛，下面只是一片迷迷蒙蒙的雨雾，连山谷底下的河水也看不见。到底尽是瀑布般山洪奔泻的巨响，把人吵闹得心头不知有多慌乱。

据他所知，这警屋里两名经常轮班住着义勇警察。他判断不定是否二者之一已经摔到悬崖下面去而另一个奔向村子里呼救去了。村子里人声嘈杂得更厉害，好像有火把出现，这似乎证实了他的判断，他就不再犹豫，扯下身上的雨衣，摔在地上留作标记，人便顺着之字形的山道一路滑滑擦擦地奔下悬崖。

狂暴的豪雨更凶猛了，就像人是它存心要谋害的，不准谁来营救，整百吨、整千吨的雨量加紧地集中向他当顶倾倒。太密太大的雨点联合起洪流拍击着山石而飞散开来的水雾，已经充塞满了庞大的空间，把大气排挤得稀微而又稀微，吸进鼻腔里几乎尽是水气，呛得萧旋一声连一声地咳嗽。

之字形的山道不如说已经成了一条曲折的涧流；水从崖头上泻下，打侧里横着漫过路面，流向下面折回头的山道。脚上穿的是已经磨平底子的帆布胶鞋，越发滑得站不稳脚步，只有抓牢道旁的树根和葛藤，艰难地一步步向下面挨，一次又一次地失手，沿着斜坡冲滚下来。他背上已让山石划破不知多少伤痕。这种紧急的挣扎拼斗，已使他没有余暇顾到其他的甚么，肉体上的痛楚好像成为可有可没有的奢侈的感觉了。

仿佛走了四天路程，才弯上第四道转折的山路。面前的景象使他愣住了，原来河水已经涨到这里，他停在滚滚翻腾的大水岸边，用握着电筒的手背抹一把脸，电筒的光柱随着他的手在空中打上个大弧。他顶着当头浇灌下来的瀑布，许久才又爬回第三道山路的转折点。现在等他去奋斗的，是怎样攀附那些很难经得住自己体重的杂树和藤子，附在峭壁上往左面横爬过去。

所幸雨势小了一些。他向要爬过去的那边探照了一阵以后，便把电筒底板上的环扣衔进嘴里，让电筒吊在下颌，靠着反映上来的一点余光，他伸过手去拉住第一棵靠近的圣诞红老根，试了试牢，他知道这种小树是最脆弱的，尽量往根底去把握，随即果敢地横跨出一大步，腾出左手，继续摸索着寻找下一个抓手。人就这样吊悬在峭壁半腰，摸索着奋斗。

那一股又一股当顶冲下来的洪流，不断挟着泥沙碎石击打下来。多少次抓在手底下的小树被超过负担的重量扯断，或者连根拔起，人便一闪地坠落，滑滚着成了泥人。

歇一阵又爬一阵，萧旋冒着扑脸的水花望上去，上面一片死黑，甚么也辨不出，他就再往左面蠕动。也不知歇上几次，爬上几次，他发现顶上山崖偏左那儿发出微微的红光，他兴奋地向上打着电筒联络，一面直起喉咙喊叫："我在这里！我是萧队长！……"

半晌，上面有回音，听不清楚。他继续往左侧挣扎，想跟那发出红光的地方取得垂直，那样当会发现到甚么。

从一股扯成弧线奔泻的洪流下面钻过去，他扳紧一块山石的棱角，停下来，好像就在这一带了；从上面一路下来都是冲刷的新土，他慢慢地探照寻找，发现一片破屋笆挂在高处顶坡的几株小树丛里。这才他喘嘘着，周身的筋骨忽然感到极度疲劳，他摘下军帽把水分拧干，擦去脸上的水和泥沙，开始用电筒搜索。在他的脚底下，不到两丈远，便是大河里汹涌的激流。如果那位义警已经坠进河里，早就该随着湍急的激流冲去十几里外了。

到这时，萧旋好像已经挣不出多大力气，他扳着狼牙似的山石，一点点往顶上爬。也不知道是甚么时候，手表的蒙子和针子全都报销了。

忽然在他的右上方又发出崩裂的巨响，他攀附着的崖壁都被震撼得动摇了，人是浑沉的，对甚么都失去判别，他惊惧地紧贴着身子，静候这不可抗拒的暴力重击下来。他的耳畔连续响起震聋了人的动静，山石在滚动，泥沙飞扬着，随时他都在准备着挨上一下或许可以致命的击打，直到不多一会，下面的河水里激起场水啸，这才他吁一口气，神志定了定，继续往上面攀援。

但没有比这个更令萧旋兴奋了，立时他抖擞起精神，加快爬上去，在那几株相思树的夹缝里，他抓掀起一片破屋笆，下面赫然直挺挺躺着一个人。

电筒光落在躺着的人脸上，头朝着下面，这样倒着看，一下子认不清是谁。他急忙伸手过去试试，袒露的上身试久些似还有点微温，鼻息也很微弱，头部似乎受到很重的伤，发根里凝结着黑紫的血冻。他来不及判明是谁，赶紧用电筒向崖顶上招呼，他用"国语"、山地话、日语交互地大声呼叫上去：

"绳子！绳子！系绳子下来……"

这里距离崖顶只有三四丈远，然而可诅咒的雨又大起来，紧起来。

他呼叫着，一面把这受伤的义警扳正过来。因为脚也没有蹬头，手也没有抓首，扳动起来就很困难。他用军帽翻过来，轻轻擦拭这人脸上的泥沙，擦着擦着他认出不是别人，这是田玉秀的哥哥，头朝下控得充血了，脸像猪肝那样紫黑紫黑的，他又向上面喊了一阵以后，开始帮助这个义警呼吸。

湿漉漉的一大捆绳垂下来，他看到崖头上不少的火把照得半天一片通红。人像攀在电杆上的电气工人，他半卧着把绳索一根根理齐，四股重起来，拦腰拦腿打起救人扣，另留一根绳子拖下来，留着掌握方向，免得人在空中撞到山崖了。

绳索把人缓缓提携上去，他一手打着电筒，一手拉住垂绳。电筒的蓄电耗得差不多了，他自己筋力也一样的耗不剩多少，第二次绳索垂下来时候，他简直想长远躺在这儿不动了。

崖头上，那么些村民冒雨聚在这里，执着松香火把向他欢呼。他摔开人们的搀扶，强打起精神，一个十足的泥人摇摇晃晃地站不稳当。这才他发现自己的左腿骨好像不听使唤了，身体老向这边倾斜，走不两步，就没有办法再拒绝人家来搀扶他，很耻于自己会这样脆弱无用。

有人从后面替他披上雨衣，他努力回过脸来，只见那个老人张着一双颤抖的手，要攫取甚么似的，在火把照耀下，深陷的眼睛里耀着同情的痛楚，要向他表达甚么，又不知道要怎样表达。

"你儿子不要紧吧？"萧旋勾着头问。

"没有比队长受的伤重。"

不知是谁接口回答。在他前面，杜莲枝执着火把引路，雨打在火焰上嗤嗤地响。她的头发和衣衫也都湿透了，长长的发梢往下滴着水，又好像他进山那天的光景，丰实的身子裹在衣衫底下，画出紧绷绷几道主要的线条，身上又还是那件陈旧的黑衫。

萧旋在人们的架持下，仿佛烂醉了一样地迷乱，一切显得那么渺茫和模糊，他弄不清自己做了些甚么。

在那个豪雨夜里，萧旋伤的膝盖原不很重，没有折损到骨头。可是山里医药缺乏，创口发炎一天天地严重，他的妻子得到信息赶进山来时，他那条左腿已经肿胀像只象腿，不能落地，夜来发着高热，呼吸也很急促，整夜不住地打着吃语。

老是盘旋在三十八九度之间的热度在燃烧着他，从心脏深处往外燃烧。梦里裹有无数的蛇群，一窝又一窝的纠缠不清，有这样颜色，也有那样颜色，千样万样的颜色，毒蕈那样地美得使人神经颤抖。

仿佛他始终在昏昏沉沉地弄不清自己苦苦地寻找着甚

么，他能看到自己的一双眼睛烧得赤毒毒地喷着岩浆，要寻找啊，总是要寻找，他翻越着一座座火山。只见一窝又一窝毒蕈那样美的蛇群，在他的左右，在他的前后，红的船缆，黑的船缆，上过漆的光亮的颜色，七巧板的年代里那些使孩子们向往的欲望。

"要绿的，要那条绿的……"

他直着眼睛喊，坚持要爬起来。人把他按住。

"绿的，要那条艳绿艳绿的……"

他恍恍惚惚，看不真切执着注射针管的女人是谁，那针管没有限制地膨大了，仿佛蛇的肚皮坦挺挺地迫近来，上面有折扇的花纹、洋伞的花纹、纸灯笼和神社的花纹。

一屋里人焦灼地你望着我，我望着你。

"黄的是新的，新的……拉住她呀，你们拉住她，不要让她跑到吊桥上去，新的……"

做军医官的妻子却温和地笑着，还好像第一次做母亲那样地有些羞怯。她安慰大家："没有多大关系，退烧就没事儿了。"

人们倒似乎不是担心甚么危险，而萧旋那副突兀失常的神色，那样陌生，好像隔着一个世界，他不再认得他们了。

"我不该跟他讲那些神话……"苗老师低声自语着，"不该跟他讲那些，没意思，我就没见过半条绿蛇。"

"体温太高时，人总是这样的。"

"不，你不知道，平时要不是留下这种潜意识，就不会这样了。"

"这也没甚么呀，你总爱给自己找过失。"

女医官卸下针头，看了看表。"你们都休息去罢，这儿有我一个人就够了。"

没有人肯离去，反而又来了人，田玉秀的父亲陪着老酋长冒雨赶来，要给萧队长祷告驱邪。这时已过了子夜，连绵有半个月的阴雨似还难以望晴。

老酋长褪去铠甲似的棕榈蓑衣，仿佛谁也没有看进他眼里，岸然走到床前。

惯会使眼色的苗老师给萧旋的妻子招呼，怕她反对这个。她没有察觉，也没反对，反而带着新鲜的趣味就像当初第一次学习解剖人体样，退缩而又不甘放过。

老酋长念念有词地祈求，又正像师生们在动解剖刀之前，照例要围住浸过药剂的尸体所作的默谢那样，女医官不禁有些肃然了。她为老酋长的虔诚而动容，她也看到了丈夫在这山区里的十个月当中做了些甚么。

一向她都不知道山地的语言会是这样的美妙，真使她惊奇。伴着窗外不停不歇的雨声，它引领人沉向一个深远的地方，又好似张起片帆漂洋而去了，那份沉厚和信赖的情谊在颗颗粒粒地数说着不少个年代积存的念珠，用檀香烟那样的温馨把人缠绕，女医官便不自觉地缓缓跪倒在床前，像要跟她丈夫同享这一份古老的祝福。

她载着这沉厚和信赖的情谊，载着这古老的祝福，下山去了。妻子去后，萧旋仍需要勉强一点才能下床。

他从连日连场的高热和噩梦里清醒过来，第一件就是焦虑田玉秀的事解决到甚么地步。他明知道，这样的事一经发生，真就千古之恨，永远不可能解决，除去懊丧，还是懊丧，他可很少有过这样。

田玉秀的事，经过法律的裁判，田家获得了一笔未来的教养费。但这就解决了吗？不是法律，这要用爱来重新建造。然而他在山里的日子已经不多，他已经无法来补赎，要靠谁呢？他纵然能在这里待上一生，又该怎样？从来他都不会怀疑过自己的薄弱，他觉悟了，庄严的民权建设是全靠群众有志一同的；单枪匹马是这么样地脆弱而落伍了！多年的老朋友苗老师却不了解他这份沉重的心情，反而赞扬他——那确然不是恭维——这个成就、那个成就。在错误的道路上而能有成就，这是他欺骗了这个又良善又不爱思想的老朋友。他为他制的酸梅汤放在那儿放馊了；他这次新换的热水瓶胆可以保暖四十八小时也不止；山下又时兴了大花大朵的香港衫，他买的这件倒还素雅，大花大朵穿出去不大好意思……苗老师的人生兴味就是这些，小花盆里种棵鸡冠花，嘴里含着游阿里山买的黄杨木镟制的烟嘴儿。他也满足，他的小学生有天说过："我们家的牛三民主义了——跑了，自由了！"

他就高兴得不得了，含着牙刷和一嘴的白沫跑来告诉他。对待老朋友该怎么样呢？他暗暗地抹去脸上被喷到的白沫子，那个微微伛偻的背影，良善的好人，又安贫又守拙，赶点儿时髦还会不大好意思，那就是冒险了罢！这样的人生也有三大险事：闻花、嗅骨、倚阑干，都可以使人丧命的，他就常念着这一类的座右铭，屋子里到处也张贴着立身处世的格言，床头就是《朱子家训》，真像位夫子，只可惜炮声不停地响，而这儿，又是新收复的失土，又是红色箭头指定的方位，情况就是这么样的。寂寞的萧旋！在阳光里，他望着自己拄着手杖的倾斜的影子，他把手杖扔得很远，打掉一颗鲜木瓜，站立了很久，望着地上的影子，一步也挪不得，就倒在自己的影子上。他是这么一个人。

　　不错的，全岛十七个队，射击的总成绩里，头一名是萧旋这个队。结训的青年孩子们大批的奖品搬运到山上来。然而他要跟谁竞赛啊？鞭炮震天的炸开灰扑扑的火烟，青年们跳着唱着：

　　　萧旋！萧旋！

　　　热热太阳不黑天

　　　教我们唱新歌

　　　教我们做主人

　　　……

"你怎么不唱萧大天神呢？"

苗老师拉着杜莲枝过来，特为向他推崇这是这孩子编的新歌时，萧旋不知哪儿来的一股怨气就这么冷冷地打发过去。可是他立时又为莲枝脸上的那一掠而过的阴影而有所不忍了。

"你怎么会成了英雄！你知不知道有多少英雄是踩人的！"他踩着自己的影子默默斥责自己。

这一代的英雄不是出将入相，也不是单枪匹马；应该是一个群体。他明白这个，做起来就又身不由主。

"咱们这一代，似乎还只在知的阶段，"才进山到职的徐警员这么说，"这已经是很开明很进步的好分子，比如你、我，这些。"

徐警员也是个和萧旋一样的人物，惊叹和叹息一样地多，在认识上两人很投契，徐警员也是这样的看法：

"对于山胞，祖国是甚么样子？——看不见；能看见的，只有你你我我这些身穿国家制服的人罢。"

在他就要离去的这个山区，就将是这个样子了，徐警员一个人在这儿单枪匹马，职务上要他做的并不多，并不困难；政府要他做的可就太多了。干得好，是个过时的脆弱英雄。然而这样的方式要奋斗到几时呢？这又无关于乐观或是悲观，就很使他这一代的青年感到恍惚和迷失，痛苦也跟着他们，到东，到西。

进入台风季节的第一个中型台风，现在袭进山区里来。

山林翻腾，谁也不知道要寻找甚么，把到处都翻得这么紊乱，群山都在飘着。

也像台风所带来的这样紊乱，萧旋就是这样子的心绪。从杜家回来，他埋着头，顶风走回宿舍里，明天他就要下山去了，十个月里亏负够多的了，现在又加重了这些亏负。

那一对痛苦绝望的大眼睛，仿佛两张膏药黏在他的心口，隐隐螫着痛，撕不掉。

大风呼呼呼呼地狂吹，屋顶像有整疋整疋的大布在那里拍打。台风初初袭来，低闷的气压，说不出是寒是热，胸膛里的脏腑就在这气压底下沉落，往下沉落，萧旋暴躁地扳开近床的拉窗，躺下来。垂在床沿的垫毯立即大肆飘打着。也许这是一出喜剧。总是那样的，善良的误会把人作弄得团团儿转，又总是那样很难解释。

杜莲枝的父亲请他到家里去吃酒，那样诚挚而固执。他了解他们，在他们坚持要怎样的时候，你只有听从的份儿，因为他们从不虚伪，他们是那样地诚实，不准谁跟他们讨价还价。特别是他已经分别接受过归乡长和老酋长的饯行，就更不能拒绝这位老人。

他一进门，就让坐在莲枝的石床上。若不是苗老师给他递眼色，他会很坦然坐定了一动也不动的。照着这儿的礼俗，到了待嫁年龄的女儿，那张石床只有求婚的男子才会让到上面去坐。萧旋知道这个规矩，可并不知道这是莲枝睡的床，也不会想到避这种嫌疑。苗老师的眼色使他觉得被开了个大玩笑，他就忙着唤道：

"杜莲枝，杜莲枝呢？瞧我坐你的床了！"

一道儿请来的归乡长、老酋长、徐警员也都被惹笑了。不过莲枝并没有在场，为了抵挡台风更显得黑沉沉的石屋里，似乎只有莲枝的祖母和抱着小弟弟的母亲。

虽然觉得是个玩笑，萧旋还是移坐到另一座石礅上了。

酒杯是木制的，上面刻着直线构图的花纹。大家举过三杯酒，这老人把女儿从屋里最黑的角落唤出来。

"卡拉洛，你要敬萧队长一杯。"

做父亲把自己面前斟满的木杯递给了女儿。

莲枝的双颊好似熟透的西红柿，指甲掐上去似乎跟手就会破裂开来，流出又甜又酸的浆汁。她穿的是一身还显出折痕的洁净的裙衫，黛绿底子印着白茶花，在过暗的屋子里底子看不出，只见一朵朵白色的碎花，凑成一个大致的跪坐的体形，剪贴似的失去了立体感。

和萧旋挨肩坐着的老人，挪出一个空儿，命令女儿跪过来。她头也不敢抬，趔着身子，生怕碰上了萧旋。

这两人举起杯子，孩子的视线迅速打他脸上扫过去。

"别喝那么多！"他偏过脸去看看莲枝杯子里的酒，"我是不会吃酒的。"

酒杯在莲枝的手里抖动，酒有些溅出来。只见她一仰首，那么满满一大木杯的米酒就一口吞下去了。

这动作显得很突兀，木杯钝重地放到石桌上，孩子战栗着，头发披在脸上。她不是平时那样野生生的，不知她驮载着甚么样沉重的心事才会弄得这么笨重，这么呆滞。

"喝得太猛了罢！"

萧旋的酒还端在手里，低下头去问道。但他听见坐在那边扶仑神龛下的莲枝的母亲催促着：

"快呀，卡拉洛，快快的。"

她父亲一旁也接着催促。不知为甚么，屋里的空气好像有些发硬了。那掠过屋脊的山风也一阵紧似一阵。

莲枝这才下了决心似的，捡起一枚槟榔，放进嘴里，立刻又吐到掌心儿里。她犹豫着，凝视着这颗槟榔，好像要看个仔细，上面是否生了虫子。

莲枝的母亲又在那个黑暗的角落里催促，似乎还带着责备的口气，这一次萧旋没有听懂。但他刚刚感到有些惊惧，那颗亮晶晶带着唾液的槟榔已经送到他的嘴边。

"萧队长，你一定要吃下去！"

老酋长带着他那种对于族人习惯了的权威的语气：

"这是卡拉洛自己的意思，她一家人和我们全族的意思。本来照着我族的规矩，不准和平地人通婚，如今一律都平等了……"

萧旋站了起来，他不肯再让老酋长说下去，一如他不愿再听本国的同胞使用外国语言一样。

一时徐警员、苗老师，连归乡长在内，都一致帮助萧旋解释，表示这是不行的，最大的，也是仅有的理由，当然是因为萧队长已经有了家室。

"都没有关系，你可以娶很多的妻子……"老酋长岸然站起，用手里的烟管指着萧旋，"我知道，你结婚五年还没有孩子，不行，卡拉洛能给你生孩子——可以生五个、八个！"

"是啊，萧队长，"莲枝的父亲吵嘴似的嚷嚷着，"你看看我的卡拉洛，你看看，大腿有多结实！胸脯有多大！一定要给你生八个儿子！"

莲枝的手心儿里仍还托着那颗亮晶晶的槟榔，仿佛不知怎么安排，扔掉也不是，吞下去也不是，迷惘地望着大家为她在争论。

开始时，对于这样的事萧旋虽然很认真，倒还没有感到怎么样严重，因为他知道这一点也不可能，简直像一出戏，几个人在这个小小的舞台上重复着一段很不出色的台词，这几个人在微弱的光度里各显出部分的轮廓，真是一幅上乘的木刻作品，沉厚而朴实，一种深邃的情感凝炼在这样的一幅画面上。然而他发觉到杜莲枝在直直瞅着他的那一对涌着泪水的眼睛里，含着他从没有见过的迟滞、迷惘和敌意的怨怒，他就不能不有些感到错乱了。

室内显得很骚动，就像强烈的台风鼓进了这间石屋，把甚么盆盆罐罐都刮乱了。这不光是尴尬和不可能接受的误解的善意，还有杜莲枝的那一对眼睛，还有因为不能接受而给这一家人的羞辱……这都像一笔笔的债务，还不起，还不了，又不能不还，跟在背后的一伙又礼貌又亲善的债主，这该怎么好呢？明天一早他就要下山，没有多少机会给他去偿还了。

这真是莫可奈何的烦恼，被吹落的蚊帐在他脸上拂来荡去，他一只只地扳着指头骨节，扳得喀吧喀吧地响。

风势仿佛有些减低了，天空被飞跑的灰云充塞着，这山看不见那山，人就有些像腾云驾雾地悬在半空里，在神异的天界里。

在文具书籍全都收拾干净的光光的书桌上，匆匆地落着一层薄沙，人要走了，这些就显出说不出的苍凉。他指头画在薄沙上，一道又一道并行线，像在画着五线谱。后来不是了，画完了五道，又画了六道、七道……在风声里他听见村子那边闹嚷嚷地喊作一片。

"卡拉洛！卡拉洛！"

"卡拉洛……"

村子那边沸腾起噪乱的呼唤，随着起伏的风声传送过来。他张望着，一眼瞧见莲枝穿过山场，没命地直往东面飞跑。

萧旋跳上桌子，翻出了窗子，顶面拦过去。

莲枝已经先他十多步奔进樟脑林里。暮色加重了林里的阴暗，黛绿色的裙衫在同样色气的林子里消失了，裙衫上的白茶花也就看不见了，只落一双白帆布胶底鞋隐隐现现地跳动。

林里是另一条回旋出山的道路——河水暴涨的季节里，出山的唯一的通道。

萧旋没敢迟延，顶着大风追赶上去。村里追出来的人们落在他后面还有一截子距离，喊嚷的闹声在风里搅乱了。

林里的山路很窄，很弯曲，好像当初走出这条路的人们都很调皮。山路是一路倾斜下去的，他比不上莲枝那样如履平地地飞跑着。

"杜莲枝！杜莲枝！卡拉洛！……"

他跑着叫着，莲枝头也不回，只顾奋勇狂奔。他可还是看不到她人，仍然是那双白鞋隐了又现了。

奔出山林，前面转弯那边，山崖塌陷了一段，把路给堵住了。莲枝正攀附在峋嶙的岩石上，迅速地爬着过去。那一堆乱石下面便是几十丈的深谷。

"杜莲枝！杜莲枝！……"

萧旋不住地喊叫，可是莲枝已经慌慌促促通过了那一段绝壁上的险路，转个弯子，人便看不见了。紧接着他赶上去，艰难地扳住零乱的岩石往前爬行，随时都会一下子掉进绝壁底下的深谷里去。

绕过前面的弯路，路就平直了，然而那座吊悬在两面悬崖之间的吊桥立刻呈现在眼前。

　　仿佛有一面庞大的黑色丧幕抖开来，兜面蒙住了这个山窝。他眼前一黑，不由打一个冷战，莲枝就快要跑上吊桥去了。

　　他有些发急，忽然一双腿软了软，仿佛抬不动了。这感觉好像立刻传给了莲枝，她摔倒了，跌在悬崖边缘上，身旁便是可怕的死谷，洪水奔流着。但她扭动了一下，重又挣扎起来。人好像栽伤到甚么地方，身体有些失去平衡，然而她执拗地跑上了吊桥。顶面那股子流窜在山谷里的厉风把她急切的哭声撕下一片传送过来。

　　那吊桥靠着两股铁索扯在两大峭壁之间，长有三百公尺。又稀疏又狭窄的桥板下面便是令人晕眩的深谷，滚滚激流翻着搅着，一个大漩涡，又一个大漩涡。

　　风把吊桥推过来，又搡过去，桥身狂烈地动荡，仿佛一条被锁住的痛苦的巨蟒，辗转反侧一刻也安静不下来。那些拥塞在山谷间的灰云挟着细雨被狂风三把两把撕扯碎了，宛似无数失去了形骸的亡魂，惶惶乱乱四处奔散。

　　"卡拉洛！杜莲枝！……"

　　他错乱地喊着。吊桥的铁索和薄薄的桥板不时发出碎裂的响声，大风真要把它席卷而去。

　　他不断地叫喊着："杜莲枝！回头！回头！……"

　　这都没有用。风从峡谷里窜过去，愈显得不可抵挡地凶暴，划过二百七十一根垂弦的铁线，便拉出长声不歇的尖锐的嗯哨——挑上去，打一个旋转；挑上去，打一个旋转。萧旋紧跟着跑上吊桥。桥身分外地扩大了动荡的幅度，挺上去，又落下来。

眼看着莲枝跟跟跄跄跑近仰弧的索栏的最低处，她是那样固执，始终没有回过头来。但她忽地一只脚踏了个空，一脚陷进横桁的空当，人倒下去，抱紧了桥栏。她顽强地奋力挣扎，要抽出那只陷进空当的腿，可是动荡的桥身摔得她的身体做不了主。在她努力抽出左脚的时际，那只白鞋却被桥板刮掉，一下子就被狂风卷走，空里打一个盘旋，就不见了。

萧旋抱住了她，但是两人都失去重心，一同倒下来。莲枝下死劲挣扎，冲他脸膛撕打。那满头蓬乱的长发扑在萧旋的脸上，劈劈拍拍热烈地抽打着，他甚么也看不清，他得抱紧莲枝，腾出一只手去攀住桥栏。视界里是这样的紊乱，飞扬的长发，横三竖四的铁线，桥下的激流……好像置身在打着跟斗的飞机里，上下和方向也都分辨不出了。

莲枝那棕红而略显肿胀的脸孔上满是水珠，也分不清是泪、是汗，还是雨水。她在萧旋紧紧箍住的双臂里仍在争执着甚么，慢慢地也就动不得了，除掉她那把又黑又浓的长发。

泪是直流着，但她不哭，好像不管她需不需要，眼是非流个完不可了。

萧旋抱起她，像走在黑暗里，他得一步一步试着，在滑擦擦的桥板上往前挨。她那不时扭动的身体和摇摆的桥身，老是使萧旋时时停下来，稳一稳重心。

那些担着心事的人们已经跑上吊桥来了，在漫天的风雨里，他们呼叫着涌上来。

临窗书桌的那一层薄薄的灰沙上，还留着那几条平行线、一只鞋底和五个指头的痕迹。

萧旋向这些痕迹抛上一眼，便离开这间他居住十个多月的屋子。他只觉得自己没能留下甚么，就只有薄薄的灰沙上留下这点儿痕迹，经不住一抹，经不住一擦。而那留下的五个指头却只剩下四个了。

山场上人们聚集着等他再主持一次升旗。他慌促地走开。在这间木屋的最后一夜，他没能阖上眼；前半夜里，一直都在开导莲枝。守满屋子蹲着坐着和站着的人们，他约定了等她明年的现在从学校毕业以后，接她下山去读书，然后学习医护，回到山区里从事卫生建设事业。

"你瞧，阿卡鲁这一对眼睛多亮！你的眼睛也应该跟阿卡鲁一样亮！看远点，看深一点！"

他就带领着他们去周游世界了；他们偶尔下山一趟，所能看到的是些甚么呢？不是那些。那些漂浮在街道上的，披挂在人们身上的，陈设在货架上的，那些流星般沙沙鸣叫的时髦，烟一样云一样的浮华，那些炫耀富贵的大盗和小偷，都不是。祖国的荣耀光照着辽阔的疆土，悠远的文史，那些雄浑浩瀚的大山和大川，为创造这些，保卫这些，祖国广袤的原野上，无处不是她儿女的血和汗、撒种和战斗——默默流着的血和汗，默默奉献的钱粮和牺牲。没有说乡野的麦子是哪个豪杰种的，没有说沙场的敌尸是哪个英雄杀的，祖国就有世界上最好的农民和兵士，不打名号的豪杰和英雄，长远默默地背负着历史的轭架，长远默默地歌唱……

他真像个讴歌历史的歌手，动人的故事说不完，他那种对于民族特异的热爱，深深地播弄着人们每一根脉管。然而他自知不是农民，不是兵士，他也不是在默默地歌唱。他多想撒种！多想战斗！但总是情不自禁地只相信他自己，只想独自挺身去干。一个人有一百个错，两个平分，错就少了一半。千万个人一齐来干，真理才产生。然而时势总是在造英雄，不多的人就成为英雄，就多了错误。

一个错误结束了，他将要前走？后退？还是原地踏脚？人们散去后的下半夜，这一切就留给他独自一个深思了。很快地他就发现到，一个才结束，他给杜莲枝的保证，不如说又是一个错误的开始，为甚么总是只相信自己呢？那么阿卡鲁母亲式的悲剧何以断不了根，他就豁然醒转来似的明白了；一如那位刘警员一样，他自己也曾对另一个身体生过欲念，那么一个简简单单的欲念，一点也不奇怪，人都是那样一个专生欲念的有机体。

白烛噗突噗突地烧着，在屋顶上跳跃。他顺手取出琵琶，缓缓弄着琴弦，不知为甚么，仿佛也不曾察觉，信手弹着他一点也不存心要弹的东西：

撒库拉，撒库拉，
三月天空呀，望呀望不着边。
……

听起来仿佛古筝，冷冷的，断续的，幽远而苍凉。这儿就是阿卡鲁小母亲接受欲念的屋子，简简单单的欲念，人人都有的。一切消失了，留下一条艳绿艳绿的小蛇，这小蛇就出现在萧旋的面前了。

早就悬在那儿，他以为那是幻觉。从跳跃着烛光的板墙上，悬下一条绵绵荡荡的带子，也不知悬在那里多久了，也不知他无心地瞟过几眼了。

它游动着，不时地四下里张望，好像这是它第一次来到陌生的地方，或者是许久不曾来过了，要看看这儿有没有甚么变动。

他没有见过这样鲜艳的碧绿的蛇，对于这一门的知识似乎太贫乏，他猜想也许这就是叫作竹叶青的毒蛇。果然这是一间出蛇的屋子，果然如同传说那样，这屋里真就有这么一条蛇。一如他不知怎样竟弹起这首日本童谣，他也不知道怎样就停了下来，全神注视着这个在山区里被捧为神灵的毒虫。

它动时不知有多温柔，静下来翘着小小的三角头，却又像木刻石雕那样地庄严、刚硬。它想甚么？它要怎样？它是这样地美，又是这样地爱着美的乐声，美得和毒连接不到一起，真怨不得人们把它认作那个美丽的姑娘的魂灵。然而它一点一点耐心地试探着过来。它不急于要怎样，也说不出要怎样。在覆着他半个身体的军毯上，它摆出走开的样子，停下来思想着，又变了主意似的滑过来，美妙地款摆着脑袋，静止了，良久良久，再一个滑动又转向床尾去……它动一次，就是一个难测的念头，它自有主意……看惯了有脚有爪的动物，这真是个奇异乖张的东西，隔一层毛毯，多清晰的感觉——就不是美的感觉了。他抑制着微微发颤的双腿，屏息地容忍着。他依稀记得父亲说过的，你不去惊动它，它也不招惹你。可是容忍到甚么时候呢，它这样要去不去慢吞吞的样子？如果爬上胸口来，爬上露在汗衫外面的胳臂和上胸呢？他僵直着脖子，大气儿不敢喘一声，深怕眨一下眼睛也会惊扰了它，惹它袭上来。

蛇药全都送了出去，纵使还有罢，纵使就放在枕头底下，装在汗衫的口袋里，他却动也不能动一下了。如果说抽烟可以防蛇，那他也是注定无法可想了。现在他就只有把自己给凝住不动，让自己瞧在那一对机灵的小眼睛里，和一张床、一张桌子、一把椅子都是一类的物体，它总不会冲着床腿无来由咬上一口罢！

然而这都跟他的性子太冲突，就在绿蛇的尾巴距离他右手很近的时候，他着实隐忍不住了，手指痉挛了一下，好像不是由他作主的，伸过去就把个精细的尾巴抓住，滑腻腻凉冰冰的，他便像擂起鞭子一样，提起来猛抖一阵子。据说这样抖动就把蛇刺抖乱，抖脱了肉。可是慢了一步，在他猛一提起的时候，他没能够用上离心作用，以致蛇头回转来，攻击他的光臂。在这个眨眨眼的工夫，他那只左手立刻捉住了蛇头。也许太细，握在手里用不上劲儿，拇指就被咬住了，不十分痛，仿佛碰着玻璃尖儿。他把蛇身拽得紧紧的，头朝着下面，下狠劲儿抖上一阵子，这蛇就像触电一样，和它的身体比起来，显得那样大的嘴巴就从他的手上松开了。

　　顺势他把它丢到地上，只见它发着抖，接着痛苦地翻一个身，又翻一个身，粉绿的肚皮朝上翻。他跳下床来，一时找不到合手的东西，便又回到床前套上胶鞋，踩住蛇头用劲地拧搓。

　　毒性发作得很快，左手的大拇指已经暗紫暗紫的瘀血似的肿胀起来，却又并不觉得怎样剧痛。

　　蛇头被他拧搓烂，摆出一个"？"形状。他处决一件事情总是那样迅速，转过身去他就开箱子，取出他的自卫手枪，拉开窗页。台风已经过去了，风力还在四级以上。风从他的领口灌进来，背后汗衫鼓得像船帆。他把枪口抵紧在拇指的

第二个关节上，抵了又抵，随着一声枪声，眼前一亮，呼呼的风声一下子显得那么遥远，留下尖锐的耳鸣响个不停。

他这只拇指便这样迸散了，他用一条干毛巾堵进伤口，地板上一片又一片的血迹。

枪声惊醒了不少人赶来，天似乎有些朦胧亮。整整一条干毛巾都被他太旺的血液所浸透，又换了一条毛巾，血仍然涌流不住，他把左臂扎紧，浸进冰凉水里也还是不发生作用。在这么个穷山窝里，再没有办法可想，他这只胳臂已经流血流得发麻了。

然而杜莲枝第二次奔了进来，握着一把从自己头上剪下来的头发。因为她去跟老酋长求救，老酋长说，萧队长怎么不去找他？他能替他吮去蛇毒的。既然这样了，止血要紧，烧一把发灰敷掩上去就行了。莲枝就像得了救星，也不选个位置，当顶就剪下这么黑黑粗粗的大绺头发，赶到这儿来。可是她烧得不得法，糟蹋许多，只有一半敷到伤口上，然后用那条又被鲜血浸了一多半的毛巾裹住。

好几双手替他包扎，莲枝夹在其中。他咬紧牙根，注视这少女当顶秃去的一大块。他为被爱护的幸福弄得酸楚，为他不知该当怎样来报答而自觉又软弱又无能。他就咬紧嘴唇，咬得很痛，想用这痛苦驱走那么多他不愿意有的痛苦。

老酋长古老的偏方真的很灵验，血不再那样迅速地从层层包扎的毛巾里渗出来。天刚亮时，他就得启程，不然便赶不上进出山口那儿的班车。

他最后一个离开这屋子，这间他居住十个多月的出蛇的屋子。书桌上留下的五个指头的痕迹，给他一种又安慰又是留恋的感喟。这里留下一个错误，留下个痛苦的经验，他将长远地记住这间蛇屋。

在山场上，他所热爱的旗帜在他的面前缓缓上升了。进山那天傍晚的情景，仿佛是昨天晚上的事。在他背后，重又扬起那带有宗教虔敬意味的歌声，重又带引他飘向许许多多片断的幻觉，在那些悠长的流亡和战斗的日子里，在白音塔拉河上，义勇军的战士们曾高唱过的纤歌。在冰雪封锁的塞北草原上，蒙胞的羌笛泣诉着低徊感伤的招魂曲。还有那黄荡荡无边无涯的沙海上的鳞波，沙原上卷起擎天的沙柱，容忍的驼铃，口马长嘶……在未来的记忆里，将又为他增添一页在海拔一千多公尺亚热带的丛山里留下新事，且不管那是失败抑或胜利，人生总归要靠着这些给养，来填充，来帮助成熟。

这里结束了。这些禀性憨厚、热情、纯良，祖国的怀里最小的儿女们，他们挺起胸膛，不再双手过膝那样卑微地鞠躬。萧旋和每一位握手，紧紧握住，他的手被握得和他受枪伤的左手一样疼痛。而那一个式样的深陷而真诚的大眼睛，多容易就被泡在泪水里啊！年轻的一代为他齐声高唱着经他矫正过的莲枝所作的歌：

> 祖国！祖国！
>
> 热热太阳不黑天，
>
> 教我们唱新歌，
>
> 教我们做主人。
>
> ……

蕴藏着何等浓郁的爱情在这平和愉悦的旋律里，这里面有海洋的光耀、山的沉厚和草原上那种狂放而又深远的欢乐……从来他还没有听过一个女性作的歌曲；这混合着"国语"和山地语言的歌曲的作者，他没有在人群当中再看到她，他感到自己的情感忽然软弱下去，临去他又瞧一眼那隐蔽在火一样赤红的凤凰木树下的木屋，就记起进山那天傍晚的情景，他的眼泪不由得涌上来，他笑着说：

"你们唱'撒库拉'的机会不多了！"

林军士带着泪笑了笑，要说甚么，却没有说。

萧旋握住徐警员，顺势背过身去，举起他那只负伤的手向背后摆了摆，就离开山场，一直走进樟脑林子里。背后高嚷着：·ㄙㄚㄌˋ ㄧ！·ㄙㄚㄌˋ ㄧ！这才他拉出手绢，擦擦眼睛。

"我羡慕你们！"

168

"希望真的能让你羡慕。"

徐警员走在最前面，说着就托起一棵拦在路上的小树，让苗老师和林军士他们搬运他的行囊从下面过去。

"只是有一层，别像我一错再错把自己看得太重要！"

"你看我会梦想做个英雄吗？"

这两人隔着一棵倒在路心的相思树，默默地相对了一阵儿，在他的背后，歌声更嘹亮了：

> 教我们唱新歌，
>
> 教我们做主人。
>
> 没有高的和矮的，
>
> 你都爱……

她好像真懂得那么多，那么深奥，就在这挥别的当儿，她把自己隐匿了，然而她心灵震颤的音乐正从大众的口里唱出，她竟是这样的美！比他自己完美得太多，太多！

山下的大河在奔腾，当初进山时的路淹没了。在摇摆的吊桥上，萧旋又停下来，依稀还能听见那远远的歌声。他弯下腰去，不必要地紧了紧绑腿。从稀疏的桥板俯视下去，溪谷里翻滚的激流使人有些儿昏眩，桥身就仿佛逆着大河飞驰。一颗不自觉察的泪水就这样落下，落进几十丈深的谷底，总会落进滚滚不息的激流里去的。

太阳穿过云层，山背的那一边，有千道万道的毫光辐照上来，喷放上来。

一九五三·四·凤山初稿
一九六二·二·板桥定稿

小翠与大黑牛

窗棂上喜红纸的剪花有多新，三月里的南风就有多迷人。剪花醉醉的不停地飘舞，庭院里还有昨天留下来没扫净的爆竹屑。

久阴乍晴的好天气，乡村里春来得早，春天才在今天真的飘落了来。

也不知道什么使新郎睡醒了。初初醒来，还仿佛很困倦悠忽。火斑鸠永远也不变一个调子，"咕咕咕——咕！"打天边儿飘来似的那样辽远，沉迷迷的。睡在炕上便嗅见田野最新的香气，这已不是昨天。

太阳也不是清晨的太阳。已经派给一个生女人做男人，往后几十年的日日和夜夜，才开头呀，才过去一天和一夜！

他听见母亲的一对小脚在外面客堂走动。"这孩子要睡到什么时候？也不怕人家笑话，"母亲窃窃地不知跟谁说着话，"亏得咱们是孤门独户呀。"

母亲做了婆婆。要是娶亲这事必得有人欢天喜地乐一场，也只有守寡半辈子的母亲一个人。

新郎也听见他表姊跟母亲在笑，微弱又微弱，同重一点的喘气没有两个样。他真要怀恨她，怀恨他表姊。

新娘哪里去了？不知道他的新娘什么时候起的床，也不知道是个什么样的人。太阳洒进洞房里，喜红的剪花把粉墙上映出飘飘忽忽的红晕。

"叫新娘子进去喊醒他吧！"母亲噗突噗突吹着抽水烟的纸媒子。

表姊又在笑。"叫新娘子去喊吗？"似乎他有多难堪，他表姊就有多快活。新娘到底去了什么地方，他完全不知道。新娘是一只枕头、一条被窝，放在他睡的炕上大半夜，他没有枕，没有打开来盖，现在拿走了，拿到不知什么地方去。

渐渐地听出表姊在擦着什么。"姑妈进去喊吧——自己儿子嘛！"这个表姊做什么，手底下总是那么快，嫁人也嫁得那么快。

"多讨几天的吉利吧，我这个半边人！"

母亲会有许多怪诞的忌讳，深怕她这个克夫星碰伤到儿子。新郎揉揉发黏的眼角，不甘心这就醒来。好似这才明白，为什么新房里什么都由他表姊来安置，母亲手都不伸一下。"半边人！"儿子体恤这一点，没有把亲事闹到底，可就没有发现母亲的苦心用到这一步。

如果新娘就是表姊……如果表姊就是新娘……表姊替他收拾新房，枕头被窝都是她来放，他一旁瞧着，瞧得耳朵发热，心里总是这么想，如果这，如果那，反正人是什么都可以得到的，只有如果永远得不到。迷迷蒙蒙的烟云扬远去，丧失了。表姊一样地泣伤过，表姊哭着上花轿。凤冠上的玻璃穗可没有挡住他们最后那一眼。半年的工夫，表姊改变了另一个人。从前喊他的名字，现在喊他表弟，喊什么都不一定分出亲密还是疏远，为什么嫁过人就改口？改得喊着也别扭，听了也别扭。他这一完婚，这个表姊似乎更是干干净净做她的表姊了。

近几年，动不动总这么说："表弟大事一办完，姑妈您该睡安稳觉了。"这话是说她自己呀，她自己才不安枕。以前她许他什么？应他什么？母亲也总是打一场胜仗那样地得意："年轻人哪，不要读老多的书。"呼噜呼噜地抽着水烟："不要读老多的书。"要儿子读出书来撑门户，儿子学来了本事要退婚。年轻人读了老多的书，末了还是没有拗过老年人，这就值得津津乐道没有个完儿。

新郎好像受了伤，躺在炕上愣听着母亲揭短他。帐檐上挂满了和合仙，春风偷进屋子里，把那上面的流苏荡着像水波，从这一头荡到那一头，一波一波荡过去。

"老说要自己找，我给找的坏吗？你让昨天看新娘子的人说，坏吗？"

"不要太信您的老眼光了，姑妈！"

"哼！老眼光！"

水烟放到茶几上，放重了一些，儿子在里间听得出。总是擦得那样亮亮的白铜水烟袋，总是在擦，总是用香炉里的香灰。擦着就想着，给儿子讨媳妇。

"不要说看新娘子的人，你当这孩子看不中？天到这时候还起不来。"

"姑妈您不太……"表姊又是古怪的笑声，只有她这个人是那样笑法。

"说怎样也不信，不信罢！白白胖胖多富泰，现在就信了。"

又是古怪的笑声，像噎着了，打着气嗝。"您再等得急，总要等到年底才见着孙子呀！"姑娘家一出嫁，什么羞耻心都不顾忌了。人这样地说改变，就改变，真不值什么。

新娘和新郎好像派定就该怎样。不知应该怎么说，他们栽诬他，还是他欺骗她们，他只无心地瞥见过新娘的一只手。并坐着喝交杯酒，那只手木木的，放在大红褶裙上，握着一条大手帕，也是大红绸子的。没有给他一点点什么感觉。

又是那只手，人还没进来，手掀起绣龙又绣凤的红门帘，木木地停在那里，还是握着大红绸子手帕一样。他也是木木的，没有什么感觉。婆婆叫她进来唤新郎起床，又叫住她："灶房里有人忙了，你屋里歇息一会儿吧！"

婆婆比儿子疼新媳妇，婆婆要内侄女帮着西屋去检蚕，远远地让开小两口子。

蚕刚过了头眠，比蚂蚁大不多少。老妇人用的是老尺，没有去检蚕，跟内侄女量起来老家亲戚送来的喜幛，一件又一件。量小两口子，婆婆也用的是老尺，比着自己才成亲的那段日子，碰头碰脸都是老姑子、小姑子，巴不得避开人，两人偷偷地扫一眼。总要冷着脸呀！谁也不理谁，两人不知有多大冤仇。白天比谁都生，到夜里比谁还贴得紧。也是过门以前没见过一面呀，姻缘前世定，前世早就好过了。

新房里的一对新人，似乎前世不曾好过。大红被窝像一堆火，谁把炕板掀了，炕下火着成这样子旺。新娘不敢走前去，怎么喊他呢？怕燎着手。这个男人是这个样子！清晨她轻轻起床时，屋里还是黑的，长命灯照不到那张脸，现在瞧清楚了，白净子脸，没有一点血色，让她感到一阵恶心。又不敢正眼看个仔细，怕那一对眼睛随时要睁开。

眼睛没有张开，一样地看得见，眯觑着。总算他知道新娘大体上是这么一个人，墨绿华丝葛的罩衫，袖口跟下摆都没有罩严里面的大红袄。迎着窗口洒进来的阳光，黄澄澄的绒条，勾出一个上半身，木头做的人，僵立着一动不动。似乎害怕动一下，就把新衣裳折出了褶皱。

两人都没有发觉彼此在对着。新娘为难得不知道怎么喊醒这个睡死的男人，希望他自个能醒过来。新娘故意碰一下脚搭上的裹脚凳，声音实在不够响，惊不醒一个人。新郎不忍心再睡这么熟，顺势装作被惊醒，装作不以为屋里有什么人，惺惺忪忪望着帐顶打哈欠，再装作发现天色不早了，这才猛然一下坐起来，抱歉地笑笑："怎么天到这时候啦？"

忠厚一点吧，别让人地生疏的新娘太僵了，心里这么叨念着，可是新娘子背朝着他，对他存心不理睬。新郎真有些冒火。太阳被云彩遮去，新房里跟新郎的脸上都一阵子暗。新郎绷紧脸孔，笑容绷平了。赌口气，急忙套上衣服——釉蓝毛葛的夹袄袴。望一眼炕上几上叠作四四方方不是昨夜信手丢上去的丝绵袍，罚誓不动它，也罚誓一辈子不动她。对襟衣扣没有扣完，就打起门帘，到外间才拔鞋。他可听见新娘忙不迭地叠被窝，好像要不趁热叠，就要不堪设想了。

可是母亲得意地栽诬他，硬派他花烛之夜不知道有多称心。乍乍这样好的天气，天空嫩蓝嫩蓝的，要往下滴水，滴下的水也要是嫩蓝的。

不知道有多称心的还是守了半辈子的新婆婆。称心得太过分，就疑心怎么忽然做起了婆婆。盼着一二十年，盼得太久，觉得还要再等一二十年。架子上一层又一层的簸筛，刚眠过头眠的小蚕，灰扑扑一点不讨喜，日子总要慢慢挨呀，一二十年也挨过了，再快也得年底才抱孙子。

上一代的新媳妇要是当年就养儿子，两口子都要给人笑死。时下的年轻人不在乎这个，也比上一代的能干。"瞧这小两口儿，藏着不出来了！"新婆婆笑眯眯闭不拢嘴，托起一张又一张葱花油盐饼一样的蚕页，把蚕沙——不准说蚕屎（死）呀，犯忌讳，其实是江南人的作兴——轻轻抖落，换到另一层篾筛里。儿子正站在背后瞟着表姊挤眼睛。新婆婆总是不住手地忙这又忙那，不住口地念着："瞧这小两口，麦芽糖也没这么黏！"

不住口地念，念到蚕眠了二眠，蚕身泛白了，五只蚕筛变作十一只。小两口终天板着脸。"装得多像那回事儿！"新婆婆一心想能偷看一眼两人暗地里怎么递眼睛。儿子总是赖在炕上，不赖到太阳偏过院心的老榆树，不起床。

成亲没满月的新郎怎么能叫他不懒？又是这样迷人的时令，杏花刚败落，桃花娇死了人，春风吹软年轻人的身子，吹红年轻人的脸。树要这样绿，草要这样青，年轻人忍不住要做点什么。桑树下面新郎抱着桑树干，仰脸绕着树干打转转。表姊叉着脚，踏在两根枝桠上采桑叶。银花的绣红鞋，胖胖小尖下巴。鞋底有五成白，没有走过多少路。鱼白裤子底下什么都看得见，采一把桑叶，就随着颤巍巍地抖动。表弟仰酸了脖子，费了大劲儿才咽下唾沫。一点点的小桑椹，什么时候才能熟得红？鱼白裤子给桑叶映出一遍一遍的翡翠绿，表姊站的地方太高又太远，表弟的身上烧着火，烧得心里一阵阵地着慌。这棵树已经栽下十几年，树干不是这样细。树干上高腿蚂蚁忙些什么，也不懂得，飞快地爬上去、爬下来……没有用，表弟想借别的分一分心；偶尔地飘下一只桑叶，眼睛跟随着打一个旋转，还是离不开那件翡翠绿的鱼白褂子，鱼白褂子下面遮不严的。

上面的人一低头，发觉有人呆呆的，像是看她，又像没有看她，慌忙坐到一根横桠上，掖了掖衣襟。

"你站在底下做什么？不怕我鞋底上的土迷着眼？"

"我看有没有红桑椹。"谁也没有教他说谎话。他看到表姊一排弧形的白上牙。

"瞧你馋死了！"

"能不能吃？"下面的人揉揉眼，好似眼睛真的被迷住。

"你要吃，现成的呀，什么能不能吃！"

她真的让他吃？她有这个意思吗？两只又小又绿的桑椹落下来，落在他的脚尖跟前。他不去捡，爬上摇摇晃晃靠得不怎么牢的短梯子。"谁吃这生的！我自己上来拣熟的。"

筐子已经采满嫩桑叶，汲水一样地用绳子垂到地面上。

"我刚爬上来，你就忙着下去？"

表姊的衣角被拉住，笑着打他手："你要人陪着，我替你喊新娘子来。"

手松开了，跟着就像什么都从他的手里失落掉。表姊一点也不比新娘子好看，但是表姊允过他，应过他。表姊跟他从小在一起，什么都玩过，现在装作不记得。"梯子我不管啦！你得扛回来！"他呆呆地留在树上，呆呆地俯视这个从他手里失落的。身子裹在不贴身的鱼白褂子里，滚圆滚圆地扭动着。桑叶还不密，村子上哪一家的院子都看得见，等蚕眠过四眠吧！那时候桑葚也该熟透了，不用爬上树来摘就会自自然然落在地上。

"这孩子爬到树上跟你说什么？"母亲眼睛花了，但从院子可看得见树上是什么人。

"白天太长——他嫌。"

老姑妈憋住笑，又打又骂地推搡着内侄女，好像挨挖苦的不是儿子，是她自己。

"馋哪！爬到树上要找桑葚儿吃。"

"这孩子！"

老妇人坐下卷纸媒子，就用包喜果子的衬纸。"不对呀！"想起了什么，喊了两声内侄女，没有应。卷着纸媒子，心里头一动。"这孩子不要是替新娘子去找桑葚儿的吧？哪那么快法儿！"

新娘匆匆走进来，一只手水淋淋的。"娘，您喊表姊？"

婆婆手底下停下来，没有来得及看清新娘哪一只脚先踏进门槛。新娘走路的姿势，婆婆老早就看出来，成家的第二天，就是这样子，不是闺女那样地溜活了。

"你觉得怎么样？"婆婆把媳妇叫到跟前，指指自己胸口，"这儿气闷吗？"

新娘有些迷惑，心事怎么让婆婆看出来？男人看不中她还是怎样，进门来从来没有正眼看过她一眼，当真这么薄命，八字排错了不成？

"娘，我不是好生生的吗？"

"守着娘还害臊？有什么跟娘说什么。"

"真没有什么。"新娘硬撑着笑，不能跟婆婆诉这个苦呀！认命吧！"这样好日子，娘把我当作亲生闺女疼，我还不知足？"

新娘湿淋淋的手，招一下额角上的头发，红润的脸色遮不住藏在皮肉下面的那丝寂苦。婆婆有的是老阅历，托进城的邻居带回来二两干梅子，婆婆真是把新媳妇当作亲生的骨肉一样疼，笑眯眯越发阖不拢嘴，真是一代强一代，飞艇天顶上飞，人是能上得了天。小孩子当真飞着来了！儿子往墙上钉钉子挂礼帽，母亲像碰到命根子一样，不准敲敲打打的，怕惊了媳妇胎气，手高过了头顶也不成。采桑该是表姊一个人的事儿了。

"娘，"新郎换上家常的粗衣服，"您让表姊一个人采桑，怎么忙过来？"

"你有工夫你去呀，还能叫你媳妇去？"

今天要采后草园的两棵湖州桑，他抢着扛梯子。绿油油扇子那么大的叶子，用不着什么三眠四眠，已经密得看不见天。后草园四周都围着一人多高的秋秸篱笆帐，表姊今天换上紧绷绷的银红小短衫，不是那件不贴身的鱼白竹布褂儿了。

表姊要跟他比，一人一只筐子。他可坐在梯杌上一动也不动，心里噗通噗通跳。

"就这么帮忙的呀？光在下面看，也不上来动手！"

他倒真的只是仰着脸在看，裤脚真够宽的，他能够一直看到表姊的膝盖和膝盖以上的一大段。"真有这个意思？她要我上去动手？"沿着秫秸篱笆帐，横放着十多根杉木料，母亲留着打喜材用的。杉木梢上拴着只水羊（母羊），两只羔子奶吃足了，跳上跳下走在杉木杠子上，走着独木桥玩儿。

表弟偷偷把园门关上，扣得牢牢的。园角上一堆摊晒着的麦穰，黄亮亮不知道是金屑还是银屑，树上垂下满满一筐桑叶。采桑是桩粗活儿，表姊一样地做得又精巧又灵俐，双手一齐采，眨眨眼，就是满满的一筐子，不许落下一片叶子到地上。

他往梯子上爬，两只脚微微地发抖，好像爬上了千丈高，不由得不那样地胆战心惊。

"你真要我采？"表弟的眼睛从迷人的银红小衫上移到别处。桑叶真够密的，看不到下面的老水羊，两个人好像躲进山洞里。这是棵公桑，不结桑葚儿。

一低头，表姊看到这个傻子脸正朝着自己胸口，愣在那儿出神，侧耳听什么。突然被他抱住，一点也没有防备，险些儿坠下去。树枝桠不够那样壮，一沉一沉的经不住两个人，手里拉住头顶上的树枝不敢松，一张滚热的嘴抵住她的下巴，抵在喉咙上，手往短衫底下伸进来，树身像在风里摇摆着。

到底女的挣脱开，一步两根梯桄儿地急忙爬下梯子。男的比她还要快，抱着树干滑下来，追上她，把她推倒在摊开的那堆麦穰上面。

"你怎么这样！我喊人了！"

女的被压在下面，憋红了脸，髻儿也给扯散了，披着满头的乱发，抢着去开园门。

他不很清楚怎么让她逃脱了，吸吮着手臂上一道又一道的血痕。一只筐子踢蹬翻过来，底儿朝天，遍地散着桑叶。他还不能清醒过来，火烧着他，剧烈地喘呼着。"怎么她不要？"完全不是他事先所想的那样。那只老水羊拉紧绳子，歪着头，想能吃得到又嫩又新鲜的大桑叶。遍地的麦穰都着了火。烧他炙他，不甘心，他奔过去，奋不顾身地抓住老水羊的后腿，跪在地上。汗从他额头上滴下来，滴落在羊毛上，被一种似是慌乱又似恐惧的大黑影抓紧了，神志飘摇着，飘落了，急骤的恍惚，仿佛就是那样的。

之后，懊丧和灰心、灰心和厌恶交织着。然而太阳重又明亮了，春风重又暖和了。他伏在梯子上，肩膀一起一缩地喘哮，手臂上的血，涔涔流着，什么欲求都失去了，什么都显示出毫无生趣了。

背后的草园门在响动，他知道是谁。拉拉衣袖，把手臂上的伤痕遮住。

"你这孩子，知不知道好歹！还小吗？"

母亲走过来，手里拎着只花包袱。"你表姊还不够劳累吗？为你办喜事，里里外外替你操多少心！你怎么就这么不懂事？该学着做大人啦！"

儿子不作声，一动不动地伏在梯子上，强制着自己不再那么喘呼。

"我就说嘛，姊姊也不大，弟弟也不小，打打闹闹的，不也是一起玩笑嘛，你这孩子——不是我说，就是这点不好，不识玩儿！"母亲蹲下去收拾满地上的桑叶，数说着儿子："你表姊怎么取笑啦？惹你这么大的火儿，衣襟儿都让你扯坏了，唵？"

儿子好像伏在梯子上盹着了，低低地垂着脑袋。

"那一个气虎虎的也不说，拎着包袱哭着闹着要回去。去给你表姊赔赔礼。气走你表姊，我看谁采桑？叫你媳妇爬上爬下去，动了胎气，你就好了！"

儿子鼻子里冷笑笑。

"你表姊也是——不是我说，也是一身的孩子气。去吧，去哄哄，好歹得等蚕上了苦，再让她回去。"

他倒巴不得表姊走了的好，待会儿总得碰到面，表姊到底不是那只水羊，他望着它，都用不着脸红。

表姊没有走成，反正男人出远门做买卖去，端午节前赶不回来。可是表姊处处躲着他，好像他长着一双奇长的手臂，隔着两丈远，一伸手就能把她捞去。他也一样躲着她，躲的不是她那一双手臂，是那对带针带刺儿的吊梢眼。

躲尽管躲，只要不碰上那对带针带刺儿的吊梢眼，依样贪馋地死盯着不放。不知是得不到手，才一心想要；还是想要的，总是捞不着。另外这一个，不要不要，还是硬躺到他炕上，他还是不要。

春是一点一点地老去，院心的老榆树绿得不能再绿，黑蓊蓊把养蚕的三间西屋全罩在里面。蚕刚过四眠，篾筛盛不下，地上铺着芦席，梁上架铺板。千只万只白里透着亮的肥蚕，正忙食的时候，沙沙沙沙落雨一样蚕食声，给人一种清爽透凉，好像干旱够久的春天，真的落雨了。

总是新娘跟表姊合拎着一只柳条筐子撒桑叶。两人肩并肩，两人的后影一个样的肥瘦，一个样的高矮。西屋里暗得从早到午都是傍晚，别人乍乍看去分不清楚谁是新娘、谁是表姊。只有他，分得哪个是他要的，哪个是他有的。过不几天蚕可要上苫结茧了，他要的那个就要远远地、远远地离开了他，他死不了心。

死了心的是这位表姊；她可要和新娘肩并肩从早到晚地忙着喂蚕。她气这个无能的表弟媳妇拴不住男人。别瞧她整天价不言也不语，闷着头不知有多浪！门上的喜联还没褪色，就忙着怀上了，真能干呀！吊馋了男人放在外边找野食。两口子的喜事，自己操上多少心，落得什么哟！饶是陪嫁的丫鬟，也要正式正式道儿扯过脸，圆过房。到头来，自己算什么？

搂也搂过，亲也亲过，还待在这儿拼死拼活的，从一睁开眼，忙到二更天。硬挨着有苦说不出，不是碍着姑妈脸上的那份情，说怎么样，一时一刻也挨不得。

好在也没有多少日子了，往后再也不踏进这扇门！

没有多少日子了，表弟更不忘记给自个提醒着。这位表弟打算一等表姊回婆家，他也走，到县城去谋一份小差事，让新娘守她一辈子活寡去。

上次事情弄得很糊涂，可是给他开了例子，壮了胆；反正成与不成，表姊也不肯把事情张扬出去，她怕自己脸上先就抹了黑灰。

没有多少日子了，他不忘记给自己提醒着，不能老躲在屋子里看闲书。外面一有人走动，他就要从枕头上翘起头听听，是不是那个匆匆忙忙的脚步声，是不是单独一个走进外间客堂里，或者走进东厢房里去。前两次都被他稍一犹豫给错过去。表姊放刁了，走进来拿样东西就跑开，东厢房里似乎有鬼等着要捏她。等着要捏她的鬼，其实老是躺在西厢房里看闲书。这一次不能再放过，把小说放下，轻手轻脚地跳下炕。东厢房的门帘挂在门框上，门槛顶的玻璃镜框照出他的一双脚，两只鞋子穿错了，左脚穿了右脚的鞋子，右脚穿了左脚的。东厢房里发出搬弄坛坛罐罐的声音，表姊弯下腰不知找什么，又是穿的那件不合身的鱼白竹布衫，他只看到一个角，滚圆的大腿微微弯曲着，他最熟悉的那种心跳又立刻开始了。

不要再错过去呀！又轻又快地飞过去，顺手把门帘放下，他抱住了，绵绵软软地抱满了一怀，心要从嘴里跳出来。就跳进她嘴里去吧！勾着脑袋找她躲躲藏藏的嘴唇。生发油的气味，鹅蛋粉的气味，从衣领里挤出的气味，唾沫的气味，仓猝地他得到了。表姊稍稍地抗拒着，完全让了他，手里的剪刀掉落到地上，他抽出一只手去关门。不要吧，抱她到自个新房去！不知谁把谁带动了要倒下去，两个紧贴的身子扭了一个旋转。太阳已经落西了，粉白粉白的一张杏仁脸，迎着不大怎么亮的窗子，这是谁？他不认识了。慢慢地把手松开了，手从新娘的身子滑下去，但又扬起来，掌了她很响的一耳掴。一张手抓按在自个脸上，像要往后倒下似的，倒退了出来。

睡到半夜里，一家人都从梦里被雷声震醒。狂风好像一股一股大洪水，院里的老榆树疯了一样翻滚着。

东厢的姑侄俩似乎起来了，听不清说什么。

院里不知是水缸盖还是什么，被吹落在地上，发出惊人的响声。

"临睡时，不还是满天星吗？"

表姊已经到了外间，拉动那只又涩又重的门栓。

"也要雨了，再不雨也不行了。"

客堂门一打开，满屋子都灌进了风，门帘劈劈拍拍地飘

186

打起来。

睡在里面的新娘从他的脚头爬出炕去。电光把人的眼睛也刺花了。

"进去！不要你！"婆婆喝叱着。

院子里放着准备给蚕上苫的桦树枝，婆婆一头逼着新媳妇回房去，一头喊叫着把那些整捆的桦树枝往屋里抢。

炕上的男人准备天明扯个谎，自己根本没醒来。

狂风远扬了，大雨就会接着来。疏疏落落的雨点试一试似的打下来，又停住。

"你给我进去，淋雨啦！"婆婆急着跺着脚。暴雨浩浩荡荡不分点儿地倾巢而来，婆婆嚷着，好像房子要倒了，逼着身怀六甲的新娘赶紧回房把湿衣裳换掉。

大雨直往下倾泻，屋檐挂悬起又粗又密的雨帘，一道电光闪了闪，屋里亮得像白昼一样。

新娘正脱掉淋湿的衣裳，全身照在煞白的电光里，棉花一样光赤的臂膀，映着青蓝的又夹着绯红的急切的颜色，可不知道怎样躲藏。新郎滚身跳下炕来。

巨雷把地面大大地撼动了，把这两人打倒在炕上。

春天总是长久的干旱，头一次的春雷，头一次的春雨，好雨呀！头一次的春雨总没有过这样地暴烈、急骤。天上和地下，青釉色的闪电来去窜扰着，把黑夜撕出一条又一条失色发抖的裂缝，恐怕是天河的堤岸决口了。

他听见东厢房的表姊还在说话，抱紧怀里的女人，心里发狂地喊着："小翠！"声声地喊着："小翠！好小翠！……"愿意更黑一些。

"大黑牛啊！……"新娘也是一样。

小翠是那位表姊的小名儿，新郎可并不叫作大黑牛。

暴雨很快就过去了，剩下淅淅沥沥疲乏的檐水。迷惘的烟云，遥远了，迷蒙了，泣伤的泪和叹息，泪和呜咽，泪和眷恋……什么才是欢乐哟！什么才是？

一九六○·八·大溪

骡车上

只有初春的季候风穿过电线才会发出那种音律，很像高家集上那个瞎子吹的十六管笙。在骡车里面一听到这个，我就知道要穿过公路了。

跟老舅赶集回来，躺在拱形席篷子的骡车里。老舅买给我几本小书，都是带绣像的。拿起这本，又想那本，就索性一本一本先看那些绣像。我自然能感觉到车身向上仰，然后慢慢地俯下去。骡车越过公路的路基，我便爬到前面的座子上，同老舅并排儿坐。因为越过公路，要有一里多的坏路，留在车里头，会把人翻到这边扔到那边，一会儿就把脑袋晃晕了。

老舅把鞭杆插进钉鞋的靴筒里，腾出手抓牢旁边的扶手。

田里，撒种的，点豆子的，到处都有人忙着春耕。远近的村落盛开着桃花杏花，红一遍，白一遍。泥土蒸发出粪香，和庄稼抽芽的新鲜气味。

"老舅，你都看过？"我说的是他给我买的那些小书。

"都忘干净了。"老舅咂咂嘴，很惋惜那些被荒废了的什么。"我就喜欢《隋唐演义》。到现在都还记得，第一条好汉李元霸——唐太宗李世民的老四。第二条好汉宇文成都……"

"《岳传》呢？好不好看？"

"怎不好看？就是……叫人不服气！"老舅回头往车里面望了望，"你怎么把书丢得满车都是？快进去收好。"

"等会儿。"我把手从他粗腰带里伸上来，抓牢他。"你说，哪本顶好看，我先看哪本。"

老舅纠着嘴，往前看，身体轻轻颤动着，很快活的样子。他没有回答我，却吩咐我说："回到家，你可要藏好，别让你姥爷收了去。"他说着挤挤眼，仿佛像他三十多岁的人还这么怕外祖父，不能不这样给自己解解嘲。

书是老舅偷买给我的，回去我也得偷着看。外祖父是前清的童生，把这些小书统叫作闲书，不准我们摸它。老舅偏又爱看这些闲书，就像他为人爱管闲事一样。

"你瞧，马绝后那个老甩子！"老舅用下巴往前撅撅，"蹲在那儿扒甚么东西！"

从一耸一耸的骡子脑袋上头望过去，只见前村的马二爷蹲在路旁，一身又厚又笨的棉袄裤，把他弄得滚圆。他肩上背着个搭裢褡——那是出门装带银钱或者零碎物品用的，搭在肩膀上正好胸前一个大口袋，背后一个大口袋。

这我才凭空犯疑起来，怎么人家都喊他马绝后。"他不是有个儿子？那个走路有点儿点腿儿的小瘸子？"

"他会有儿子？凭他那副德性！城里头育婴堂抱来的好不好？"

他是甚么样的德性，我不知道，不过我也是不怎么喜欢马二爷，单凭那副长相就不讨人喜；人很肥胖，却是个尖脸子。嘴巴松得一点儿收揽也没有，所以说着话，两嘴角就有白唾沫聚在那儿，很贪的样子。还有那一对终年红赤赤的眼圈儿，眼睛老爱挤，像是时时在同谁挤眉弄眼地打暗号。

"咱们别让他搭车。"我说。我是怕座位让他占去。

"丁点儿小，就学着不结人缘？"老舅拧我一下腮帮。还隔着一截子路，就喊着招呼："那不是老二吗？怎这么早就下集啦！"

马二爷蠢动了半天才站起，手遮在眼睛上往后望。

"上来歇歇腿儿吧。"老舅把骡子勒住，车子游过去。

"你瞧我这眼睛，真不中用啦！听声儿挺耳熟，就看不清是谁。"

"你在那儿扒什么啦？"老舅伸过手去准备拉他上车。他那袍子前襟也不知兜着甚么，鼓鼓囊囊的。他把袍襟张开让我们看，里面一下子土块疙瘩。老舅把他往车上拉。"你这是搬人家的地来啦？两年没买田，就急成这样儿？"

"碱土；这一片地碱性大。"马二爷因为兜上那一堆土，往车上爬就显得更笨。"一开春，甚么都是迎风涨，胰子贵得还买得起？衣服总要洗。捎点碱土滤水洗衣服。你这辆屉车比我那辆高多啦！"

老舅从鼻孔里往外笑，冲着我说："让马二爷坐吧！你到那里边看小书去。"

"我才不！晃死人了。"

"别不听话，车子赶慢点儿不就是不晃啦？"

这似乎就不便违拗了，好歹别给人家说咱们甥舅俩没上没下的。我就一肚子不乐意，爬回车篷里。

"集上也没甚么可转儿，你说可是，啊！"马绝后爬动好久，才把自己安置妥当。

"正忙种的时候，只咱们这一号的闲汉才赶集哩！"

"唉！啥东西都涨价了，"他反复看他的旱烟袋嘴子，"就凭这个琉璃烟嘴儿，要我四十文，像话吗？"四十文不过两个大铜板。

老舅接过那管烟杆，送进嘴里咬咬烟嘴有多硬，调侃地笑着："说不定是个翡翠老汉玉的，四十文，算给你拾到了。"

"我出他四十文？我姓马的也不那么冤种！我还他价——二十文，他卖了。你说，要多大谎价？对半儿！人——愈来愈不老实了。"

"不是我说，你这个人——"老舅道，"掉一个，要粘两个上来才行。怨不得净瞧着你二爷发财发福。"

"还提那个？东洋鬼子再在这儿盘两年，我马家该卖地了，钱粮这么重。"

"放心，二爷，他们没两年可盘了。"老舅勾着头，往他那个捎褡裢背后的口袋里看了看，嘴巴往下瓦着："买了些啥玩意？"

"零碎：皮丝烟、仿纸……我家那个甩小子，一年到头也不知用多少纸——债！"

"我当是啥宝贝，舍不得放下。放进车篷里去罢！"

"行，就这么背着。"说着，手还不放心地弯到背后摸摸捎褡裢。他那样，真好像担心放到车里头会少掉甚么似的，小气鬼！

两人从肩上取下烟袋装烟。马绝后声明先要尝尝老舅的"二品"，问那是在哪家烟店买的。

"抽吧！哪家二品还不都是一个烟槽上出的货！"老舅把烟递给他，"我问你，车家要卖地，你可听说了吧？"

"你说哪个车家？"他埋着头装烟。

"还有第二个车家？"

"车玉标家里，你是说？"姓马的只顾装烟，想把一个烟窝里按进两个烟窝的烟丝。

"我才不信！"老舅虎起脸，"你佃户家的事，你一点儿也不知情？装甚么孙子！"

"人家自个的地，要卖，我这个做老板的还能拦着？"

"谁叫你拦着来着？"老舅嘴里衔着烟袋咬不清字儿，"你不能拦着，你总能劝劝吧！"

"我劝谁？还没人劝我呢。"

"车玉标不是当兵去了吗？车家不是没男人当家吗？"老舅说，"车玉标要是在家，要我来说这个话？"

"可不就是吗？他家里妇道人当家，我不好插嘴过问，"马绝后耷拉着眼皮，一劲儿抽烟，"你这个二品不错，硬了些儿，差点儿油号不是？"

老舅瞪着他，鼻子皱了皱，像要打喷嚏："你说，你怎么不好过问，你说！"

"你让我跟她妇道人家穷扯口舌？像甚么话？"

"像你的唐朝古画！"老舅噌了他一声，"手扪着良心说，车家卖地，你看不看得下去？"

从背后虽然看不见马绝后那对红眼圈儿，他那片抽动的腮肉却使我知道他准又在挤眼儿了，他窘的时候，就挤得更快。

"你我还是不知道的？车家那一窝子，就只那五亩地，虽说还种你马府上八十亩，可那总是人家一点点儿基业。再说那里头还埋着他车家的祖坟。"

"哏！谁勒着脖子叫她卖的？"

"还要勒着脖子？"老舅不必要地抽了骡子一鞭，"这两年天灾人祸，地里歉收，粪水比往年茶食果子还贵，你马府上地租——好像一粒粒也没减……"

"我还减？再减，我一家人稀的也喝不上啦！"

"你稀的喝不上，人家可只有喝风了！"老舅说，"他车家一个妇人家带着那一大窝孩子，也不是吃喝嫖赌败坏得过不去才卖地的。你呀！修点儿德行吧！"

"德行？"像是受了栽诬似的，他瞪着老舅："如今，谁还不是泥菩萨过河，我姓马的自身都难保了，你还要我管那么多？"

"谁要你管甚么来着？"老舅忽然很体己地，贴近马绝后的耳朵："洋钱——少要两个，就成全人家了。要那多银子干吗啦？还怕当不上肉票*？"

"见鬼，你！"马绝后笑了，"我马家不出事儿则已，出了事儿，就是你出的底†。"

"我出底？我要出你马老二的底，我早出了！还等着先通知你？"

马绝后又开始装老舅的二品。

"笑话归笑话，说真格的，"老舅又把嘴巴贴近去，仿佛骡车里就有个做汉奸的情报腿子，"听说马上总反攻了，至

---

* 肉票：土匪绑架的人质。

† 出底：给土匪做内间。

多年底也该有个眉目。这明儿车玉标回家，我看你拿什么脸见他！"

"你这是什么意思！我姓马的是讹他啦，还是霸占他家业田产啦？"

"没，都没！咱们这一带也不兴谁讹谁，谁诈谁，还是谁霸占谁。"老舅帮忙替他点火。"可是他车玉标不想吗？——我当兵打东洋去了，你做老板的就不照顾一点？我老婆孩子吃不上饭，你做老板的就瞪着两眼儿不帮衬一点？我老婆缴不成租，你做老板的就逼着我家里卖地？"

"操他八代才逼他车家卖地的！"他的唾沫喷到老舅的脸上了。

"你骂归骂，别下雨，"老舅用袄袖擦了擦脸上的唾沫星子，"不说车玉标，换谁都这么想。老板也是容易当的？不是我骂人，佃户好比一条老牯牛，你不喂得它肥肥壮壮的，它耕得好地？你啊——又要快，又要跑，又要马儿不吃草，也除非天下就有那么多的便宜，都让你马二捡到了。"

"听你的闲磕牙，不是我八十亩地给他车家种，他吃个屁！他连个臭味也别想闻着！"

"不是你八十亩，车家早饿绝种了吧！"老舅伸长了下巴，想咬马绝后一口似的，"要是让人家早饿死几天也是好心的话，干脆行个善，那一大窝子，一刀一个，给抹掉算了。"

"你那张嘴，少损点德行呗！"

"我这张嘴少损点德！"老舅很虚心的样子，"你那张嘴多成全人一点，也折合上了。"

"我可赶不上你那么损。"

"损不损，谋事在人，成事在天。只要你肯站出来，说句话，事儿——就成全了。"

"说句话？吓，我又不是皇上——金口玉言！"

"老舅！"我从车里喊着，我真不愿意他跟这种人穷扯淡扯下去。"还没到辛家大石碑吗？"

可是老舅不理我，把烟袋摔到肩上挂着，鞭子照空抽了个响儿，提高了嗓门儿："他车家卖地，卖给谁我都不管，可他苏歪头是个啥东西？他个鬼辫子*仗着东洋人势力，红部†里打杂儿混了几张臭军用手票，跑咱们庄子上来强买硬顶？"

烟袋在老舅背后一左一右地荡着，像个钟摆。

"他苏歪头是什么德行，你不知道？"老舅说，"去年秋收，他买的易结巴那块地，成契时候，你是地邻，你也在场，他姓苏的当场交了几个现钞？你再打听打听，半年下来，他给清了没？同鬼辫子盘交易，她车玉标老婆不是找苦头吃？咱们能一旁愣瞧着不管事儿？家邦亲邻的，说得过去吗？你就知道往家里搂碱土疙瘩！"

---

*　鬼辫子：即汉奸。

†　红部：日军宪兵队。红部即日语"本部"之音译。

"也难说。"马绝后的第二袋烟还没抽完，可见他这个贪得无厌的，把老舅的二品按得多结实。

老舅冷着脸，探头到车篷里来，要我给他弄点儿高粱喝两口。

十二公斤的黑釉子酒坛就在我脚边。我坐起来，望望四周，没什么可盛。"用什么呢！又没家伙。"

老舅打着嗝儿，皱着眉头往篷里到处打量一下，又算了。不知为什么，他倒发起了酒瘾。老舅并不贪酒，那酒买来是准备大后儿个给姥爷过七十大寿的。

"不知怎么的，有点儿醋心，嘴里老往上涌酸水，"老舅背回身去说，"找找看，找找咱们捎码子里有甚么，我得喝两口压压酸水。"

我跪着爬过去，把捎褡裢放平，里面的零碎东西一样样往外拿。

"还有！"老舅一个接一个打着气嗝，好像那样，是要证明他非喝两口不可似的。"地里，麦子也眼看就要抽节儿了。要卖地，也不该在这个时候。再熬上三个月，就收成了。咱们管怎么帮帮忙，让车家度过这个春荒，地也就落住了。再说，咱们瞪着眼让他苏歪头来讨这个便宜？让他收一场现成的麦子？"

"老舅，这个行不行？"我总算找到可派用场的，那是买给姥姥搽裂手用的蚌壳油。两瓣壳扣在一起，我把没有装油的一瓣送近老舅的鼻子："你闻闻，没油味儿。"

"行！小鬼精灵！弄点儿火纸擦擦。"老舅嗅了嗅，打一个嗝儿，很满意。又跟马绝后交涉下去："我说，车家娘儿几个熬不过这个春荒，有我了。我拍胸脯，借粮食过去，一文利钱不收。你马二放心，不要你出一个大子儿。"

老舅索性把骡子勒住，车停下来，等我把酒斟到蚌壳儿里，送给他。

"这么办，你说怎样？"老舅咂着酒，翻着眼睛看他。

马绝后不开腔，把烟袋磕磕，也像老舅一样，把烟袋摔到肩膀上挂着。

老舅抖抖缰绳，车身又开始摇打起来。"一句话，天塌下来，车家的地也不能卖给苏歪头那个鬼辫子！"

"也难说，"马绝后摇摇头，"反正，他们双方是周瑜打黄盖——一个要打，一个愿挨。你我这外四路的，不管也罢！"

"不管，除非你怕他苏歪头。"

"我怕谁？"

"你不怕，事儿就好办了。"

骡车转过方向，暖风迎面吹来。偏西的太阳照在我扒着老舅肩头的手背上，那上面的冻疮疤儿被照得光亮亮的。疤儿上大概再也不生汗毛了。

老舅道："不瞒你说，家父那个脾气你知道，他一生不放利钱，不押地。要不，我早拿出五石小麦把他车家那五亩地暂时押过来……"

"那也行！"马绝后忙着说。

"那也行？要行，我早押了，用得着跟你斗唾沫？"老舅正色地说，"说规矩的，只要你出面说一句话，只要一句话！"

"你老是一句话、一句话，我是皇上？"

"只要你出面，一句话，告诉车玉标老婆：'要卖地，成！你种的八十亩我可要收回来，交给别人种。'你看她还敢卖？"

马绝后埋着头不声响。也不知他还有什么难处。不过老舅这个人，也真是爱管闲事管到家了。

"品情夺理，没错儿！"老舅说，"车玉标老婆干吗有那个胆子卖地？她仰仗的是种你马府上那八十亩地。只要你张个口，收回那八十亩地，小娘们儿准慌！再说，也不用你多费唇舌，丢一句话就成了，这事儿都在你身上了。"

马绝后冷笑了一声，摇摇脑袋，不言语。

"胸脯我拍了，"老舅又现身说法地砰通砰拍着胸膛，"车家春荒度不过去，都包在我身上了。只等你一句话，你还有什么可顾碍的？"

"我不管这闲事。"

我真要把老舅手里的鞭子夺过来，抽这个不通情理的家伙一顿。

"我知道你那个鬼心眼！"老舅也生气了，抽了一下骡子，仿佛是抽马绝后的。"你当然乐意车家卖地。车家把地卖掉，就专心一意种你马家的地了。你就不必担心他们不把大粪全都下到你家地里去了。"

"听你乱讲！"马绝后嘟道，急忙给自己辩白，"我只说，年头不是个年头，多一事，不如少一事。"

"说来说去，你还是怵他苏歪头。"

"怵他？操他八代的才怵他！"马绝后摘下灯草绒的三块瓦帽子，抹一下后脑勺，就用那帽子指点着老舅，"我劝你——这事你也少管的好。各扫自家门前雪，休管他人瓦上霜。咱们不是常听古人这么说吗？"

"别扯上'咱们'，我可没你马二爷有能耐，常跟古人来往。"

"别逗乐，那是真的。我是忠厚人，只能说忠厚话。"

"顶好你还是多干点儿忠厚事。光说忠厚话不行。"

"你呀，早晚栽个跟斗，你就不多管闲事儿了！"

老舅好像没法出气，脸侧向车外，用他的大拇指堵住鼻孔狠狠地擤了一通鼻子。"你不管，不打紧，别口口声声闲事闲事的！我不管则已，要管，我就管到底。你等着瞧吧！"说着抖起缰绳，把身子坐正了，发奋非要怎样似的，这样往前闯，就怕经过家门也不停车了。

我望望老舅，他那橘皮一样的腮肉板得发硬，成了药店里的干陈皮。要是我，就赶马绝后滚下车了。

一切都显得很无味，我望着那一耸一耸吃力的骡子脑袋，就觉得它是有意地苦恼人，让老舅看看，因有马绝后在车上，把它累成这个样子。

忽然有一股呛人的生烟气味，我嗅着到处寻找，怕篷里着了火，立刻我就发现，马绝后背后的捎褡裢口袋里正往上冒着烟。骡车顶着风，烟都吹进了车篷里。一定是烟袋窝儿里的烟核儿没磕净，掉进口袋里了。可是还不止这个呢，我把膝盖直一直，探首到他的口袋上面，只见那里面的一卷儿仿纸已经燃开来。不知道为甚么，也或许要使坏，我没有喊。那烟袋还挂在他肩后，一摇一摆，仿佛能使马绝后背上着了火，很开心。

我把扒着老舅肩膀的手用劲捏了一下。可是老舅似乎没有感觉到，或许感觉到了，又并不以为那是招呼他。

"老舅，歪蚌壳给我，你总不能老让我跪在这儿等你吧！"

老舅这才低下头去，在他两股之间的坐板上找出那半个蚌壳。趁空儿，我给老舅噘噘嘴，让他看看马绝后的背上。老舅板硬的脸皮上似乎闪动了一丝儿惊诧，那是短促的，随即很坏地笑了，我敢说，他做小孩子时候一定就是那样子。

老舅把嘴巴用劲地变变形，好像那样歪扭了一下，才可以赶散脸上的笑容，免得惹马绝后犯疑心。

"我说，"老舅打起精神，"车家卖地的事，你是咬定牙根不管了？"

马绝后好像打着瞌睡，一下子醒转来，嘴里黏黏的，挤着眼睛。

"我可告诉你，"老舅说，"瞧你马二爷这副气色，大小要招个灾星，你信是不信？"

马二爷似还没有十分清醒，也许是装糊涂。他望着老舅，隔半晌眨一下眼睛，也许自以为很俏皮。

"我可不能瞧着你马二爷遭劫遭难，袖着手不管。你可先跟我讲明白，你的事儿，我管得管不得？"

"我有什么事儿要你管？啊？跟我耍花枪不是？"马二爷笑得倒很精明。

"你可别后悔！"老舅冷着脸，使人非相信不可的样子。"你别怨我不够交情。灾星当头，老二，后悔可就在眼前！"

我有点害怕老舅把这个玩笑开得太大，那烟气愈显得浓了。

"老舅，快告诉马二爷吧！"我真担心最后会把咱们骡车篷给烧了。

"老二，"老舅把脑袋往后指指，"听见没，我可没骗你！"

"你们甥舅俩鼓弄什么鬼啦？"

"先说明白，你的闲事我管得不管得？"老舅扳起一条腿，下巴抵在膝头上，"别像你说的，这年头，多一事不如少一事。"

那口袋上，眼见烧出一个黑洞，我有些着慌了。

"老舅！"

"你怕什么？人家马二爷都不在乎！"

马绝后也开始有些儿沉不住气，但又怕中了老舅的计。

"还有什么可说的？咱们哥俩儿，卖啥关子呢？"

"谁跟你哥俩儿？"老舅掉过脸去，罚誓再也不理马绝后似的，"找你出面说句话，跟要你的命一样。亏得不是求你甚么。"他又把脸送到姓马的脸前："一句话，你帮车家的忙，我帮你的忙。要干就干，不干就别后悔。"

"咱们哥俩儿——不止一天啦！话说明白了，有什么不行的？啊？"

"还不够明白吗？你帮车家的忙，我帮你的忙。要行，就快点。迟了，你可要吃亏！"

"行行行行！"那样子好像让老舅占尽了便宜，"你说怎样就怎样了。不过呢，你还是少管闲事儿。"

那口袋上的黑洞越发扩大了。

"别再闲事儿啦，咱们站起来可是顶天立地的大丈夫，说句话总得算句话，到时候可不准抵赖。"老舅温温地朝着他背后嘟嘟嘴："把你捎褡裢快拿下来看看吧！"

马绝后傻望着老舅，还以为上了老舅的圈套，想拿又不拿地摸着肩膀上的捎褡裢。也不知是他感到有点热，还是嗅见了烟气，忽然他像从噩梦里打咯怔醒过来那样，一下子把捎褡裢扯下来，摔到面前，可慌爪儿了。

老舅煞了骡车，把那个烟火腾腾的捎褡裢提起来摔到路上，马绝后也跟着蹦下车去。

"这可怎么好！这不是要命！这可怎么好！……"马绝后那滚圆的身躯在那里蠢动着，两只手一无是处地搓着，兜里的碱土也不要了。大棉袄的背后也有了两个黑窟窿在冒烟儿。

"你早说你的闲事能管，我也早管了。"

老舅跳下车子，给他揉搓背后的火窟窿。那样子使我想起集上牛市口给小牛烙火印的情景，又好像陆陈行隔壁那位姓凌的推拿先生，扭住胳膊，干架似的给人推拿骨节脱臼。

一九五七·一二·高雄

狼

就在爹爹坟旁，紧挨着漆色还那样新鲜的棺柩，又挖一个长长的深坑。我站在堆土边上，站在那许多人的前头，踮起脚尖也看不到坑底。土块滚落到我穿着孝鞋的脚面上。舅舅跳进坑里，接替那个矮大爷，一锨一锨地往外清土，只在他直起腰的时候，能看见他大半个脑袋。

我娘的棺材慢慢垂进坑里，一块糊着红纸的木板，上面写着"仙人过桥"，两端担在两口棺木的棺盖上，就开始填土。有人从背后按住我，叫我叩头，我用心地磕着，额头抵进松软的鲜土里，凉凉的。我没有哭，大概有人在脱我草鞋，丢进坑穴去，使我分心了。娘咽气的时候，我狠狠地哭过，哭得手脚发麻。这会儿仿佛很不相信从今后会再看不到我娘。

舅舅抱我，扑去我额头上的泥土。我伏在他肩膀上睡熟了，也不知绕道家去没有，醒来时在离我家三里外的二叔家里，二婶正把一双白粗布的孝鞋往我脚上套。

"穿两天，踩踩就松了。"二婶抱我下炕，叫我走着试试，问我挤不挤脚。

"不挤。"我是因为走不动，才这样说。大概舅舅背我太久，一双腿全麻了，好像一大窝蚂蚁在乱爬，站不稳，觉得腿不知有多粗、有多重。

我不能昧着良心说二婶待我薄——可是仅只在我初到她家的那一阵儿。从那以后，我怎样讨好，也总得不到二婶欢心了。二婶紧蹙一双浓浓的粗眉，盯着我望，不时深长地叹一口气。没有想到娘死去，惹她这样伤心。我垂着眼皮，觉得这全都是我的过错。

"索性就改口喊娘罢，趁着还小，"舅舅朝着二叔两口子和我说，"别喊甚么二婶不二婶的，反倒隔了一层儿。"

不知道舅舅怎么会这样地忍心，我要是赶着二婶喊娘，我要喊我娘甚么啦？或许就为了我不肯改口，才失掉二婶的欢爱。前脚刚送走舅舅，后脚二婶就不是方才的鼻子眼睛了。

舅舅刚走出前面一排柳树行，我扯扯二婶的衣角："鞋子挤脚，二婶，好痛！"挺以为这是讨好她，可是我手被摔开，二婶一折身走进屋里去。

眼泪往上涌，我靠在门框上，二叔站在麦场边儿跟谁招呼甚么事儿，眼泪使我看不清二叔，不知道一下子受到多大的委屈，胸膛一股劲儿扩张着、扩张着。舅舅越走越远，我甚么也看不到了。

到晚上，为着我睡甚么地方，二叔两口子在屋里拌嘴。我只有坐在院心儿小板凳上，两手捧着下巴等着。大门口的冷风直往里头灌。天色一点一点黑下来，鞋子挤得脚痛，想起娘，又想起那块糊着红纸的小木头板儿，很想懂得"仙人过桥"是甚么意思。

屋里，二婶忽然尖声挑上去："我不管，随你要怎么就怎么！"

"这不是跟你商量吗？"

"那么大了，一个炕上睡！"

我才不要跟他们睡一个炕。舅舅走过后这半天里，二婶那对一不高兴就皱成三角棱的眼睛，已经使我胆寒了。

"唉，倒有多大？"二叔像害着病似的没气力地说，"总要过过冬，等明年开春，天暖和点儿再让他睡吊铺。"

"有的吃，就冻不死！"二婶越发放大了嗓门，"我让开！我睡灶门口去，你别管我！"

二婶抱着被物往外走，又让二叔拖进去。

家里少了一个娘，二叔这儿好像又多出一个我。我不大明白为甚么要这样。冻得缩成一团，翘起小板凳的两只后腿，前后摇晃着，这样似乎可以取点暖。挨到二叔到后院去喊小住儿带我去睡觉，北斗星横到正北了，小住儿已经睡醒了一觉。

小住儿是二叔雇的放羊伙计，做甚么都那样慢吞吞的。

小住儿领我爬上羊圈里的吊铺，打着呵欠给我一条麻袋，教给我怎么样叠起来做枕头。

二叔后院里，只有这三开间当作羊圈的北屋。这三间屋全都打通了，中间没有墙壁隔着，只有几根粗粗的站柱。跟在小住儿后面走进来，小住儿移动着手里的油灯，照照羊们可睡得安实。灯光把几根站柱的大黑影子投射到四周的墙壁和屋顶笆上，横来竖去，满屋子里尽是这些大黑影子在转动，起初老是使我吃惊。还有羊眼睛，也是冷不防有那么一只两只闪出碧绿碧绿的磷光，弄得人真有些心神不定。

小住儿告诉我，这儿有一百零多少只羊，我没有听进耳朵里。"有多少？"我堵住鼻孔，受不住刺鼻的膻骚。小住儿重又告诉我，一个字一个字地说，很有耐心。我还是记不清，开始害怕那根系着吊铺的绳子，能不能经得住两个人的重量。要是忽然断掉，离地一丈多高，会跌死的。

吊铺是在两枝横木上面搭着铺板。吊铺的三个角都担在屋梁上，只有一个角是用一条结上很多疙瘩的废井绳吊在屋椽上头。到晚上一爬上吊铺，总为这条废井绳提心吊胆，又担心睡熟以后会从上面滚掉下去。

白天里，一样也使我担心；担心的不是那根不结实的废井绳，是二叔这一百三十二头绵羊。清早一喝过小米儿粥，就得揣两个冷馍，跟小住儿赶羊到山上去。二婶说，已经念过两年学，够记账就行了，咱们这种人家还想出状元？山上放羊的，不止二叔一家。有同村的，也有邻村的。放羊的伙计们把羊稳住，就都聚到山腰上一座破瓦窑里，偷偷抹纸牌，打老杠。

我不懂这些家伙怎么不怕那个东西来拖羊，小住儿也是聚在那儿赌钱。我真担心，要是少了羊，又不知道二婶要用甚么脸色对我。瓦窑并没有坏，只是瓦窑的高烟囱倒去大半截，说是雷公打的，瓦窑就废了，没人敢再修。我爬到顶上去，瞭望东一片西一片的绵羊。望久了，总相信那是山下石灰窑里烧出的白石灰。真的，山底下到处都是整堆白石灰，羊就正是那样的颜色。

地上躺着破落的烟囱黑影，顶端上蹲着我这个孤单单的影子。山上的草儿眼看一天一天地枯黄了，烟囱里不时扬上来赌鬼的哄笑和争吵。数过多少升上来的月亮，数过多少落山的太阳，烟囱上孤单单的影子，怀里多出一支双铳子火枪，那是小住儿使唤的家伙，尽管我还举不平它，开不响它。但我看出小住儿压根儿就想二叔的羊里少掉几只才称心，他说他早就不想在二叔家当雇工了。

小住儿闹着要辞工，不知道为甚么。小住儿一碰见二叔，一张口就催促二叔赶紧找替手，等不及要卷铺盖走路。他跟二婶从不说话，我猜想这就是原因。

坐在半截烟囱顶上，也听得见这些家伙在底下经常提起这个。他们总是说："还恋着啥哟，小住儿！"

窑洞里随便说甚么，总是一字儿不漏地打烟囱里传上来。

"要做花蝴蝶儿，你也找朵鲜花去爬爬；要做屎壳郎呀，没出息的，你就恋着那个老骚娘儿们罢！"

"孙子才不想拔腿就走！"小住儿让大伙挖苦急了，就这样赌咒罚誓。可是那样慢言慢语的，才不是赌咒罚誓的味道。

"三十如狼，四十如虎呀！如狼似虎的娘们儿才妙咧！"

"妙个卵子！要不是跟你借种，凭你那副三分像人、七分像鬼的长相，找得到你？"

"小住儿你呀——不是我说，真没出息……哎哎哎，秃子你打的什么玩意儿，你哑巴啦？"

"爷哑巴了，孙子才瞎啦！"

"都别吵！"大富儿哥喊呼着，"那玩意儿没驴肾壮，别去欧家活现世！"

"小住儿，扒开给大伙儿瞧瞧，可有驴肾壮！"

说的欧家，不知道是不是指的我二叔家，这村儿上我不知有没有第二家姓欧。可我想着，这天清早点羊，一下子少掉两只羔子。我总不相信没一天我不是蹲在这座破烟囱上，再不就坐在瓦窑顶，没一个时节我不是盯住二叔的羊。二叔说，少的不是老羊，少的是羔子，准是那个东西拖去了。可是我怎么甚么东西也不曾看到？难道那个东西来无影去无踪地那样神通广大？我以前害怕，是害怕那个东西比恶狗还凶，现在我简直觉着它是个妖怪精灵了。怨不得人总是说那个东西、那个东西，好像只要说一声"狼"，就会被偷听去，把它惹了来。

羊少掉，小住儿更有理了。"欧二爷，我早说，你再不找替手，早晚总要出事。你听欧二娘的，没错儿！"

小住儿到底卷起铺盖辞了工，我枕的那条麻袋也是他的，我连枕头的东西也没了。小住儿雇给北村儿的任大户，听说那边的工钱不比二叔这里的多。二叔把工钱加了又加，没有留住小住儿，找好几个头儿，才算把家后小沙河边儿卖豆芽的大毂辘雇过来。

还在我家的时候，老早我就认得大毂辘。年年秋天一落过霜，只要赶集碰上大毂辘，总看见他背上背一只填满麦穰的狼皮筒子，大尾巴握在手里，后面跟着一大群孩子看新鲜物儿。大毂辘打狼出了名，方圆二十里，没人不知道有个大毂辘。

大毂辘有一张赤红的罗汉脸，脸上带角又带棱儿，像是三斧头两凿子劈砍成那样的。还有老牛一样的宽腭骨，分住两边崛起，谁也相信，只要他一张嘴，就能把挑草的钢叉咬个弯。人都说他是吃金银铜铁长大的，要不怎么壮得像座山！他的名字也没有叫错，真是两条老牯牛才拉动的大牛车的车毂辘。二叔又细又高的个子，正好能装到他里头去当车轴，他能改成两个二叔。我就更担心吊铺上那根打满结子的废井绳了。

"没有味道，放羊这玩意儿！"大毂辘歪在山坡上，枕着块粗石头，也不嫌硬得慌。

他这样的身架，放羊还真是屈废了材料。可是我觉得，卖豆芽那个行业，才更委屈了他。

他玩弄手里火枪，不知道怎么一阵子高兴："我教给你打双铳子。"

"我怕捧不动。"说出口，我又有些懊悔。时常我都做着打火枪的梦。或许他有甚么诀窍，能教我省点劲儿。

"慢慢来，跟我学。"

那张大嘴巴总是衔着一点也不衬的没五寸长的旱烟袋，空的他也衔着，除非吃饭和睡着了时。

"你要记住，头一枪打到打不到，都不打紧，"大毂辘仰脸朝着天，像跟天上的云彩谈闲话，"第二枪，可千万不能慌着扣。"

"我知道，第二枪要沉住气儿才行。"

他把眼珠子转到眼角上，很生气地瞪住我。

"你要等它顶着火药烟气蹿上来，不到枪口跟前，不要开第二枪。"

我点点头，心里觉得那太拿命不当命。

"等你学会本事，明年你二叔就不用找雇工了。"

"行吗？明年？"忽然我觉得眼睛亮起来，明年好像和明天是一个意思。

"大毂辘哥，"我也趴到地上，双手抵着下巴，"你还没有来的那几天，我坐在那上头，眼睛一会儿也没离开过羊，盯着盯着，可一下子就少掉两只羔子。"

"那还算好。"

我不懂得那是甚么意思。

"你就算二郎神，"他用指头指在脑门上说，"额盖上这只眼要不生在后脑勺儿上，也是白多出一只。"

"会打背后冲上来，你是说？"不由得我望望背后，太阳正当天中央。

"算你周身都生了眼睛罢，"大毂辘坐起来装烟，"要是只看到羊，看不到狼，有一千只眼睛，不还是睁眼睛的瞎子！"

"你记住，"大毂辘用他小烟袋点着我，"山上草一黄，就算那些家伙走运了，大白天都照样出来，跟荒草色气一个样儿，打它身上越过去，你都不知道。"

我皱皱鼻子，笑他把那个东西说得太离谱儿。可心里我还是相信，因为那都是些妖怪精灵。

"山上草一黄，你还不是也走运！你有皮子卖钱啦！"我讨好地说。

大毂辘脸色一暗，天上没有过云彩呀，好像我说错甚么，揭短他了。他好像很灰心地把破毡帽往脸上一盖，枕的还是那块硬脑袋的石头，打算舒舒坦坦睡一觉。棉袄脱在一旁，胸脯隆得像奶着孩子的娘们儿。

"要有一只狼，不跟我耍刁猾，明来明去玩硬的，我不让它我不是人揍的。"

"让它甚么？让它咬你？"

"我不制它，各走各的。"

"你碰见过那样的狼吗？"

他欠欠腰，深舒一口气，把盖在脸上的破毡帽扶正了一下，大概没有碰见过。

"我恼是恼它总以为比人聪明。"

他跷起一只腿，弯到另一只腿的膝盖上，他的耳垂下面，有一颗凸起的黑痣，上面生着三根毛，正好可以编个小辫子呢。

羊都跑得很散，都想找青一点的老篓根去啃。放羊的伙计照样还是聚到破窑洞里抹纸牌，有大毂辘在山上，那伙儿好像更放心，不到牲口上槽那个时候，不肯出来。

秋阳一偏过晌午，人就懒得直想冲盹，身上像生病一样不舒服，望着远远像座坟的瓦窑，半截儿烟囱就是坟前的大石碑。山上还有山，一层层堆叠上去，罩在秋阳底下山也贪睡得似乎矮下去。要不是贪睡，一定也是生病了。

放羊的伙计都有一套唱的，我试着学，又没有腔，又没有调，仿佛专哄自己睡一觉才那样哼哼，忽地大毂辘翻一个身，伏在地上，扬起脸冲着山顶上窥望，把下巴抵在草上，换动着位置，想使一双眼睛能再低一些、再低一些，不知道他究竟想瞧甚么。

我也学着他那样子，转身伏在地上，望望他，再望望他瞧的甚么东西。眼睛贴近地面，觉得那些小草都变成没打叶子的高粱棵子那样高，我甚么也没有看到。

真佩服大毂辘有耐性，定睛望着，动也不动一下。我把腮帮在手臂上守着他，巴望到最后，不是去抓住他的双铳子，便一定告诉我，他看到了甚么。

时候又该是赶羊下山了，瓦窑里放羊的伙计们打闹着散场，急急忙忙各赶各的羊，吆喝着，羊都在咩咩地叫，天上满是嚷嚷着归宿的老鸹子，黄昏前才有这样的一阵嘈杂，仿佛一整天收尾了，就该这样嚷嚷一场才是道理。

还有稀黄的落日，就要沉到山背后去，山坡上的人影长得不知所终，好似打着灯笼赶夜路那样，只看到一双双杵棍似的长脚捣动着。夜雾一点点浓上来。

谁也没有留神，大毂辘撒下羊，拎起枪，折回去往山头上跑，不知道他要做甚么。后来大伙儿才发现，一只少见那样肥壮的大狼，跑在他前面大约两百步远。那种灰又不灰黄又不黄的毛色真跟草色分不出。

这条大狼似还不很在乎，柔软的身子一伸一缩不吃紧地往前跑。

山顶上，迎面先奔下一条黑白花的大狗，我立刻就知道，山顶上迟归的羊，一定是大富儿哥的了。

遍山的羊都惶乱地挤来抗去，互相惊扰。大伙儿顾不得了，拎着枪分往四面围上去。以前都是听这个讲，听那个讲，这可是我头一遭儿亲眼看到打狼，兴头得抖成一团儿。

　　人都说，咱们这一带的山都是穷山苦山，我这才相信，真是这样的。山上没有一棵树，没有一间房子，我该躲到哪儿去？手里没有家伙，除非爬上那半截儿烟囱，才能安实点。可被人围急了，它会乱窜的，瓦窑还离着那样远，我真没胆量往那边跑去。大毂辘为甚么还不开枪？我只好捡起两块石头，紧紧握在手里，隔着老远观望着。

　　一股黑烟喷到狼身上，大毂辘到底开枪了，可好像没打中，枪声拖得很长、很长，远山近山都连续响起回声。其实是打中了，只是没有打中要害，远远看上去，狼跑得有些歪歪扭扭的。大富儿哥那条花狗拼命想要拦截，却不敢挨近点，只管狂吠着。

　　好像不大要紧了，我试着走近去。太阳一落山，天就起风。我顶着风走，觉出不像先前那样发抖。

　　可它陡然转了方向，奔向瓦窑这边跑来。不像大毂辘说的那样，并没有顶着火药烟气扑向他。

　　我犹豫着，一时还拿不定要不要往回跑。

　　很想不到，狼在大伙儿越围越小的圈子里。一头钻进了瓦窑里，这一下它该要挨剥皮了，瓦窑只那么一个门，里面只有通进烟囱的不比灶门大多少的风洞，它休想从那样高的半截儿烟囱里爬出来。

跟在狼后头的大花狗追到洞口外面，光叫着不敢进去。人都围了上去，我加紧脚步往山上赶。

往山坡上爬，最累人不过，怎样也跑不动了，像陷在泥淖里。抬一下腿不知有多少斤沉，我一步步挪着，等着瓦窑洞里会发出枪声，仿佛烟囱口上还会冒出一阵烟来。一面想象着，大榖辘怎样用他的枪托擂着那只又肥又壮的大狼。

那许多人，白是汉子，没有一个敢进去。跟那条大花狗一样，只管乱嚷嚷。我赶到跟前，正待找大榖辘，只见他从瓦窑里冲出来，空着手，他的双铣子不知哪里去了，正替他着急呢，大伙儿一哄散开来，可是大榖辘一纵身，跳到瓦窑顶上，攀住烟囱往里头看。

烟囱只顶到他鼻子尖儿，他去推搡烟囱口的砖头。卷着的裤脚下面，露出双暴着弯弯曲曲粗筋的腿肚儿，用劲儿用得直抖。

有人似乎懂得他要做甚么，爬上去帮他忙。大榖辘把顶端两三层的砖块推进烟囱里去。从那里面扬出一股灰沙，好像又生火烧窑了，同时传出一连声尖嗥，就像刮着锅底那样刺耳，惹得人肉颤。

烟囱被推倒一个缺口，大伙儿直着耳朵听，不等大榖辘从上头跳下来，你推我挤地拥进瓦窑里去。

瓦窑里真黑，地上那些没烧成的生砖坯，把人绊得左一跌，右一跄。谁个把通进烟囱的风洞里堵住的砖堆挪开，那一大块砖堆八成是当初烧窑时，把十几块砖坯烧黏在一起作废了的，平时抹纸牌总把它当作小赌台。

"脑袋在这儿，扁啦！"有人尖着嗓子叫。

狼被拖到外边，嘴巴和一只后腿都挂着血，眼睛定定地睁得老大。人人都说没有见过这么样又肥又大的狼。大富儿哥走过去把尾巴掀开来，说是只母的。

大伙儿就拿这只母狼互相开玩笑，大毂辘不声响，扑扑身上灰土，拱进窑洞把他那双铳子取出来。

"背不背得动？"他望着我说，指的是地上躺着的母狼。

没有想得到摊上这样好事儿会让给我，就算能把我压死，我也要背下山的。大毂辘提起它一双后腿，放到我肩上，倒不感到怎么沉，回头望望，那颗血糊糊的脑袋可还拖在地上，也不知怪我太矮，还是它身子太长。

山下的村子里，家家都举火烧饭了，烟雾低低地遮住那些小得像火柴盒的农舍。孩子们嬉戏喊叫的声音，清晰可闻。我没有那么命好，打我到二叔家来，我成了个孤鬼，人家玩甚么，都没有我的份儿。但是待会儿他们就得围上来，看我有多神气。

二叔两口子一定更乐呢，前几天少掉小羔羊，如今给他们出口气了。狼不是我打的，可是我背回来的。多沉呀！越背越有些撑不住，又不甘心让背后赶羊的赶上来，拉纤似的探着身子，脸上冒着汗。还没有进村子，就把村子里的人招惹来了，我就硬充不吃劲的样子，大步大步往前走。

"二叔！二婶！"我喘嘘着，歪歪斜斜地冲进大门，没有这样有仰仗地大声喊呼过，我要撑到二叔两口子出来，让他们看看我多中用。

半晌也没人应，我就踏进二门，还在喊着，二婶从灶屋里走出来，手里剔火棍还冒着烟。我赶快转转身，让她看看我背的甚么。可是二婶怔了一下，赶过来，忽然脸色变了，那是我顶熟悉也顶害怕的脸色。我知道我又在二婶的眼里做错了一桩事，但我不信这又犯了甚么过错。

还隔着几步远，二婶就举起冒着烟的剔火棍，我很明白就要发生的事，一如每次挨打的情形一个样子，我不懂得那要逃开。

"也不管甚么东西，就往家里拖！"

我被狠狠地甩了一巴掌，本来已经站不稳，便连人带狼一起跌到地上，但还算很知足，没有挨上剔火棍。

"这么大的孩子，你也还懂得忌讳罢！"二婶用还在冒烟的剔火棍指着我，"你把你老子娘都克了，还不甘心！你要克到我头上还是怎么着！"

剔火棍冒的烟把她呛得直咳嗽，眼睛也熏到了。看热闹的邻居出来说情，帮忙把死狼拖出去。大毂辘从后园门把羊撵进圈，也赶来拉着我出来了，给我拾起一只落得很远的白孝鞋。

我就相信，我再怎么样讨好，都是白费。一时恨起来，真想送给她打死，好让二叔把她休掉，再不就逼她上吊，只有二叔是把我当作亲生的儿子，二叔也只是偷偷地疼着我。

天色黑下来，我揉着脸上分不清是汗还是眼泪，望着大榖辘把母狼吊到麦场边儿的马桩上，望着他进去找刀子。我不该那样想，有一天那上面吊的是二婶，进去找刀子的是我二叔。可想一想，也不该恨她。二叔总是拉着我到没人的地方跟我说，二婶没有甚么不好，只不过性情暴躁，那一阵儿过去，对谁都和和气气。我懂得二叔疼我，就完全相信二婶无论怎么毒打我，都只因她性情太暴躁，那是应该的。尽管我还没有尝过二婶是怎么样地好待我。

院子里二婶嚷着，叫大榖辘先吃饭。听见这个，我就得赶紧进去收拾碗筷了。

二婶盛着稀饭，数落着大榖辘："剥得两手血淋淋的，我才不让你上桌呢，惹我恶心！"二婶是带着笑脸在数落。她要是知道她笑起来有多俊，就真不该动不动地生气，把自己弄成那样难看。二婶是个大美人儿，人都这样说，有个单酒窝，乡下少有她那样白净的娘们儿，又爱打扮，个头儿比二叔大一套，又胖又壮。也许二叔真的没她力气大，打不过她，才那样处处听她的。

二婶只盛三碗稀饭，我知道二叔准又到县里去了。这一去，至少三天五天说不定。我就是最怕这三天五天的日子难熬，站也不是，坐也不对，只有白天赶羊上山，山上才是我的天地。

大毂辘吃饭本来就很快，忙着要去剥狼皮，那张盆口大的嘴巴，一口就能吞进半个馍，两边腮颊撑得鼓鼓的，像个吹鼓手。赤红的宽脸上、额角上都暴跳着青筋，也正像使足劲儿地吹着喇叭。

坐在大毂辘对面的二婶，半晌都没有吃去小半个馍。"大毂辘！"她喊着，那样不是在吃馍，是在吃鱼——害怕扎了刺。

"我跟你说话，你听见没有？"二婶板着面孔。

大毂辘一怔，嘴巴停止不动，好似噎住一样。

"有了馍，嘴堵住了也罢了，耳朵也堵住啦？"二婶不悦意地睨着大毂辘。看不到她躲在馍后头的嘴巴是不是也像骂我时那个样子。

"他二叔去县里，要五六天才得回来，待会儿记住，早点儿插门。"

大毂辘点点头，又认真地大嚼起来，扭动着结壮的腭骨，那上面净是乌黑胡楂子，一直通到耳朵根儿，和头发分不出界线。在他嚼一阵儿往下吞咽的时候，总要伸一伸脖颈，老牛反刍的时候，就是那样。

"快交冬了，皮子要值钱了罢？"

"也卖不成钱。"大毂辘食物堵住嘴，说不大清楚。

"再不成钱，也够买双洋袜子孝敬我呀！"

大穀辘似乎没有听懂，后来才笑道："一双洋袜子值几文？还等着卖掉皮子才买得起？"

"那要看你大穀辘有没这份孝心呀！"

打我到二婶家以来，二婶从没有这样放声笑过，呛得咳嗽，脸都憋红了。尽管那是对大穀辘笑，可我也跟着高兴，这样总使我感到所有的恐惧远去了。

"忙甚么？"大穀辘用手抹抹嘴巴，打一个很响的饱嗝。"欧二叔上县里去，还怕不给你整筐整箩买回来？"

"他呀？他也是那种人！搁家里都想不起我，到了县里，三朋四友的，你当他不把我丢到脑勺后头去！"

我默默喝着粥，不敢看二婶，怕她看出我脸色对她不服。二叔哪一次从县里回来，不是多多少少总捎个她喜欢的？

吃的、穿的、戴的，都有。她干吗要冲着大穀辘扯谎？

"算了罢，省着点儿，攒点儿钱也早早娶个填房。"二婶依旧说着笑着，好像扯那样大的谎，很得意。

大穀辘拍一下大腿站起来，叹口气，从门框上拔下那把尖刀。

"还打那个主意？"他面朝外站了一会儿，回过头来，"像我这种人家，一辈子能讨一个老婆，够是三生三世修来的，死了就死了，还再讨得起？"

"好歹孩子不能老跟姥姥呀，你又这么年富力壮的。我替你做媒罢！"

大毂辘不再说甚么，咂咂嘴，衔着烟袋走出去。灶台上的灯焰一点点小，二婶碗里的粥没喝完，馍也剩下半个，就叫我收拾收拾，去给大毂辘打灯笼，她自己出出进进的，暖罐里倒了水，端进房里洗脸洗脚去了。

麦场上还聚着许多人，那灯笼挂在枣树桠儿上，用不着我挑。

大伙儿喳喳嚷嚷的，有人打赌，咬定这只母狼肚子里准怀着小狼羔子。

"你真作孽，大毂辘！"大富儿哥捧着大黑碗，蹲在就近的石磙子上喝汤，"你知道你这一下丧了几条命儿！"

"瞧这奶膀子，不定早晚就下羔子啦！大毂辘你咂一口试试。"

大毂辘熟练地剥着狼皮，笑骂着跟他们回嘴。大毂辘做甚么都是又快又干净，不一会儿就剥到前蹄胁窝儿了。给剥过的狼脑袋，龇着白牙，长嘴巴咬得紧紧的，痛成那样子，可也像含着笑，只有那一对暴突的眼睛珠子瞪紧了一个固定的方向，罚誓非要报这个血仇不可似的。

"今夜你要留神，公的准要找你算账！"

大富儿哥敲着空饭碗，喊四富儿家去再添一碗来。

"我倒怕公的不找上门来。找别的我这儿没有，找我双铳子还不方便？"大毂辘把刀子交我拿着，用拳头捶打着去剥扯脊梁上平平板板的那一片皮。

皮剥完了，大伙儿就跟大毂辘到田里去埋狼尸。尽管人这么多，我可真怕公的找了来，挤在人窝儿里，其实也没有谁逼我非去不可。

忽然听见二婶在背后喊我，没有比这个能使我的耳朵更尖了。

"天到多早晚了？还跟着去游魂！"

二婶走近来，看不清她是不是举起手来，只有站稳一些。

"灯笼给我！"二婶好像怕我不给她，伸手把灯笼夺过去，"家去躺尸去，把后门插紧！"

我不能说一个不字，尽管心里有一千个不！不！不！……回去要穿过一块大豆地、一片打麦场，只我一个人。天都黑透了，没命地跑。跑在收割不久的大豆地里，觉得打麦场上整群的狼坐在那儿等我。跑到打麦场上，又听见背后有甚么追上来的动静。就那一点远，倒有五里路那么长。直等摸黑爬到吊铺上，这才像一步登天一样，一点劲儿也没了，倒下来直喘气。

下面的绵羊很安静，我喘定了，放心把灯点上放在铺沿边口，抱着站柱滑下来，把圈门用杠子抵牢——门上有个窟窿，待会儿大毂辘回来，伸进一个指头就能拨开抵门的杠子。

我睡得很熟，做许多噩梦也没有把我吓醒。我梦见公狼找上门来，抱住吊铺下面的柱子往上爬，一次又一次地滑下去，又往上爬，吊铺上只我一个人，摸不到双铳子，也摸不到洋火，心里着急地想，大毂辘怎么还没有把母狼埋掉？我跟公狼说，我背回家的，可不是我打死的……

我以为天亮了，大毂辘总是醒得早，抽着旱烟等天亮。

"睡好！"他按住我，"天还早着，才三更天。"

"你才回来？"到底我还是翘起了身子。

"睡你的！"

我没有见他这么不乐过。

"等你二叔打县里回来，我要卷铺盖走路了。"半晌，他磕着烟袋说。

"干吗？你才来……你才来六天，"我真惊慌，以为这又在做另一场噩梦，"二叔要是不让你走呢？"

"你二叔管得住我的工，也管得住我身子？"

我猜不透干吗他忽然出这个主意。

"没想到你二婶真是这种女人！"

我坐起来，惊诧地望着他。二婶难道骂了大毂辘，打了大毂辘？他不是在生气，眼睛直瞪瞪地发愣，不知想着甚么。

"我二叔常跟我说，二婶就是性情暴躁，过去那一阵儿，就……"

"睡你的！"他仍然瞪着眼睛发呆，看也不看我一眼。

下面羊都很安静，偶尔有那么一只公羊发骚儿，闷着鼻子叫两声，或者打个响鼻，跟着又一点动静也没有了。

不知他冲着谁："哼哼！"从鼻孔里冷笑一声，歪过身子去安烟。

"没儿子,只怪你没那个命,"没头没脑,不知他跟谁发脾气,拍了一下大腿,"我不是畜生!我大縠辘不是畜生!"

我一点也不想睡了,全不懂大縠辘到底是甚么意思。他吹熄了灯,并没有睡,还在抽旱烟。那只小烟袋窝儿里的烟油烧得吱吱响,烟火一明一暗,照出他脸上靠近鼻子那一团儿。

我不知道二叔是甚么时候回来的,可二叔是回来了。他把我喊到家后菜园里,爷儿俩在水井边儿蹲下。

只要是二叔避着二婶把我带到没人的地方,要不是给我甚么好吃的,就定用好话宽慰我。我用一个指头抹弄井边的稀泥,装作一点儿也不用心地专心等着二叔随便赏给我甚么。

"大縠辘来咱们家快半个月了,"二叔开口就问我这个,"他比小住儿呢?"

"有大縠辘哥,管保羊不会少。"

"比小住儿会服侍羊?"

我一点儿也不诧异二叔问我这些,我正要替大縠辘说好话,好让二叔不准大縠辘辞工,可说着说着,我可发现二叔的脸色很不对劲,刮瘦的白净子脸上,阴阴沉沉的使我好生不安,就不敢再往下说了。

"大縠辘给你甚么好处啦?你这么受他哄!"二叔攥攥紧他枯瘦的手指,从他腮颊上,可以看出他一下一下地咬紧牙骨，甚么事情让他气成这样子呢？

"他那样糟蹋咱们羊，你就看不见？"

"没有，他怎么糟蹋羊了？"要不是觉得这太冤枉大毂辘，我也不会这么顶撞二叔。

"你二婶都看到了，你就没看见？"我以为二叔生来就不会瞪眼睛，可是二叔瞪起眼睛来比甚么都惹我害怕，那不是凶恶，好像谁捏住他脖颈，要谋害他。

"我不是要你少贪玩儿，多照应着羊吗？你成天价跑哪儿野去啦？"

二婶怎样毒打我，我都没告过饶，没哭出来过。经二叔这么数说两句，反而忍不住哭了。

"他死掉老婆，他不能把咱们家的母羊当老婆！"二叔对着井口吼，仿佛井里躲着他要骂的那个人，井里应着回声。我全不懂他发的甚么脾气，眼泪拼命流，我只想到连二叔也不喜欢我，我还有甚么亲人！

"白疼你了！白把你当作亲生儿子疼了！"二叔顿顿脚，走开了。

我真愿意一头栽进井里去，两只棉袄袖子全都哭潮了。大人们怎么就这样蛮不讲理，说翻脸就翻脸。

不知道是大毂辘辞工，还是二叔解他的雇。大毂辘卷起他的被物，衔着小烟袋，跟谁也没招呼，他不走后门，微微含着笑从大门走出去，就像平时做活儿走进走出那样，他离开了二叔家。当天二叔就把大富儿哥雇来。

大毂辘家就在家后不远的小沙河边儿上，小河常年没有水，净是番瓜似的大卵石，他那间孤凋凋的小屋子和四周围着的院墙就是用大卵石砌的。清晨赶羊上山的时候，要从他门前过。他家里没有田，快入冬的时令，也没有谁要雇工，又拾起老营生，自己一个人生豆芽，去串村子做小买卖。

大富儿哥有女人，有孩子，三天就有两天回家过夜。夜晚大富儿哥一走，我就把羊圈门儿反扣上，点起避狼的火绳，翻过墙头，溜进大毂辘家去。听他淘着大豆，跟我讲狼。

大毂辘教给我怎么样打狼，不一定要用双铳子火枪。滚笼，陷阱，打索扣子，都一样。狼腿是麻秸做的，一条顶细的桑条儿，也抽得断。可是打狼容易，怎么样瞅到它，那就要靠功夫了。

就像他能拿稳盛在漏桶里的大豆，浇几次水能抽多长的芽子一样，他懂得那个装着一肚子刁精古怪的东西，甚么时候一准出来，甚么天气一准出来；甚么时候、甚么天气出来又是打的甚么主意。我真相信大毂辘是狼托生的，要不他怎么摸得那么清楚。

"你能看到它，就算你不错了。"他用高粱穗穗的茎子穿成的大锅盖滚着大豆，选那些最整齐的颗粒生豆芽。他不像别人把烂豆子也掺进去充数儿。亮晶晶的豆粒儿跳动着，灯光照在那张多角多棱的大脸上，把他的脸照得真像干朽的大树根，再也吹不动、劈不开，就丢在那儿风吹雨打，雨打又日晒。"你不刚见它在这边山坳儿里吗？等你一理枪就又没了，不知道有多快，鬼呀！转眼，又在那边山顶上了。坐在那儿，周吴郑王地瞧着你，你再理起枪，它就不动了，它可懂得火枪能打多远，懂得你是想吓唬它，还是真的要干它。"

风吹动院心的杨树梢，老是使人疑心天又落雨了。灯焰飘飘忽忽地摇曳着，大毂辘嘴里的狼永远讲不完。总是他提着一把铁叉送我回来。愈害怕，愈要听到底，如果到了二叔后门还讲不完那一段儿，我就坐在墙头上，不等他讲完，不肯跳进来。

不单等大富儿哥回家过夜，我就能溜去大毂辘家；我真不喜欢他跟我睡一个吊铺，他睡觉爱扯呼噜，吵人睡不着。好像他睡熟了也要告诉人，他那身架有多大有多壮。大富儿哥逢人总卖弄他个子高、胳膊粗，我就讨厌买他的账。

过没多久，点羊的时候，二叔没在眼前，少掉那只刚出角的羔子。少别的羊，或许我不知道，单巧这是只顶贪馋的小羊羔，总在你前后打转儿，爱偎着人，吃你剩下的馍和炒糊盐。

大富儿哥仗着二叔两口子宠着他，拍着胸脯说："出事儿有我顶，你怕个啥？"

不管怎样，他回家过夜，羊圈里只我一个人，少了羊，不是我的事儿，也是我的事儿，让二叔他俩知道，那就要撕扯不清了，尽管拿不稳是在山上丢的，还是在羊圈里少的。

"大富儿回家过夜，圈门儿你都关牢啦？"我告诉了大毂辘，他这么反问我。

"怎么没关牢？另外还抵上两根杠子！"我睁大眼睛叫着，仿佛让人平白栽诬了。

"你清早起来，圈门儿没变样儿？"

"没有，一点也没有！"

人就是那样蠢，贼把东西偷走了才忙着关门。少了羊的当天，半夜就醒来，巴巴等天亮好赶紧数数羊，深怕再少掉。只因这样的事，最后总轮到我倒霉，我有一千张嘴也洗不清自己。

"大富儿哥！"我低低地喊，要是他还睡着，就不要吵醒他。过了好一阵，尽管屋里这么黑，我能觉得吊铺上实在没有他这个人。

我又喊他两声，伸手去摸摸，果然他枕的羊皮褥子是空的。一定是我睡熟以后，他又偷偷回家去了。连忙我爬过去，爬到吊铺边儿上，老天哪！圈门儿大敞着，外面不是有月亮的夜，离天亮恐怕还早着，圈门儿外是星夜里才有的那种淡灰淡灰的亮儿。

我滑下吊铺，赶紧把圈门儿抵结实，一根木杠，又一根木杠，愿意自个儿也算一根，可以抵得更牢靠。

天刚蒙蒙亮儿，有人打门了，那不是大富儿哥，还能是鬼？"我不管，"顶面我就闹着，"我先告诉二婶！"

"干吗？你睡醒了没有？"

"你以为我不知道？偷偷又溜回家去，让圈门儿敞着！"

"谁说敞着！"大富儿哥拉着门鼻子，"反扣上的，还插了根树枝儿！"他往地上到处找，想找到他说的甚么树枝儿。

"还找树枝儿呢，找羊罢！"

我嘴里说着要去告诉二婶，心里才不敢。点了点羊，又少掉了一只，另一只老母羊脖颈下面被扯烂了。血已经干结，把一大片羊毛黏糊成一团，看不出伤口有多大。尽管这样，我似乎宁可挨到最后躲不过一顿打，也不敢去告诉二婶。就是二叔在家，打上次井边儿上挨了他骂，我也不敢跟他说实话了。

我知道，二婶巴不得看不见我，我也巴不得躲开她。白天在山上的时候，夜晚睡到吊铺上的时候，我还知道有我自个儿这个人，怕的就是端起饭碗来，守着二婶总是非出错儿不可。二婶要是叫我放下搪风的麦秸苫，我会糊里糊涂走过去打开灶屋的门，让风像刀子一样钻进来。要是叫我倒刷锅水，总要溅到她的绣花鞋子上。难怪二婶气得骂我存心跟她作对。可是我愈想把她吩咐的事儿做好，结果总是愈坏得不堪设想。我总要到灶台上去添粥呀，总要走她面前过去呀，心里还在念着：小心哪！留神啊！结果翘在背后的棉袄襟子还是把二婶的筷子拐掉到地上。

我就站着动也不敢动，捎紧手里饭碗，挨打是逃不过了，总不要把饭碗震落到地上，挨双料儿打。

"还愣站着，你也给我到筷笼里再拿一双来呀！"

没有想到二婶不单没动手，骂也骂得那么和软，似乎还笑着。

大约太意外，一时我弄不清筷笼在哪里。大富儿哥欠欠身子，伸手抽了一双筷子。

"谁稀罕你拿！"二婶用眼角睐了大富儿哥一眼。二婶有一绺头发没有压进角拢子里，悬在眉梢上，也不招上去。怎么我忽然觉得二婶不那么可怕了，仿佛她应该就是邻家的哪位大姊姊、哪位大嫂嫂。

大富儿哥把一双筷子分开，先给二婶一只，另一只扣在手里。

"快点呀！"二婶催着。

"甚么快点？那么急！"大富儿哥逗着玩笑，"一个还不行，非要俩？"

二婶一点儿也不火，伸手等着，装作很生气的样子，脸都憋红了，酒窝儿憋得更深，看她实在忍不住要笑。

我真想趁二婶的兴头上告诉她又不见了羊。这桩事儿憋在肚子里像挨着饿，又像吃得太饱，撑得难过。结果还是憋不住，走去告诉了大毂辘。

油灯焰子一跳一跳的，大毂辘淘大豆，忙他的活计。我就蹲在墙犄角儿里，娓娓诉说着，自觉像个大人一样。

"你听我没有，大毂辘哥？"

他忙东忙西，好像忘掉屋里有我这个人。我不放心他能听进多少，伸开腿把一只小板凳踢翻，逗他注意。

"你二叔又上县里去啦？"

"二叔在家也不当事儿，二叔不跟往天那样喜欢我了。"

我打着呵欠，打出一眼的眼泪，灯焰在眼前模糊了，放出千道万道的金针，长长短短地四处迸射出去。大毂辘放下手底下事情，侧耳在听甚么，又不是听我说话。

"二叔二婶都喜欢大富儿哥呀！"我欠动一下身子，伸过腿去，又把踢倒的小板凳拨正过来。

大毂辘还是一动不动地在聆听甚么，样子好像等着打一个喷嚏。可是我甚么也没有听见，只有装在大筐罩里淘过的大豆，滴答，滴答，过半晌儿滴一滴水。

"我送你回去！"大毂辘顺手拖起那把铁叉，拉开门。他背着灯，看不清他脸，灯焰晃晃的几乎要熄灭了。我有些沉不住气。"有甚么动静吗？"从墙犄角儿里，我迟疑地站起来。

"我送你回去！"他把铁叉在地上顿一顿，"火绳给点着！"

灯焰愈是飘飘摇摇，手愈是发抖，火绳便愈是点不着。

"你没听见吗？它是存心要来惹我。"

我张着嘴望他，不懂他说的甚么。我能觉得到自己张着的下巴也有些发抖。

"就在这儿，"他用铁叉点点门外，"刚才，在这儿抖毛。"

"你听见啦？"

"你赶紧回去，看牢了羊圈。"

我真巴望他能发发慈悲抱我回去，可又不肯露出我有多害怕，便硬着头皮，挤在他身旁，从小河底的乱石堆里，摸着黑，一脚高，一脚低地赶回来，直到爬上了院墙这才定下心。

天上是整块整块的云朵，落西的月牙儿只剩最后一口气儿似的瘫在树梢儿上，好像打算草草了事地赶紧落下去。

我准备跳进后院，大毂辘喊住我。

"呜⋯⋯嗷嗷嗷嗷⋯⋯"

要多凄惨就有多凄惨的哭号，从不知有多远的地方颤巍巍地飘来。大毂辘告诉过我，那叫作"哭月"。

可我不懂得月亮为甚么会使狼那么伤心。

"等月牙儿落了，今夜或许又要出事儿。"

"你别回去！"

我简直要哭出来，明知道大毂辘不能不回去。

"夜里要有甚么，过来喊我。"

"我不敢！"

"我在这儿安两个夹子，"他踮着脚尖，指的是墙根外面，"或许就在这儿把它夹住。"

"要真有甚么，我怎么去喊你？"

他想了想："不是有我给你的石弓？往我院子里打，我听得见。"

我又怕打不上那么远。回到院子里，前院还有灯光，隐约有低沉的讲话声，我就安心多了。二叔到今儿还没回来，那一定是大富儿哥，天到这个时候，他今夜准不回家了。

要睡的时候，吊铺摇动着，我知道是大富儿哥在前院做完了活儿，回来睡觉。他喊我两声，我没有应，十分安详地找我好梦去了。这一觉睡有很久，醒时能感到那种沉睡后的舒坦，四肢有胀胀的滋味。不知道是甚么忽然提醒我，大富儿哥怎么不在吊铺上？他怎么到底又回家去了？急忙点上灯，从站柱上滑下来，不明白这是怎么回事，抵门的杠子歪斜在一边，好像大富儿哥出去时，手从门缝里把杠子抵上过，可又是谁把圈门儿撬开一条缝儿。

羊都站着，没一只睡下来的，我心里好像有个底儿了。这么下去怎么成呢？等天亮我再不一五一十地告诉二婶，当真还要挨到羊圈空了那一天！

凄惨的哭嗥又从远方传过来，我知道这是我疑心，我没有听见甚么，分明那是村里的犬吠，缓缓的，断续的，好像是叫着消遣的。迷迷糊糊刚有一点儿睡意，心里一惊，整个床铺都跟着震动了一下，只听得下面羊在跑动，有一只惨叫出来。我真慌了，到处瞎摸，记不得洋火放在哪儿，找到了，又连连地擦不着。

从吊铺上往下看，灯盘本身的大黑影罩住大半个羊圈，看不清甚么，羊又非常安静，一点骚动也没有，我很疑心不要又是做噩梦罢。

　　圈门儿抵得牢牢的没有变样子呀，我实在沉不住气，一定是把狼关进来了，我把墙上的石弓够下来，反扣上圈门儿，装了一布兜儿的石头子儿，骑在院墙上，一颗连一颗瞄着大毂辘院子那边打去。

　　月牙儿早已落下去，可是天上的星光依样把枯树梢儿影衬得那么清楚，可以看见大毂辘的房屋黑沉沉那一片。一布兜的石头子儿也打完了，恐怕压根儿我就打不得那么远，黑沉沉那一片，没有动静，瞅久了觉得那座房屋膨大起来，还好像摇摇晃晃地在移动。可那黑沉沉的一片里，现出了亮着灯光的小窗子，我像得救似的，把石弓也摔掉不要了。隔不多会儿，又现出亮着灯光的门，大毂辘当门系着腰带。

　　眼睛能看到的，都是这么灰暗，大毂辘在这无边无际的灰暗的布幔上，用剪刀剪出来似的开出那么两个方块儿，让我看到布幔子外面透进来的金光闪闪的盼头。

　　"真有甚么啦？"大毂辘来到院墙跟前，准备纵身跃上来。

　　"快点罢！"我焦灼地嚷着，"羊要挨拖光了。"

　　我端灯盘，照着大毂辘查羊。

　　"大富儿呢？"

　　"还大富儿呢！"我剔着灯捻儿，"等我睡着了，到底又跑家去了，圈门儿就大敞着。"

有一头羊，肩胛骨被咬得露出来。可一百二十九只羊，一只也没少，我真失望，好像我把大毂辘骗了。

"你真的听得很清楚？"

"怎么不清楚？还呱嗤呱嗤抓门哪！"我不懂得为甚么要连连扯谎。

他仰着脸想了一下，给我打一个手势，我立刻跟着他爬上吊铺。

噗的一口，大毂辘把灯吹熄："睡会儿，听听动静再说。"

我从来没有需要甚东西像现在需要圈里有只狼这样的心切。

黑黑的，眼睛睁有多大，也看不见一点甚么。巴望有只狼的妄想，也似乎是这么样的黑得甚么也不会出现了。

大毂辘咂着烟袋，沉沉地喘呼着。我相信他那满鼻孔的黑鼻毛，一定像伤风一样地堵得很不舒服。

巴望却似乎有了，那是慢慢试着来的，先是一两只羊骚动一下，隔不上多会儿又是一阵子不安静，有羊角触碰的铿铿声。

心里猛一阵儿跳，有些儿止不住要喘。羊没有叫，却着急地在蹦跳，身子擦着石墙根。我抓住大毂辘，抓紧他袄子，催他。

刚擦亮火柴，下面就没有动静了。

"多刁猾！"大毂辘闪亮着眼睛，四处窥探着。我浑身都在发抖，好像掉进冰窖子里。

羊温驯地望着人，没有一点儿求救的样子，像是从没有发生过甚么。那些"一"字式儿的瞳孔，老是不一定从哪个角落里闪出一朵绿色的磷火样儿的反光。两个人和几支站柱的黑影，又在四壁上和屋顶笆上旋动了。

"奇怪，"我抓住他的粗腰带，也跟着四处窥望，"能藏到甚么地方啦？是不是能缩得很小很小的？"

"来，赶到一头去！"大毂辘把手里的长竿子给我，"你把羊都拦到这边，我一只只拖到那边儿数。"

大毂辘又不放心地走去把圈门抵结实。

"真的，"我说，"或许真的夹在羊肚子底下。"

我端着油灯，一手捽住长竿子，背抵紧在墙上，眼看着他抓住羊角，一只一只牵到羊圈那一头去。我睁大眼睛，准备在我这边一只一只少去的羊群里，随时能看到一只又肥又壮的大狼跳出来。

"准是只老家伙，"他休息了一下，抹抹额头上的汗，"墙外头放好的两副夹子，都没有去上当。"

"我敢说，它一定还在这屋里。"我这边拦着羊，剩下不多几只了，我害怕大毂辘不再数下去。

静得很可怕，好似甚么都屏息地注意最后这十来只羊。这样的静，使人觉得转一下脑袋，脖颈骨都会吱哟吱哟地响。

最后我这边只剩六七只羊了，已经可以看得清清楚楚的。这六七只羊畏怯地挤在一起，好像犯了甚么过错。大毂辘不甘心地直数到最后两只，也不得不摇摇脑袋，长叹一口气。

鸡叫了，开始的头一声使人吃了一惊。

但我发觉大毂辘两手叉着腰，偷偷瞟着一个方向。忽然他的脸色变了，邪气得使人害怕想躲到甚么地方去。

"瞧见没有？"大毂辘神秘地喊着，没有喊出声音，他又瞟一眼左侧的那根粗柱子，"你瞧，它像个人，直站在那儿。"

"像个人？"不由我一冷，周身的寒毛根根都直竖起来。

"到那边墙上，把鞭子拿下来！"他喊喊喳喳喊着，"再找一块石头拴到鞭梢上，快！"

我慌乱得不知道鞭子挂在甚么地方，直转圈儿。找到鞭子，又找不到石头。

"太小，要拳头大的。"

不知道为甚么我要眼泪直滚，手里的石头又老是滑落到地上。

"有长点儿的粗绳没有？"

"啊？"好像要等上半天，才懂得他叫我做甚么。他接过长长的鞭子，那是耕田时打牛用的，他把系着石头的鞭梢又打下一个结，试了试牢，只见他矫健地一折身，挥起长鞭抽向那一根最粗的站柱，鞭梢的石头绕着柱子打几个转，把柱子紧缠住。在他下劲拉紧的那一刻，柱子后面挣扎出狼的前蹄和脑袋。

原来它真的像一个人那样，扶住柱子直立在那后面，一直跟我们转来转去地捉迷藏，捉到现在，也除非大榖辘能够看到它。

大榖辘拉着那条我到院子里找来的井绳，另一端交给我。叫我围着柱子转，把它捆紧。现在它怎样也逃不掉了，在很小的一点限度里扭绞着直立的身体，翻着白眼，从发怒的白牙里发出凄厉战栗的干嚎。

"大榖辘哥，是不是那只公的？"

"是只公的，"他摸一把那背峰上的毫毛，"也许跟那只母的是一对。"

它还不放弃挣扎它的脑袋，显然想啮咬捆着它的绳索。鲜红狭长的舌头，老舔着鼻孔，舔着两边的嘴角，似乎身体上既然还有这一点可以动弹，就先尽量地动动再说。大榖辘找来一块石头，照着它脑盖连鼻子好像不费劲地一磕，它就不哭了，打盹似的一下子垂下脑袋。他跳过去，拉开圈门，外面的天色似乎有些微微地发亮，远近响起一片杂乱的鸡鸣。

两人面对面的，叉着腰在喘气。

这是很寒冷的凌晨，外面有初冬时常见的薄雾。大榖辘让我拖住这只还没死透的老公狼，去送给二婶。

"我才不一清早去找她打。"天根本没有大亮，二婶大约跟椿树上那些乌鸦一样，还正睡得酣熟。

大穀辘弯下腰去，拖住狼两条绑着的后腿，一路拖到前院二婶的房门口。

　　"你不喊你二婶？"他的声音很大，我真怕他把二婶吵醒，远远地退到碾棚里，躲在碾台后面，深怕二婶房门一打开，头一眼就看到我。

　　"大穀辘哥！"我小声求着，"天就要亮，等二婶醒了罢！"

　　大穀辘好像压根儿就没有听见我乞求，他走去掀开二婶窗上的麦秸苫。

　　加上天寒地冻，我抖作一团儿。我宁可靠得那么近，看他跟一只恶狼去斗，可不敢看他招惹我二婶。他拍着窗棂："嘿，天大亮啦！公的母的可都逮着了！"

　　里面没有动静，他略停了一刻，我真要去拖开他，求他别这么莽撞。他又去拍那窗棂。

　　房门吱哟一声打开来，里面现出二婶那张朦朦胧胧的白脸，分明还看不清她的鼻子眼睛。我不由自主地缩下身子。蹲伏到碾盘后面，只把眼睛露在外头。

　　"哟，这是干吗啦？"二婶跨出门槛，往门框上一靠，口里呵出一团团的白气。

　　"我当是谁呢，大清早起的，"二婶狠狠地咬紧嘴唇，冷眼瞅着大穀辘，"做甚么噩梦啦？"

　　"欧二婶，打扰你好梦了！"

　　"好梦？哼！"二婶往四周扫上一眼，把披在身上的花袄裹紧，"那个人敢又回心转意啦？"

"真伶俐，真让你给我猜着了。"大毂辘冷笑笑。

"那也要挑个时候呀！那个人不是白长那大的个儿，没长心眼儿！"

大毂辘抱着胳臂，靠到二婶对面的另一边门框儿上，下巴指指地下还在搐动的老公狼："你不瞧瞧这是谁？"

二婶的脸孔陡然拉长了，退到门槛里去。定一定神，忽然想起甚么似的："噢！真好记性，那晚上不也是打到过一条？"

"咱们也别装孙子，你让大富儿哥大模大样走出来罢！"

"谁？"二婶一昂头，咬着牙说，"你嘴里放干净点儿！"

"我跟大富儿亲兄弟一样，我跟他无怨无仇，你放心！"

"你说话要留神，别在我家里胡嗳！"

"那就怪你欧二婶太不留神，把咱们兄弟毛窝穿到脚上了，不太大？"

我偷偷从碾盘后头探出头来，果然瞧见二婶两只脚上穿的不是一个色气，尽管都是羊毛窝儿。

"别怪我说话不中听，"大毂辘从怀里摸出烟袋装烟，"不长庄稼的砂礓地，再借谁的好种撒下去，也是白费。"

二婶双手蒙住脸，就要抢回里间去。

"我没别的心，"大毂辘伸过一只胳臂把二婶拦住，"你怎么样挑拨欧二叔解我的雇，那都是小事儿，我不计较。可有一点，是我大毂辘今天求着你，别怪我管到你们家务事儿。"

一点也没有防着大毂辘冒冒失失地转回身子来招呼我，我惊得跳起来。

地上有灰白的冰霜，和我脚上灰白的孝鞋一个色调。仿佛我就要赤着脚走到这霜屑上面，战栗地犹豫着不敢向前。走出了碾棚，我就站在那里，低头等着定罪。满胸前尽是碾盘上沾的白麸粉，我都不敢掸掉。

"老天爷不是没长眼睛，麒麟送子也送不来这大的儿子给你，又听话，又中用，为人总得要知足，"大毂辘低沉地说着，"亲生肉养的又该怎么样？要挨多少苦？要受多少难？你当是养孩子容易！"

二婶木木地板硬着脸，像经过哭泣地那样肿胀。从那紧闭着的嘴角上看得出是在强制着心里面的又是恨又是痛。

"没爹没娘的苦孩子，就是外姓人，谁见着也怜，"大毂辘好像要走的样子，"只要你疼惜这孩子，大毂辘不把这事情张扬给二人。要是你存心养汉子，慢说我这个外四路的，就是欧二爷也管不周全。你放心！"

不知为甚么，我心里直为二婶涌上一阵阵酸溜溜的螫痛，怎么会那样软塌塌地可怜！她真不该受苦。我真要呼喊着："大毂辘哥，你饶了二婶罢！"我瞪瞪地望着二婶，用我的眼睛说出我全没有一点儿甚么非分的乞求，我全没有跟大毂辘勾结来欺侮她，真心求她还照往常一样地对待我，哪怕更坏一些！我想到我娘活着时，不也是经常打我骂我？

"二婶！"我奔过去，一心想要抱住她，照舅舅当初的意思，喊一声："娘！"我却绕到她背后，替她把棉袄从地上拾起，拍打上面尘土。

"二婶，你要招凉了！"

她抱着手臂，不理我。不知她愣愣地望着甚么。我仰着脸，只能看到她抽搐着嘴唇，又不像要说甚么。

"大富儿，我没意思要跟你过不去，"大毂辘拖起那只半死不活的老公狼，又朝着屋里说道，"咱们端人家的碗，拿人家的钱，总要给人家看好了羊，顶起码的。"

忽然二婶跪倒在地上，抱住我，笑也似的失声大哭，她的脸庞埋在我胸口，那样猛哆嗦，把我吓住了，好像不知道甚么样的灾难就要临到我头上，就如同眼看着我娘咽气时那样，惊惶得不知怎样是好。

大毂辘要走不走的，我侧转过脸去求他教我该当怎样。他衔着小烟袋的嘴里，冒出一口白气，却甚么也没说。

我把手上的小花袄给二婶披上，抱住她，抱了满怀披散的头发，那上面有冰凉泪水，染到我的脸上。我并不要知道是我的眼泪，还是二婶的。

不是我心里不肯，我的脸埋进一堆冷湿的头发里，真是费尽很大的力气，才低低迸出一声：

"娘！"

随即我像犯了不知有多大的过错，膝头一软，也跪倒在地上。不知道是甚么把我深深地、深深地埋藏了。一双温热的臂弯，把我融化在悲痛欲绝的欢快里面……

我还能听见大毂辘踏着霜屑的沉沉的脚步，和那只老公狼在霜地上沙沙地拖走，缓缓地远去，缓缓地远去了。

一九六〇·七·大溪

试论朱西甯

司马中原

　　让我们拨开众多迷乱，从中国文学的厄难中捡起一个默默的名字，一个沉默谦和的负轭者——朱西甯。

　　经过十余年默默的耕耘，他才继《大火炬的爱》之后，向人们展示他种植在作品上的理想。《狼》，这部代表他十年来创作总结的专集，共收他九篇重要作品，合约二十万字；《狼》一书中所收的虽非他重要作品的全部，但就作品的创作时间而言，从《海燕》(一九五二年作品)到《蛇屋》(一九六二年作品)，他已经给予我们一条完整的、长达十一年的时间纵线，让我们看到他的文学生命生长的痕迹。

　　一个有着坚强信守的文学创作者，时间就是他的道路，俾容他不断地自我寻求、自我引升，向前耕耘他的理想；寂寞更如适宜播种的春风，容他把对民族对人类的爱心随风播入文学的沃土。

从朱西甯的作品，我不难发现他精神深处站立着一个神秘、谐和、无限展延、不息流动的玄色宇宙；他以那样的宇宙和他生命中历史和现实的双重感受相对照、相比重，建立了他的观念；他满怀爱心，欲图牵引人间世界，朝他精神深处的宇宙奔向；这样形成他原始的创作动力，这种动力是巨大的、恒久的，两者之间的差距，足以贯穿他生命的全程。

在作品锲入的角度上，朱西甯似乎先要在东方——民族生存和延续的大环境中寻求其思想的站立，作为他作品的支柱；他放弃使时间为这一民族糅饰成的各种不同的历史表态，仅将其安放在作品的次要地位；他认为若就波流不息的时间观点上看现代，现代瞬即化为历史；无数朝代的所谓"现代"，都已化为历史的阶梯；故他紧紧掌握住人类内在的灵明和愚昧，抒写他内心的大爱，作为他作品主要重心。打《大火炬的爱》到《狼》，我们追寻他作品进行的痕迹，发现他的作品，几乎全置于民族生存、繁衍、延续的大环境之下，以他最熟悉的事物作为背景，向四面八方展射。

我们不能以朱西甯"采取较古老的题材"为病，否则我们就将自投进浅薄的时间的绳圈。就人类的内在而言，历史就是无数现代垒成的梯子，无论在哪一层，人们都将能发现自己。从《大火炬的爱》到今天，从较薄的写实境界跃展至深厚的写意境界，他对作品内容的追求远胜过对形式的追求；在思想的开拓方面，他更为我们留下太多心血凝成的斧迹刀痕。

与作品表达同时，朱西甯在在不忘给人以环境中群性的束缚感，以及这一民族悠久历史传统的重量。他很少以思想和观念直接撞动读者，他注重艺术的纯度，极力避免使思想流寄于理论，而求其寄于客观的存在。他惯以阴黯的色调涂染空间，而以粗犷浓烈的油彩标现人物。这使他作品画幅中的人物，有从阴黯中腾跃而出的感觉。实质上，他所注重的背景不只是人物的寄身点，他复将久远的时间纳入作品内的空间，使其像烘蜡般扩散，浮腾出幽古的历史气味，与人物相融相契，构成古老东方的实景。

　　他笔下的人物，代表着民族传统的两面：一面是跃动向前的，一面是停滞僵化的。这两者观念的冲突，成为民族悲剧之主要导线。因此，他每篇作品都有着悲剧的延伸性，伸向痛苦，伸向颤动，伸向血泪交织的历史汪洋——无数久已麻木的心灵很难触及的汪洋。然后，他展爱心如天使的翼，在汪洋上回翔，使人们听见他灵魂深处的呼喊——看哪，东方！我们本身——这一民族所有人们历代浮沤其间，即使他浮满阴黯、霉湿的悲剧气息，我们亦将勇毅地面朝着它，鼓起一种全新的穿透悲剧的醒觉。朱西甯作品的最大特色就在这里，他不认为悲剧是一种个体的终结，而是群体醒觉向前寻求希望的起始力量。本此，他无时不在冀求引升人类，穿过痛苦进入慰安，同时他告诉人们一点一滴寻求"更新"与"建造"的艰难。

因为朱西甯着意寻求实体存在，将思想通过生活现象而涌托，故他作品画幅中的美感大都显示在真实上。生活内容丰实了作品的肌理，使其每篇创作都发出坚实丰盈的光彩。崇高的创作理想使他保持着严肃的态度，他从对文学不变的信仰中取得爱心和祈盼，而高度理性解化了他的热狂，形成他冷静深思的一面。十多年来，他无时无刻不在虚心寻求，过度深思已染白了他盛年的黑发。他像新鲜的吸墨纸一样，不断汲取生活感受以饱满其内在；他将生活中一切声色吸入内心，经多次运转而融和，成为他艺术生命的一部分；他内心的运转体精密如表件，分成无数网格，自会将汲取得的生活内容放在便于取用的位置上，科学、哲学、历史、人文各成体系，井然排列成智慧的光环。因此，他作品中所表现的生活面是沛然惊人的，在和他同时代的作者中，还很少有人能与其相提并论。

　　顺随其理想的导引，朱西甯那样虔诚地以他坚实犀利的笔锋，一笔一笔掘入民族的心脏，锲刻出许许多多民族的隐痛和遗忘。他不但表现了传统的原貌、生存的情境，更加强表现了传统中不合理部分加诸每一民族成员的内心重压，他认为传统下真正民族悲剧的形成，不光由于外在暴力，主要导源于人们内心不自觉的保守和愚昧，故他虽极崇爱着民族的传统，但更求崭新的建造。他以灵明的自觉，咬破传统阴黯的一面，有如出茧的蛾虫，向阳光展示它鲜明的彩翼。这种灵明的自觉从其作品上涌现，召唤人们以初醒之姿，回望身后那些赤裸裸的、祖裸在历史背脊上痛楚的鞭痕，紧接着投入人们以猛烈的锤击。由于相比强烈，朱西甯作品力量的蕴蓄巨大惊人，每一锤带给人一个颤震，使读者穿过事实，在心中遁发出他思想迸射的回音——金属的、高亢的，连锁撞击所产生的流响，与他作品低沉的表现相遥映。

他就那样认真地完成了一幅一幅的锲刻，从北方大地到南方大地，祖国凸出的画图上呈现出多样性的人物的影子，时与空，光与影，明与暗，人与物，纷然交呈，互相投射，每一线条，每一笔触，他都着意勾勒，使那些画幅坚实雄浑。

即使如此，朱西甯从客观反照中所产生的对内在自我的不满意愈见强烈，使他对作品张力的要求、文字的冶炼、魔性的表达阻隔网突破的努力，不敢少懈。他思想的进入、引申和归纳过程甚为缓慢，从素材取择到表达完成，费尽他的苦思，他的作品不见才华，只见功力，他不断琢磨那些产品，使其艺术性增高，但他从不加成品以花纹的锦饰，任它们在合乎艺术的尺度中仍然保持着原始的风貌。

从以上的概念出发，我们深知无法对一个正在开拓中的作者加以界定，仅能依据在时间纵线上的作品的发展，作一种试探性的发掘，我们不妨试就其思想、表达、文字诸方面的建造过程，分为早期、过渡期、近期，作一阶段性综合品评。

早期的朱西甯在作品的思想与表达间是有着较大差距

的，这种不均衡的现象主要植因于他内向的性格，过分深思扩大了他思想境域，与创作技巧形成不合比例的参差，使他在无可奈何中寄望于逐段锲刻，《海燕》如此，《三人行》亦复如此。他渴求将内心激情、飞跃腾旋的意象、内在涌流的旋律、外在纷呈的物象，以及足够的艺术空间，在极经济的篇幅中作一种全面的齐现性的涌托。欲求愈深切，锲刻愈艰难。他早期的笔锋沉滞而缓慢，无法取得在作品中显示多变性节奏与跃动旋律的能力，他习惯锲刻的笔，却先为他刻出一道窄门，仅容得涓涓细流。在窄门之外，我们可以从他对每一章节费力的锲刻上，看出他痛苦的挣扎，在窄门之内，我们更可以看出他涌溢不出逐渐增高的思想水位——一种巨大的蕴蓄，正等待洪洪奔泻。

《海燕》和《三人行》，正足以标明这种蕴蓄的状况。《海燕》在当时，曾为部分论者所推许，与《大火炬的爱》诸篇相衔。《海燕》代表着朱西甯向新里程的迈步，它锲刻了一个大时代的女青年，如何在时代风暴中飞越祖国山川，投向自由的生命成长过程，也歌赞了青年群从狂激到冷静，从柔弱到坚强的站立，揭露了暴力、阴谋的丑恶面貌，"海燕"这名字就是一种象征，象征着反抗暴力侵凌的意志在民族流离的风雨中飞翔。

朱西甯在《海燕》中，用男主角纶的狭隘、柔弱、糊涂，与海燕（李景）的沉默、博爱、坚强作为对比，经黄指导员（纶的舅父）以第一人称导引，揭示海燕生命成长过程，阐明爱的真谛。故事自第一空间——医院，跳入第二空间——粤汉铁路列车中，经第一人称自我回溯转入第三空间——武汉，再由海燕日记，作成回溯中的另一回溯——（大空间的展露）使人被引回苦难的北方原野、阴冷古刹、小城、囚屋、战争和无尽的流离……（海燕生命飞翔的背景和其迎风破雨之姿）然后落回第二空间，落回第一空间，完成他的锲刻。

写《海燕》时，朱西甯的创作野心是勃勃然的，他过度追求浓缩以加强作品的张力，冀求把宏伟多面的空间、纷繁复杂的事态、心灵感受、情感挥发、理念申引，以交织叠印的手法，在两万多字篇幅中齐现，或因蕴蓄过久，使朱西甯迫不及待地试作表达冲破——这是朱西甯首次动用全力向那道表达窄门所发动的"义和团式"的冲锋。

当然，甚至在今日回观中，《海燕》仍具有它成功的一面：诸如效果强烈、确具深度，情感与理念比重均衡，全篇浮跃着诗情等；相反地朱西甯也收获了更多意想中的失败。首先，他缺乏客观的对其本身思想技巧间差距情况的正确估量，尤其是文字的呆滞，如沉重的铁镣，钉住他内心飞跃意象的双足，他饮毕符水一挥砍刀就滚杀过去，中途才感觉脚镣太重，不得不提着它冲锋，那种沉重的铁环的撞击，几乎掩盖了他的呼喊；过度硬行压缩，使人产生意象堆积，情节失诸架造之感。严格说来，《海燕》仅能算有情感、有内容、有思想的沉厚作品，却非一篇洗练的、具有高度艺术性的佳构。

与《海燕》同时期的产品《三人行》，较《海燕》更为沉滞，朱西甯似乎急图托现他纯理性的观点，一味采取刀锋强烈的硬刻，而忽略了小说的趣味——即使是极少量的轻快的调和，单调的人物心理和冗长的对话，使观念重过小说本身。另一篇早期产品《未亡人》较为明快，尤其是文字方面，似乎经过彻底整容，已经不是他早期作品的面貌了。

一九五二年之前，朱西甯犹似一尾网上的海鱼，表达阻障压迫着他的呼吸，这种阻碍的构成，最大因素就是文字的不能畅转，虽然他早就注意汲取广泛的北方口语，作为他文字基架，但因未能摆脱塾馆教育和中国古老说部的影响，他仍然使用着一些酸味很浓、缺乏创意的文白夹杂体，如："纶甥闻声早即翘首候着""良久未成一语""忽有人突破沉寂，言道……"（《海燕》）"他们目睹此情，更将何堪！""观众都甚是失望，怪他何以如此不堪一击，使我未得发挥尽致。""然而，语犹未了……"（《三人行》）这种初期摸索的自然缺陷使朱西甯沉默下来客观反照自己，建立了极严格的自我批评，使他的失败旋成身后的历史。但在我们的回观中，却不能不钦服朱西甯当时那种勇于试探、勇于创造的勇气，我们可以说，当时朱西甯若不以杨令公碰碑——硬撞的精神写成《海燕》，今天他就无法写成《狼》《蛇屋》那样令人击节的作品。文学的跑道有着无比长程，起步的朴拙与灵敏无关紧要，在不息的前进中，要紧的是耐力与恒心。

经过五年的修磨和冶炼，朱西甯于一九五七、五八两年间，推出了他过渡时期的产品《骡车上》《祖父农庄》《生活线下》《再见！火车的轮声》《偶》等多篇。这一时期，朱西甯锲刻的技巧日趋圆熟。他避免像早期那样硬刻，巧妙地扩张了他的锲刻面，但缩小了他的锲刻点；他尽量择取多样性的人物与事态，刻在小小的画幅上；他注意把握作品轻松和风趣的一面，而将沉重的主题、蕴蓄的思想隐藏于作品之后，同时注意文字运用的虚实，使深刻性、浮绘性交现在同一画幅之中。

这种稳沉的小心试探就是他大迈步的前奏，他正在耐心地开凿那道表达的窄门，以求逐步缩短思想与表达间之差距。解除笨重的文字锁链，与短篇结构的精密化，成为他这一时期最主要的要求。然而，朱西甯仍不断注目于他精神深处——那流动如风的玄宇时存于他的瞩望，形成他取材的不变的核心。在创作同时，那玄宇开始运转，给人以众多微妙的灵明触及。许多短篇，许多断面，许多问题的显影，全被核心贯连着，成为朱西甯思想的脉络，发挥了集中的效果，能对人类原始的真实心怀悲悯，将其矛盾表征及内在成因作双重点示，给人们以烛照反顾的机会。他不欲改革社会，只是怜恤人心，盼望人们发扬知性，从浑浊中自我苏醒。

在《骡车上》中，他将马绝后那样的人物，作成多面的立体雕塑，雕塑出一个不自觉的自私愚昧的典型，用极端固执囚禁自己并欲图兼囚别人，这典型正是今日世界上诸多人物的缩影，那些实体存在成为人类进步的严重阻碍。朱西甯承认那种阻碍的破除，不在于说服、教诲或对立性的铲除，而在于当那些自囚的观念反撞其本身时，自我痛楚会触其苏醒；后者的观照何等深远，它是温良的、人道的、近乎神性的，使我们得窥作者的胸襟！

从《祖父农庄》，我们接受了一种观念的撞动，一个用毕生血汗换取应得财富的老人，如何以高度理念克服了内心感情的魔貌，最先响应三七五减租号召并响应耕者有其田政策的故事。在这个故事中，朱西甯那样明白揭示"伊甸园——最早的祖产，不是用血汗买来的，是创世主赐给人类的。可是承受这肥美土地的伉俪俩却以一颗善恶果子的低价卖给了撒旦。从此，土地含有了买卖的意义，且是属于可咒的魔鬼的买卖……"本着这样崇高的醒觉，老人克服感情之魔，将"没夹着别人的一滴血、别人的一滴汗"的产业，用主的恩惠分给佃农。朱西甯一面让土地的拥有者明白"土地本来就不应该属于个人，就像太阳和空气一样"，一面让受田者在感怀政府新政同时，要兢兢体念正常的财富舍弃之艰难，这两者所获之安慰，都应同领主恩。

自《生活线下》，我们可以看到强烈的对比，朱西甯用一群社会的吸血虫庄五等做成活动背景中重叠背景，把焦点对准了三轮车夫丁长发，就薄弱平凡的人的立场，对正直独立的生活发出了歌赞。

《再见，火车的轮声！》是朱西甯过渡期作品中最沉重有力的一篇，他借一个满怀创造热狂的老博士在默默致力于一项造福人类的发明——"无声铁轨"的过程中，遭受到保守的群性所加诸的压力、怀疑和阻挡。在创作途中，作者的感情溢漫理念，流滴于纸面，发出灵魂的悲熏。"难道还不醒悟？一个造福人类的大发明比铸造偶像更……我说'更'……那个'更'以后的意思，我说不上来，人都懂就是了！"……朱西甯何尝不知道，愚懵无知的人类，在一千九百多年前曾抗拒过基督的大爱，难道不能抗拒一些"造福"？……但他的穿透性的思想必须因爱心召唤而停留——他不得不停留，让人们沉思"有一天……海水干了，还叫作海？"——人们距离他醒觉的灵魂还很遥远。

而《偶》，可算是朱西甯作品中逸出的音符，它描绘一个老裁缝在长久孤寂中偶兴的欲念，文字奇妙，充满谐趣，章法结构，带有浓浓的现代风味，使人惊于他文字改进之速，和向多方面试探的成功。

这一时期是朱西甯的旺产期，除了收入本集的各篇，还有《贼》《黑狼》《英雄，吊在桦树上》《列宁街头》《捶帖》《刽子手》等多篇，大体说来，这一时期的朱西甯，扩大了他选取题材的范围，使思想的触角进入各种不同的客观世界，而对每一篇作品，则力求收敛，讲求精度与纯度，和自然的呈显，比之早期力求铺放和费力架造，显然更进了一步。

文字的改进仍然是朱西甯最大的收获，这一时期，朱西甯的文字虽仍保持着朴拙的外表，但在运用上，他已用心血为代价，学得了"孙悟空式"的变化，我们试看：

只有初春的季候风穿过电线才会发出那种音律，（比兴的）很像高家集上那个瞎子吹的十六管笙。（联想的）

一切都显得很无味，我望着那一耸一耸吃力的骡子脑袋，就觉得它是有意地苦恼人，让老舅看看，因有马绝后在车上，把它累成这个样子。（由联想托出的高度暗示）（《骡车上》）

那女人好细的腰，（写实）他老婆就不怀孩子，再饿上三天五天，也不能比。（虚写，使实与虚对映）

他想了些年轻时的荒唐事，片片断断的。有个额角上留一绺滴水鬓，叫什么翠，艳绿艳绿的小棉袄紧箍在身上，太阳穴上贴着俏皮膏药。（写的是有实感的虚景）同今天这个女人一样，一瞧就知道，准是吃那行饭的。（虚与实相契合）

女的扭过身去拿茶，（外在动态）就怕人忘掉她有那么个肉颤颤的屁股。（感觉伸展）（《生活线下》）

在一切不规整的自然景物当中，嵌上这样子一条条直的铁道，像是钉在大地上的一个铁钯，将地球上某一条裂缝箍住。（高度外的象征，主题的点示）这是一种不甚和谐的构图，生硬的拼凑，仿佛默示人类的智慧将是绝望的，或者是辉煌

的。(内在观念的阐发，不肯定的肯定，在绝望与辉煌之间，全凭人类客观取择)(《再见，火车的轮声！》)

在朱西甯的文字当中，这类例子是举不胜举的，不论重叠、融合、暗示、比兴、交感、象征，哪一种运用方式，他能不断地尝试，使意象物象到达鲜明腾跃的地步，他要将文字冶炼成采矿机，俾便采撷他蕴蓄无尽的思想的矿苗。

选取题材作小正面的深度锲入，是朱西甯这一时期作品的另一特征，这使他的作品保持了精密的结构，试举其《骡车上》为例：

《骡车上》不是篇单纯的故事：它述说一个"拔一毛利天下而不为"的肉头财主马绝后，表面憨厚老实，实则上自私固执到极点。沦陷时期，他有个佃户车玉标，出远门当兵打鬼子去了，只留老婆孩子在家，遇上年成荒乱，日子难过，车玉标家里逼得出卖祖产：五亩地。马绝后算盘朝苍蝇头上打，心想，车家卖了自己的田，大粪就会全下到他姓马的地上了，收得好，多进项，多一粒也是好的。就这么个小心眼儿，缩头不管事了。偏偏车家卖地找错了主，找上恶吃骗喝的汉奸苏歪头，眼看就要上当。邻居们看不过，尤独是乐于助人的"老舅"，央请马绝后说句话，也不要姓马的出钱出力，说句话就行。马绝后偏要当缩脖子乌龟，任对方怎么说，不但不管，反劝老舅少管闲事。等马绝后不小心，烟袋窝里烟核儿落进捎褡裢，燃着了仿纸，一把火烧到自己身上，老舅才"用其人之道"，逼得马绝后顽石点头，以喜剧收场。

像这样的题材，若换俗手处理，顾虑就多了。但朱西甯只推出三个人物和一段短短的车程，故事从骡车上开始，在车程中进行并且结束，节奏那样轻快，文字那样洗练，作者只用第一人称（我）去观察老舅和马绝后两个人物，以针锋相对的对话推动情节，将人物的性格、观念、情态，甚至语韵全蕴藏在对话之中；作者虽以老舅与马绝后作为对比，然却巧妙地把重心移放在后者身上，使马绝后这个人物成为作品的焦点。

骡车在春野上进行，马绝后出现了，老舅跟孩子说："你瞧，马绝后那个老甩子！"老舅用下巴往前撅撅："蹲在那儿扒甚么东西！"……一个"绝后"的诨名，已点出其人是"挖人肥己"的，一个"甩子"，更标明其人"缩头怕事"了。马绝后有万贯家财，舍不得买肥皂，下集回来，路经碱土地，蹲下来扒了一衣兜，回去滤水洗衣裳，这人吝到什么程度，不问可知了。但老舅偏半真半假掀他尾巴根儿："你这是搬人家的地来啦？两年没买田，就急成这样儿？"——后两句硬把马绝后那种"只朝里扒、不朝外施"的心眼儿点活了。

朱西甯把两个人物放在骡车上，用各种事态锲刻马绝后：明明买了便宜货，还要还对半价钱，还了价买了货，还感叹"人——愈来愈不老实了"。马绝后收的一个养子进塾，写字用点儿仿纸，他说是"债！"老舅呢，半分不让，连讽带顶，显示嘴直心快——"你这个人——掉了一个，要粘两个上来才行。"马绝后若叫顶得没话回就不叫马绝后了，听他理多直，气多壮——"还提那个？东洋鬼子再在这儿盘两年，我马家该卖地了，钱粮这么重。"

从这里可以看出朱西甯笔之妙和他深厚的功力。文章从头起没提过东洋鬼子只字，只轻描一笔，就把陷区背景给点了出来，更妙的是一个"再"字，表示那儿早已沦陷了。陷区百姓过的是怎样困苦的日子，而马家再有两年才会"卖地"，马绝后就有这张厚脸皮，大惊小怪提这个，直把"人不自私，天诛地灭"堂而皇之写在脸上，这一笔点狠了！

点狠了还不算，朱西甯觉得马绝后光"自私"还不够，还会玩小心眼儿。瞧罢——"两人从肩上取下烟袋装烟。马绝后声明先要尝尝老舅的'二品'（烟丝名），问那是在哪家烟店买的。"

虽说烟酒不分家，你没抽他的，他没吸你的，全无所谓。这可是两人同时取烟袋，袋囊全装的有烟丝儿呀！马绝后家里有骡车不坐，赶路回来，搭上便车没讲个"谢"字也罢了，连一袋烟也"存心"揩人家的油，明揩油也不要紧，装模作样要说"先"尝尝，这不是吊死鬼抹粉？明知对方不会来个"后"尝尝，还扯一句淡，"问那是在哪家烟店买的"，作为他"先"尝尝的理由，马绝后就是这么块料儿。以上那段短短的文字，就算他金圣叹再世，也不得不连批三个"妙"字！

但朱西甯意犹未足，攫住机会另发奇兵，大出马绝后的洋相："马绝后又开始装老舅的二品。"只一句，把"先"尝尝这只葫芦砸得稀花烂。这还不算，骡车走了一大截儿路，"马绝后的第二袋烟还没抽完，可见他这个贪得无厌的，把老舅的二品按得多结实"。

让读者对马绝后这个人有了认识之后，朱西甯笔尖一转，立刻上了正题："我问你，车家要卖地，你可听说了吧？"这一转，明快无比，笔势如风，偏偏敲在闷葫芦上去了。马绝后一面"埋着头装烟"，问"你说哪个车家？"这一问问得妙极了，马绝后怕树叶儿落下来打破头，明知对方提的是谁，却故意装聋作哑，心想你只要不提"车玉标"三个字，你就牵不上我姓马的。老舅要是马上就提"车玉标"，也就没味了，回了一句更妙："还有第二个车家？"看你马绝后怎么说法儿！

嘿，到这一步，马绝后还要虚晃一枪气气人："车玉标家里，你是说？"这"你是说？"三个字，充分表明马绝后那种温吞劲儿，使人恨不得抽他一鞭。老舅到底耍不赢他，爆炸开了。唯其老舅耍不赢他，才显得马绝后这块顽石是如何难以点化。老舅打的是硬打硬上的少林拳，马绝后应以软推软挡的太极拳，将早先官场上那套推、拖、拉、扯、拽、赖的功夫全给派上了用场。老舅骂他装孙子，他说旁人的事他不能拦着。老舅还了价，要他劝劝车玉标家的，他说起妇道人家讲不清，不像话。老舅说话火重些，他说"你那张嘴，少损点德行呗！"老舅话头儿松一松，他就反贴一块膏药，"顺水推舟"，把事朝老舅一人头上推。最后，老舅大拍胸脯包车家度得春荒，只求马绝后出面说句话；马绝后也使出杀手锏，干脆回说："我不管这闲事。"——在马绝后心里，天下人死绝了也是"闲事"。逼到这种程度朱西甯才将"照'妖'镜"借给老舅，借他的口，点破马绝后心里那颗算盘珠儿。

"我知道你那个鬼心眼！"老舅也生气了，抽了一下骒子，仿佛是抽马绝后的。"你当然乐意车家卖地。车家把地卖掉，就专心一意种你马家的地了。你就不必担心他们不把大粪全都下到你家地里去了。"

这一脚踢在马绝后心窝上，该没的说了罢？咳！马绝后要是没的说还配叫马绝后？！听他把"二加五"变成"三加四"罢！"听你乱讲！"马绝后急忙辩道，"我只说，年头不是个年头，多一事，不如少一事。"他自己抱定"见死不救"也还罢了，还要搬古训训人，想拖老舅下水。"我劝你——这事你也少管的好，各扫自家门前雪，休管他人瓦上霜。咱们不是常听古人这么说吗？"问题的症结就在这里，尽管老舅讽他，马绝后还是一本正经地抱定他那门子道理死啃："别逗乐，那是真的。我是忠厚人，只能说忠厚话。"——好一个将个人利害放在人间是非之前，只说忠厚话，不做忠厚事的"忠厚人"。对于这类人，朱西甯提示了另一课题，这课题出现在《骡车上》结尾，使作品增加了无比的力量。那就是——设若有一天，一把火烧到你自己头上，旁人管是不管？如果人人全奉行你马绝后那种"明哲保身"的道理，最先就会烧死你马绝后自己。

以人物导引情节，由情节刻画人物，使《骡车上》有喜剧的形式和悲剧的效果，实质上，它既非喜剧亦非悲剧，只是一种客观事实的裸现。我之所以特别提出《骡车上》，乃因它是朱西甯在过渡期中的第一篇产品，在结构方面已显示了高度的精密性。

严格说来，这一时期的朱西甯，在作品表达上仍有着较为薄弱的一面值得探讨。如《祖父农庄》朱西甯仍然先握住一种观念，由于过分紧握那种观念，笔尖即随之沉滞起来，破坏了"观念"与"小说本身"之间的谐和，作者固然费力，读者更感重压，一度消匿的文字锁链声复又响起，对朱西甯形成一种警告，警告他切勿偏重于观念的掌握。——新放的"文明脚"不宜朝尖头鞋里再挤。《再见，火车的轮声！》虽是一篇力作，但如这类比较特殊的题材，为使读者易于领受，如能在开始安排一个群众围观博士的场面，把博士对"无声铁轨"的概念先发表一点，效果可能加强一些，不致使读者难以理解了。"逐步导引"方式用之于特殊题材，有时在作者感觉中的"适度含蓄"，会成为读者感觉中"过分含蓄"，作者宜引为参考。

一九五九、六〇年，朱西甯的作品收入本集的，有《大布袋戏》和《小翠与大黑牛》两篇，无论就思想、文字、形式哪方面来看，这两篇作品都代表着一种高度的成熟，这该是朱西甯小心试探进程中的高峰。

《大布袋戏》是朱西甯作品中一朵悦目的奇花，一篇噙着泪的悲惨的喜剧，他用轻灵微妙的笔触，自一个旧木偶——老蔡阳（魏将，为关羽所斩）的眼中，刻画出演布袋戏的老艺人王财火，以及一幅人人都能觉察到的世态图。

在一场全县布袋戏比赛之前，王财火鉴于以往参加比赛碰鼻的经验：评判老爷们既不懂戏，又不看戏，使他对自己所从事的艺术失去信心，但在生活逼迫下，冠军旗子又不得不争，既相争，就得随波逐流，花掉好几百块钱，买了两百条肥皂拉人捧场，欲图以掌声攻势使评判老爷们多打几分。旗子在王财火眼里，不是艺术的安慰，不是荣誉和其他什么，只是世俗的一部分，好像今日社会上"资格就是饭碗"一个意义。你听王财火怎么说：

"那面旗子不值几个钱，可是有那面旗子，逢上大拜拜，到处争着请，一下捞上来，也不止这七八百。"这是何等悲愤的呼声！中国社会的大病根就在这里，根深蒂固的老观念，使多少人为着饭碗，打扁了头争资格、混资历，而对本身能力失去信心，这样不息的循环，即使有才有识，也被社会硬生生地扼杀，余下的都是扒窗户、投门子、拉关系、走邪路的人——一群为生活而低头的"王财火"。

但王财火拍马拍到马腿上去了，才有这么深懂社会心理的投机者阿年出来敲他竹杠。阿年告诉王财火，钉钉要钉在板上，花钱要花在眼上，非买通评分老爷是甭想拿冠军的。结果敲走王财火一笔，半路将钱塞在木偶脑袋里，不和他黑社会的同伙对分，独吃掉了。这样单纯的故事，包含了"艺术"和"生活"的冲突、"才能"和"社会保守观念"的冲突、"艺术"和"才能"价值存在的询问，种种人间痛苦的纠结，这些，都自一个木偶的眼中滚现着，交杂着，纷缠着，呈现出零乱、扭曲、痛苦、疲倦的形态，饱和了这篇短短六千字作品的张力，使它产生无尽的撞动，这才真正是艺术的效果。

《小翠与大黑牛》是描绘一双在婚前已各有所恋的小两口，在北方古老的"父母之命，媒妁之言"的压力下结合，所感受到的"理想被囚于现实"的痛楚。小翠和大黑牛，不但在文字上处处作成象征和暗示，而这一故事的本身，就是一种高度的象征，象征人类光辉四射的理想被囚于现实的污尘。朱西甯会记取他的失败，像《三人行》，像《祖父农庄》中所遭遇的情况——"观念"与"小说本身"的不相调和。在《小翠与大黑牛》中，朱西甯终于"撮合"了它们，使成一段"美满姻缘"。

首先，他能细心选取具有象征他思想容貌的题材，这一次，在创作中他撇开了观念，专门注重小说的容貌，他着意于小说的鲜活性，他时时注意不使笔尖沉滞，结果他成功了；从这里我们知道，作者只要在取材时，细心考虑题材与思想间契合的程度，然后尽可能开放思想和观念，专在处理题材方面下功夫，小说本身所呈现的鲜活容貌就将是思想的容貌，小说本身的成功也才是思想的成功。

完成这一连串小心的探试，朱西甯决定再行迈步，一九六一年起直到目前，他发表了《偷谷贼》《狼》《蛇屋》《白坟》《红灯笼》《福成白铁号》等重要作品，才使人们得窥他无比壮阔的思想的波澜。在《白坟》中，他写出英雄的陨落；在《偷谷贼》里，他悼念正直的衰亡；在《红灯笼》中，他指出由僵化观念所造成的另一死结，对于这样的死结，他只客观地指出其生长的成因，而保留了批评和论断。但我们必须先评论他在这一阶段开拓中最具代表性的作品——《狼》和《蛇屋》。

经过收敛求精到欲求自然的铺放，朱西甯默默地踩过了十年的时间，《狼》在思想上和表达上的成功是必然的，就像山溪流入海洋，汇入广大之中。从中国新文学发展史上看《狼》，它是一座东方式的、色彩明艳的高塔，矗立在五四的废基之上，作庞然的投影；对于朱西甯本身而言，这是他宗教精神、内在蕴蓄表露得最深的一篇作品。

《狼》的结构是精密的、复杂的，情节的进行是多线的、交感的，一般功力不足的作者，根本无法下笔，而朱西甯却以冶炼得精纯的笔，完成了技巧的征服。最先他推出一架天平——一个纯洁的孩子，作为他将"狼"与"人"之间、"人"与"狼"之间、"人"与"人"之间对比的重心，他要用这样的天平——一颗纯洁的童心，称出他作品中思想的重量。在天平的一端，朱西甯投进两块砝码——"狼"和"偷汉子的妇人"，明写前者以影射后者，更点示将后者以用证于前者，时虚时实，时实时虚，交相变化着进行。在这样对比中，我们先绾结朱西甯思想的一面；他首先指出自然环境和心性发展是密切相关的，在"人"性之中，朱西甯似乎认为可分为"知性"和"感性"。"感性"又分为"向善"和"向恶"两部分。"向善"和"向恶"虽然同时自然流露的，但"向善"是悖于欲求的，逆血肉之流而升的，故行之艰难，常需"知性"约束和扶持。"向恶"不然，它是顺乎欲求的，顺血肉之流而下的，故行之极易，光凭"知性"去抑制它是消极的、薄弱的；消化人类的恶性，不在于空泛的社会道德和人间律法，那些外在的结束，往往结束力愈强，内心的抗力愈大，根本的解决方法，是要觅取一把锁钥，正是我们民族所固有的"爱"和"宽恕"。

本着这样的感知，朱西甯以人类向恶的心性和狼性相比映，狼为了生存而偷羊果腹是自然的，不论人类如何敌视，它皆不会放弃生存而从事的猎取，人类会运用种种方法猎狼，狼自会用种种方法抵制，以达到它猎取的目的，人类的自然欲望正和狼性相通，篇中的人物二婶就是这样的。在中国北方的古老传统中，向把妇人偷汉子当成极端罪恶的事，道德的压力很重，社会的约束力亦大，人们总以为筑此藩篱，可以防止一般的逾越了，但这种治标的办法根本不能达到消除罪行的目的，人们防得愈紧，二婶偷汉子的方法愈多愈密，古人说"食色性也"，这正是人类的天性。

在天平的另一端，朱西甯投进一块较重的砝码——大毂辘。大毂辘这个人，正直、粗豪，却有着无比仁厚的心胸，他的存在是一种象征，是东方传统恕道的彰显。作者创造了他，虽未加正面揄扬，但从字里行间，可以听见他无言的颂歌。大毂辘善于猎狼，他受雇为二婶家看管羊群，懂得善尽他做人的责任，他是最尽责的看羊人，他懂得狼性，也懂得人性，最难得的是懂得狼性与人性间相同和相异之处，他不饶过任何食羊的狼，因他深知狼无人性的向善性，永远无法唤醒，但他能以"恕道"恕人，他知道"爱"和"宽恕"的力量足可唤醒人们远离一切罪恶。

大毂辘一投进作品，天平就开始承接两端的感受而起落了，朱西甯抒开他的笔锋，作成对比中的对比，使作品走向高峰。首先，他用二婶勾引大毂辘被拒作为起笔，把天平两端的重感交织起来，他接着写二婶恼羞成怒，当着二叔进谗言，褒贬大毂辘许多不是，逼他卷行李滚蛋（充分狼性的表露），大毂辘明知事实真相，但他表现了宽恕，没加任何辩驳，走了。二婶逼走大縠辘，换雇了大富儿来看羊，以一些夹现的暗笔点示她和大富儿的奸情，而狼的故事一直在明显地进行着，两者时时交映。陷于罪恶漩流中的二婶，在大环境的重压中失去对孩子——一个刚死去母亲的孤儿——照拂的爱心，经常加以凌虐，她的精神似乎全贯注在如何防止人们揭露其奸情上了。

从大縠辘离开欧家直到他发现大富儿跟欧二婶的奸情，故事都在暗中郁结着，作者有意使作品进行节奏缓慢下来，以凝聚力量，其中写尽了大縠辘与孩子间的信赖和爱心，更用第二次捕狼先行隐喻，一面隐喻着自然欲求与环境抗争的力量，人性里层的愚昧中的狡诈；一面隐喻着人们就像软弱的羊群，"原罪"就如凶猛的狼，当"原罪"来时，微弱的知性的光并不能抗拒什么，必须靠灵光导领。

大縠辘捉奸捉双，但他宽恕了奸夫淫妇，他同时也宽恕了世人，因世人在罪中软弱如羊群。对于一个犯罪的妇人，"宽恕"与"爱"的行为就是对她软弱的心灵施洗，使其恢复人性中的纯爱，我们可看到作者的祈求，他多么渴望人们以"宽恕"和"爱心"洗罪，不要一味地以保守固执的观念造成一道外在僵化的藩篱，再妄图以此藩篱消除自然的欲求。敏感的天平终于倾向大縠辘这一边了，孩子忘却了二婶往昔的苛责和凌虐，扑到二婶怀里，不再抗拒什么，低低地迸出一声："娘！"这受感动的纯洁的童心所表现的"宽恕"和"爱"更深、更远，直可通向人类终极的前途……直到作品的结尾，我们才看到作品中伟大的力量，作者那样写着：

不知道是甚么把我深深地、深深地埋藏了。一双温热的臂弯，把我融化在悲痛欲绝的欢快里面……——"爱"的彰显。

我还能听见大毂辘踏着霜屑的沉沉的脚步，和那只老公狼在霜地上沙沙地拖走，缓缓地远去，缓缓地远去了。——"罪"的隐遁。

透过《狼》这篇作品，我们看到了发乎灵明的真爱，在世界的沉落中，我们也看见了超升。《狼》的成功是多方面的，不仅是思想、表达和文字，它显露了作者满怀真爱的心胸，没有这样的心胸，就不能抱持着真诚的艺术信守，也就无法写出《狼》这样超越的作品，这是几乎可以断言的。

与《狼》同时期的产品《蛇屋》，在建造的气势上较《狼》更为雄浑，但结构的精度较《狼》略逊。在这篇坚实的作品中，朱西甯创造了一个民族的热爱者——萧旋，更通过萧旋，抒发了作者生命以及同时代青年群对于生命的回溯与展望。萧旋是那样生长的，从他白山黑水的家乡，从义勇军奋斗的行列，从被暴力所侵凌的大地……到参加了青年军，为抗战建国而流血洒汗，那一段生命的历程中，他看见建造，也看见破坏；看见上升，也看见沉落。他是保卫祖国的无尽行列中的一员，他旺盛的心脏与祖国同时起伏，他每条偾张的脉管全注满民族的热爱。来台后，萧旋受命进入山区，担任组训民众的工作，过往的回溯使他体验到生命与责任的庄严，朱西甯就以这样沉厚的生命流动的背景强化了萧旋的自觉，当萧旋入山，首次参加降旗时，作者这样写出萧旋内心的感受：

> 萧旋的背后，扬起那带着宗教虔敬意味的歌声，带引他飘向许许多多片断的幻觉……太多了，那些感人的际会。他是在那些际会里，在那些流亡和战斗的日子里，由着风沙和雨雪打熬成人。在他的前面，总是这一面旗帜，一年又一年，一如每一个贤孝的祖国儿女那样，跟随在这面旗帜的后面，紧紧地跟随着。
>
> 他那旺盛的心脏，便在这一片虔敬膜拜的歌声里，一阵阵收缩，抽动他每一丝精细的脉管。他思念海峡对岸祖国的土地和人民。在那边，日夜渴念的是这个歌声……这又是祖国的另一面的边陲，另一次的劫难。

是的，从冰天雪地的东北到椰林森森的台湾，萧旋这个怀着高度醒觉的青年内心只有责任，在山区，在那些饱受日人凌虐的同胞的眼中他捡拾起许多童年期的回忆，他要用热情和对民族的自信，洗净存在于山胞心中的屈辱。

但他首先遭逢到许多人为的错误，像刘警员那样观念的陈腐和愚懵，像山胞的怀疑和不肯信任，新观念与旧观念的差距复又那般遥远，这许许多多的困厄极易使人灰心丧志。萧旋不是神话人物，一样是平凡的血肉之躯，固然他有理想、有自信，但他仍有一般世人薄弱的一面，因此他陷入痛苦——痛苦着个人力量的薄弱，更关心这一民族的前途，朱西甯把萧旋的痛苦借用原始的鼓声敲发出来：

鼓声打透了双方心坎儿，透明透亮地见真情。回溯吧，回溯吧，回溯到先古同一个脉流里去了，总是流着一样高热的血液，就仿佛千条河、万条江，大海大洋总是家……

鼓点转到"老虎磕牙儿"，沉沉的，郁郁的，又顽皮的，他心里却高歌着乐圣黄自的遗作《渔阳鼙鼓动地来》……

为了民族命运和前途，萧旋的生命感受是极为敏锐的，他有理由发出对僵化观念不满的愤慨，这种不以本身权位、利益为出发的广义的愤慨正是通向醒觉的初阶。但与萧旋愤慨相对的刘警员所铸成的事实错误——逼奸了一个山地女子玉秀，虽然事后刘警员调离并获惩处，却使山胞们更远离了萧旋，使他陷入极艰难的处境。

在这样挫折中，萧旋极力地忍耐着寻求更高的醒觉，由于生命的真诚和爱，使他在迷乱、惶恐中寻得真正的信心，这信心是"罪与爱、知与欲之间的距离薄如纸，个人的错误可以宽恕，更深的建造必须靠一点内在灵光的烛照和导引，并非导引向很难完美的观念，而是导引向创造、服务和牺牲的完美行为"。本着这样的醒觉，萧旋挺然作无畏的站立，他以全生命投入山区，投入山区的人群，他的心不再停留于愤慨——中途的死结上，他以完美的行为表现了无私的神性的超越。

从创造新歌到开垦茶田，从建立浴室到夜课开班，从风中到雨中，朱西甯写出萧旋内心的充实：

> 钢铁就是这样炼出来的，高热和低冷，反复地磨难着。青年们每一个时刻里，总要忍受一场暴雨，和接着而来的一无遮拦的烈日的烘烤。

对于高山族——伟大中华民族中的一系，对于他们物质文明的低落、观念的保守、生活的肮脏，萧旋全能忍受，他以对整个民族的爱心洗净他们，并从绿蛇——那山胞古老神秘观念的象征中，尽力寻求他们的美点，即使他受蛇（观念）

所咬而断指，他仍然爱着他们。

情节发展至萧旋冒着暴风雨救人，获得山胞的信任和崇爱为止，他的醒觉又使他纠正了一项偏差的倾向。这倾向是在山胞心目中把他当成了英雄。"'你怎么会成了英雄！你知不知道有多少英雄是踩人的！'他踩着自己的影子默默斥责自己。"接着，朱西甯借萧旋的感觉作了这样点示：

这一代的英雄不是出将入相，也不是单枪匹马；
应该是一个群体。他明白这个，做起来就又身不由主。

所谓身不由主，正显示个体灵明的醒觉与群众尚有若干距离，这距离形成萧旋生命中另一面的痛苦，像山地姑娘卡拉洛吧，为了崇爱她心目中的英雄，愿意按高山古老风俗——送口嚼的槟榔，以身相许，就使萧旋困惑，他是个已结婚的人，他爱卡拉洛，他更爱每一同胞，那全是民族的大爱，并无儿女私情，他只从那些闪动着年轻光辉的眼瞳中，获得安慰，安慰于这一民族的醒觉和向前力量已自那些眼瞳中闪耀出一种形象。这种观念间的距离，使萧旋不得不又冒一次大险，在面临陡涧的吊桥上，救起因热情奉献而被拒、羞愤自杀的卡拉洛，在这里，朱西甯写出了舍弃比建造更为艰难。

由于萧旋的坚定，使山胞由对他所生的个人崇敬转到崇爱祖国，朱西甯这才真正完成了对萧旋的镂刻，他那样更深地抒发出萧旋的感觉：

> 那些漂浮在街道上的，披挂在人们身上的，陈设在货架上的，那些流星般沙沙鸣叫的时髦，烟一样云一样的浮华，那些炫耀富贵的大盗和小偷，都不是。（都不代表祖国的荣耀）祖国的荣耀光照着辽阔的疆土，悠远的文史，那些雄浑浩瀚的大山和大川，为创造这些，保卫这些，祖国广袤的原野上，无处不是她儿女的血和汗、撒种和战斗——默默流着的血和汗，默默奉献的钱粮和牺牲。没有说乡野的麦子是哪个豪杰种的，没有说沙场的敌尸是哪个英雄杀的，祖国就有世界上最好的农民和兵士，不打名号的豪杰和英雄，长远默默地背负着历史的轭架，长远默默地歌唱……

本着这样崇高的、穿透性的见解，萧旋隐没了他自己，将一切荣耀归于民族的群体，归给他所爱的祖国，从建造到舍弃，显出他是何等的胸襟，唯其萧旋舍弃了自己的功绩，他的建造才更显出民族的辉煌，从入山到出山，他在山胞心目中留下了太多的东西，他以热爱和山区原始民众的心衔在一起，互传信爱，他将他们从冷冷的、断续的、幽远而苍凉的"撒库拉"歌声的黯色梦境中引至祖国的阳光下，更使他们从讴歌萧旋到讴歌祖国……这才是真正的灵明，真正的自觉。在《蛇屋》结尾，作者更用象征来表露他的盼望，他写道：

> 从稀疏的桥板俯视下去，溪谷里翻滚的激流使人有些儿昏眩，桥身就仿佛逆着大河飞驰。一颗不自觉的泪水就这样落下，落进几十丈深的谷底，总会落进滚滚不息的激流里去的。

那不是大河，那是时间；那不是激流，那是民族流淌向未来的浩浩的历史。个人的努力、个人的建造，只如一颗虔诚的泪水，落进民族的激流，随着它流淌下去，这支巨流里面没有什么豪杰和英雄，有的只是全民族的热爱所化成的泪水，那样的汇合并且歌唱。

《蛇屋》这篇作品，使我们看见作者不轻易正面显露的高热的感情，它有着山一样雄浑的气魄，洁如霜雪的情操，诗一般强烈的摇撼和智慧的闪光。作者的理念筑基在爱上，他承认人类内心的薄弱——包括他自己，因此，他恒以谦虚和卑微的心与群体一同仰望。在实体生活中，朱西甯和萧旋一样，为着一个存在的意义而不断追求、不断实践。十多年来，他不但为中国文学负轭，更默守着本身工作岗位，献爱给民族，抛弃一切虚名，这种伟大人格给予人们的撞动，相同于他的作品。

绾结起十余年的时间，朱西甯正像世界上许多感人的文学工作者一样，走在他耕耘线上，默默耕耘他的理想，他前进的途程是崎岖的、艰难的，我们若以其思想深度与表达深度作对比，我们就不能不说他过于朴拙，那样的重轭使他背负不起，几乎是一寸一寸地爬行，他不敢轻率地表达一件徒具形式的作品，他永远写不出一般读者所爱的浪漫和消闲，从主观辐射到客观显影，从刻意压缩到自然抒放，从对比的形成到满溢的控制，他的心血所换取得的只是一种内在的升华与精神的慰安——人们终将承认他的开拓，朱西甯应该获得这些，因他已为中国文学作了毫无保留的奉献。

　　文学的发展本是多态的，我们承认当代评论家所抱持的观点——个别的平行的发展就是创造，互容、互竞中就有着自然谐和，我们应容忍一切新的破坏，但在破坏同时应该考虑建立，一切感知的跃起均以"人"为原体，我们不敢企求文艺为人类服务，至少，作为一个文学艺术家，应在心灵深处时时关心人类的前途。

　　中国文学正面临着迷乱，一部分求新的灵魂被囚进三角裤，一部分已朽的灵魂被夹进线装书，我们可以发掘古人，可以追求现代感受，但我们更需要在东方寻求自己，故此，在当代中国小说丛书出版之初，我们提出这样一个默默的名字——朱西甯，从他坚实的作品，我们似乎已真正触及，触及了中国文学的黎明。当然，他仍有着薄弱的一面，这些薄弱正在他自觉的鞭策与填补之中，诸如更进一步打破单线性文字的束缚，纯然境界的浮现，超文本意象的凌空显影，一些极端纯化的个体感受，生命原貌的裸托，已逝生活境界的召回……这些现代新锐文学艺术工作者所求取的零星建造，都值得朱西甯参考汲取的。同样地，朱西甯精神深处的玄色宇宙，也值得更多朋友们烛照他们各自本身。经过观察和分析，我们不能承认朱西甯只是"乡土文学"作者，他的思想不仅新锐，更完整而超越，他已穿透现代，穿透从前——除非人类自这古老地球上绝灭，它永远鼓腾在人类的心中。

对于这样的锲刻者，我们过度的祈求就是一种鞭责，让我们放弃一切颂扬，用这支沉重得过了分的鞭子抽打在他已现伛偻的骨棱棱的脊梁上吧，文学的十字架就应有那样沉重，自愿负轭者早应明白这些了，但他仍须在鞭责中向前爬行，爬向中国未来的文学高峰。走笔至此，不禁升起这样的呼叱：锲刻罢，朱西甯，你的刀锋有一天，整个民族和整个人类，都将在你夹着大爱的雕塑中成为高度的艺术品，在人类历史舞台上焕然呈现，它的光辉，会使未来世界的人们恒久地仰望……

一九六三·一〇·五·凤山

读朱西甯

李静

一

朱西甯先生的小说，表面像铜绿斑驳的古镜，内里却是透射人之五脏的 X 光机。朴旧、中国、严正而温柔，却又现代、普世、精准而酷烈。

《铁浆》和《旱魃》看起来似曾相识——一个个乡土上的故事，一个个黄土胎的人。但若从现代汉语书写脉络里寻找，却又找不出与朱西甯完全处于同一线索的作家。鲁迅的乡土小说对国民性格的刻画，与之有重合之处，但二者的精神归处却截然不同。沈从文的湘西故事里洋溢着爱之温热，似与他同调，但朱西甯的小说却无桃花源式的曦光。

至于最为朱西甯所崇仰的张爱玲小说，他在叙事笔触上或有借鉴，但整个的精神走向，亦是迥异。在台北初版于

1963 年的《铁浆》和初版于 1970 年的《旱魃》，亦尚未受到胡兰成中国文化本位观的影响。这两本小说，纯然是一个虔诚的中国基督徒作家站在信仰的绝地里，透视亘古长存的中国文化和民族性格，而画出的既写实又超越的中国人精神肖像，救赎的愿力隐驻其中。

这位小说家是一位成熟的父亲。这并非指他是著名的朱氏三姐妹的好爸爸——虽然这也并非完全不重要；而是说他的精神气质，他的文学力量，具有成熟炽热的父性。他是在负重中实现美。他创造的小说世界，是为了淬炼和引升人的灵魂。正如朱西甯的同道、作家司马中原所说："我们不敢企求文艺为人类服务，至少，作为一个文学艺术家，应在心灵深处时时关心人类的前途。"（司马中原：《试论朱西甯》）

在艺术至上论者看来，这种"关心人类前途"的文学观是过时而刻板的，它会让艺术沦为工具。为艺术而艺术的文学拒绝任何父性与母性，而成了"为自己"的独身者。这种传统或可追溯至福楼拜。从这位"风格即一切"的作家开始，文学渐渐从宗教、政治和道德的负累中解脱出来，而致力于书写人类的无所事事。由此，文学赢得了自由。但也自此，文学渐渐患上了精神贫血症和知觉麻木症，不再与人类生死与共。

这并非福楼拜的初衷，怎奈他的身后追随了太多不肖的信徒——无论西方的，还是中国的。批评家詹姆斯·伍德

(James Wood）一针见血地指出:福楼拜冰冷的风格是为了"避免多愁善感"，但他"严格的回避态度流传到今天，往往变成了一种愚钝，一种不假思索也没有表情的文学，为无力（而非不愿）去感受而沾沾自喜，把文字捣碎成小块的纯感官描写，其实不过是对生活的剽窃"。小说由此陷入了"琐碎空洞的危险命运之中"，"重要的事物却消失了"（《臧否福楼拜》，黄远帆译）。

朱西甯的小说，在俘获我们的同时，却让我们久违地想起了"重要的事物"。

二

最重要之处在于：他为中国小说贡献了一种全新的东西——关于"爱—牺牲—救赎"的肯定性叙事。在他之前，最激动人心地触及此一主题的文学家是鲁迅。鲁迅的叙事态度则是否定性的。

鲁迅笔下的爱与牺牲具有形而上的启蒙意味，是孤独的先驱—精英为了将暗昧的社会整体引入光明之地而献出生命。朱西甯笔下的爱与牺牲发生于相互平视的个体之间，是一个混在平凡人中的平凡义人，出于朴素的良心而舍己。

鲁迅的救赎，是欲将天国实现于地上，将正义秩序实现于权利层面。朱西甯的救赎不在现世争位置，而是让那被救却不领情的人在某个瞬间，突然看见牺牲者所处的"世界之外的一个点"（克尔凯郭尔语），这个"点"令他获得新的视野，良心悄然复苏，而成为与从前不同的人。

鲁迅的小说告诉读者：对真的人而言，爱与牺牲是必须且当行的，但由于国人的社会—文化—政治传统和民族性格的深重缺陷，其结果极可能是辜负与背叛——这种对救赎的绝望姿态，既是为了"引起疗救的注意"，也是怀疑和矛盾态度的真实反应。

朱西甯的小说则告诉读者：爱与牺牲乃是神恩，是良心的本然，因此不存在背叛与辜负，或者说，背叛与辜负不被牺牲者视为不幸。他的作品往往以被救者灵魂的变化与良心的不安，昭示救赎已然实现。

因此，鲁迅是以宗教之心，行怀疑之实，这种对人性真实的呈现，最切中小说的本质。朱西甯则是以宗教之心，行陶冶之实，以他的小说开辟另一条精神道路：爱、肯定和信心的道路。这道路并不以现世的改进为依归，而是致力于将一切人性关系变为良心的关系，变为灵魂的自由与新生。这种良心关系渗透了内部和外部的世界，世界亦由此得以重建与更新。这是属灵之爱的力量——"这爱是从清洁的心，和无亏的良心、无伪的信心，生出来的。"（《提摩太前书》）

作家秉持这爱与信心，站在"世界之外的一个点"，书写万千人世，描摹"属血气"和"属肉体"的人物在尘世之罪中竭尽全力地沉浮挣扎，得救或拒绝得救。这是以文学作见证。这不是写实的乡土文学——写实仅是笔法，那个写实风格的乡土世界，是作家灵明世界的显形，是比方，是寓言。

作家的根在天空，不在大地。

三

于是，他讲了这么个故事：

在老黄河边的一个万姓村庄，一对族人兄弟——大春和长春——因为四十亩地结了仇。不是他俩之间争这地，而是长春因为给一个弱势族人主持公道，使得本来要分给大春的地，归了那个弱势者。自此大春怀恨长春，各种斗气使性，报复的雪球越滚越大。一个夜晚，大春引来马匪劫掠长春的家院，以借刀杀人。怎料急公好义的长春家被盐帮兄弟牢牢把守，匪徒未能得手，一怒之下反把大春绑于旷野树下，凌割了他的脸之后扬长而去。大春惨痛呼号，长春循声救下，却在毫无防范时被大春以利刃刺透胸口。大春自此杳无消息。长春被弟弟永春救回家，不治而逝。临终前，他对弟弟谎称，是马贼杀了他。

十九年后，大春成了一个面目全非的疯老头，回到故乡的锁壳门下，受尽戏弄。族人都认不出他，叫他唱一段，他就唱："悔不该哎……图财害命……把那天良丧，现世作孽哎……哎……现世报……咚呛一个咚呛……不等阴地府走那么一遭哎……咚呛一个咚呛……"

永春为给大哥报仇四海追凶，却找不到仇人。当他疲惫地归来，被大春误认为是长春时，最动人的一幕发生了：

> 这疯子颤巍巍地扶着树干站起，仍不住地猛摇脑袋，斜瞄着永春胸口。那只被割去的耳朵，正对着永春。
>
> "你……你没有挨……杀死？长春？"
>
> 藏在乱须里的嘴巴咧了咧，眼底现出一丝儿笑纹……
>
> 一只手像腐朽的树根一样，伸上来，战战索索地摸弄着永春胸脯，脸也几乎要凑到上面。只听他呜呜咽咽地念着什么，仿佛又是一种快乐的呻吟。"长春……啊，这就好……长春呀……"这样地呜咽着……
>
> "嗡嗡……长春……老天爷搪住啦……嗡嗡……老天爷……"

那个曾以长春之死为人生目标的大春，在经历漫长的良心谴责之后，为长春的"复活"而欢喜呜咽——可惜是个错觉。此场景勾画出一个血气罪人所受的最重的折磨，所作的最深的忏悔，其力量与布尔加科夫《大师和玛格丽特》中彼拉多的梦相仿佛：彼拉多处死耶稣后，总梦见自己在月圆之夜，与耶稣一起走在月光路上，快乐地探讨哲学问题。可是每当他醒来，都发现自己凝固不动地坐在秃山上，带着洗不掉的罪，坐了两千年。

永春此时才懂得长春临终为何说是马贼杀了他——"那一脸温厚深远的天生的笑容"的长春，不想冤冤相报，他已原谅那个杀死了自己的血气兄弟大春。

若干年后，当大春只剩一口气时，已是族长的永春去探望那裹在芦草里的残躯：

"也曾是一条生龙活虎的汉子，一生里抓打啃咬，总想多给自己争得点儿什么。想要的不多，得到的很少，这样就是一生了。""抓打啃咬，总想多给自己争得点儿什么"，这是大春的精神肖像，也是亿万血气凡人的戾气写真，它穿越时间，于今尤甚。

超现实地，大春活下来了，百病缠身，折磨历尽，却被诅咒般地永远不死。族人供养着他，孩子们叫他"老疯子"，向他丢石子。老祖母教育孙儿们："好人不长寿，恶人活万年。"这句话不再是谴责苍天无眼，而是恶人受罪受不完的意思。老疯子进入孩子们的梦里，把他们吓醒。裙兜儿里装进石头子儿，孩子们重又睡去，"梦见疯老头被他们打死了"。

这是中篇小说《锁壳门》——一个中国版"亚伯与该隐"

的故事。长春如蒙上帝悦纳的亚伯，大春如因嫉妒而杀弟的该隐。作品讲述善恶冲突，更具体地说，讲述灵性人物（长春）的"爱之本性"与血气人物（大春）的"戾气品性"的冲突。这冲突不发生在社会—阶级层面，而是发生在一个大家族的内部，但却并非家庭伦理剧，而是古希腊式的天人悲剧——灵性人物的牺牲导致血气人物的天罚，令人震悚，予人净化。从人物结局的安排，可以看到作家对爱—牺牲—救赎的信心，对"道"的信心。

这是作家朱西甯区别于传统中国文学——无论古典传统还是五四传统——的独特之处。年代不明的时间，风沙弥漫的旱湖，凝固不动的锁壳门，无始无终的黄河故道，心如婴孩的仁者，永远死不了的罪人，田地，赌局，盐商，马匪，家境和脾性各异的族人……作家之笔在栩栩如真的写实和放诞不羁的超现实之间自由往还，直抵象征之域。这种自由的动力，源自作家心中广大无边的意义空间。小说的形色，乃是意义的外化。这是《锁壳门》的特点，也是小说集《铁浆》和长篇小说《旱魃》的整体特点。

四

朱西甯小说中可以直接看到"爱的做工"，这是它们抚慰力量的源泉。小说集《铁浆》中的《贼》并不是贼，而是代人受过的朴素义人；《刽子手》里的刽子手也无法铁石心肠，他感到被他斩杀的汉子"杀人杀到是处，惹人佩服"，于是在酒馆里和老伙伴为其大鸣不平（从人物和场景设置来看，完全是对鲁迅《药》的反写——鲁迅的主题是启蒙失败，刽子手—看客之残忍和牺牲者的徒劳）；《红灯笼》里的老舅为救落水小孩而危病复发，令懵懂的"我"真正懂得了惦念与焦虑的滋味……在朱西甯这里，蒙受牺牲的"爱者"与周围的人群不是隔绝和辜负的关系，而是发乎真心的微妙回应组成"爱之链条"，嵌入人世。其间心理—精神能量的转换与补偿，对读者影响至深。

爱的另一端，是冷静审视"最糟糕的事物"的那种能力。张爱玲称赞"《铁浆》这样富于乡土气氛，与大家不大知道的我们的民族性，例如像战国时代的血性，在我看来是我与多数国人失去了的错过的一切"。这"血性"，在朱西甯的小说里是戾气，是执着于物质—肉体欲望的疯狂意志，是灵明之敌人。这是鲁迅所批判的"奴性"之外，另一具国民性格幽灵，它在当今的城乡愈发游荡——敛财无度的贪官，高铁上的霸座狂，向幼儿园的孩子们伸出屠刀的"失意者"，碰了下肩膀即破口大骂的路人……人人心中憋着无名火。

这强直的火气、血气、戾气，在《铁浆》和《旱魃》里触目皆是，形神毕现，深具象征意味。它毒化孩子的世界，小小年纪即从生活细节开始"瞒和骗"，养成长幼尊卑，歧视欺压"低等人";"低等人"自己，也安于被欺压和瞒骗，坚定不移地景仰着榨取和瞒骗自己的阔老爷（《捶帖》）。

这肉体—物质之欲是如此非理性地强烈，已经到了活的得不到、死了也要奸尸的骇人地步（《出殃》）。为了福荫子孙，甚至不惜打赌喝下铁浆，以至命丧黄泉，尸如焦木（《铁浆》）。平素从未照拂过基督徒邻居的乡民们，天旱无水，却到唯一有水的这家水井边吵嚷抢水；又执于迷信，竟掘坟验尸以寻旱魃（长篇小说《旱魃》）……

如此富有也擅写救赎之爱的作家，为何亦能将戾气疯狂写得如此之广、之深？因为作家站在了"世界之外的一个点"。用另一位美国作家弗兰纳里·奥康纳的话说："去观察最糟糕的事物只不过是对上帝的一种信任。"唯有深刻体验了至善无伪之爱，方能刻写形形色色的罪与恶。

这是自由写作的法门。感谢朱西甯先生的小说，引领我走到这里。

朱西甯文学年表

一九二六年

六月十六日，出生于江苏宿迁，祖籍山东省临朐县。本名朱青海。排行么子。

一九三七年

七月，抗日战争爆发，遂离开家乡，流亡于苏北、皖东、南京、上海等地。

一九四六年

南京第五中学毕业。

一九四七年

发表第一篇短篇小说《洋化》于南京《中央日报》副刊，连载二日。

一九四八年

就读杭州艺术专科学校。

一九四九年

弃学从军，加入国民政府军队。

随军赴台，居于高雄县凤山黄埔新村。官阶陆军上尉。

一九五二年

六月，短篇小说集《大火炬的爱》由台北重光艺文出版社出版。

一九五三年

与刘慕沙初次见面，并持续通信。

一九五六年

三月十七日，与刘慕沙在高雄公证结婚。

八月二十四日，长女朱天文出生。

一九五七年

六月，发表短篇小说《刽子手》于《自由中国》第 16 卷第 11 期。

十二月，发表短篇小说《新坟》于《自由中国》第 17 卷第 12 期。

一九五八年

三月十二日，次女朱天心出生。

六月，发表短篇小说《捶帖》于《自由中国》第 18 卷第 11 期。

一九六〇年

五月七日，三女朱天衣出生。

配得桃园侨爱新村眷舍，合家迁入。

一九六一年

七月，发表短篇小说《锁壳门》于《诗·散文·木刻》创刊号。

七月，发表短篇小说《铁浆》于《现代文学》第 9 期。

八月，短篇小说《狼》连载于台湾《中央日报》副刊。

由侨爱新村迁居板桥浮洲里妇联一村眷舍。

一九六三年

二月，短篇小说集《狼》由高雄大业书店出版。

十一月，短篇小说集《铁浆》由台北文星书店出版。

一九六五年

七月，迁居内湖一村新眷舍。

开始动笔写长篇小说《八二三注》。

十月，收到张爱玲自美国第一封来信。

一九六六年

十一月，长篇小说《猫》由台北皇冠出版社出版。

一九六七年

二月，短篇小说集《破晓时分》由台北皇冠出版社出版。

一九六八年

十月，短篇小说集《第一号隧道》出版。

主编《新文艺》月刊。

一九六九年

三月二日至七月四日，长篇小说《旱魃》连载于《中国时报·人间副刊》。

一九七〇年

四月，长篇小说《旱魃》由台北皇冠出版社出版。

四月，短篇小说集《冶金者》由台北仙人掌出版社出版。

六月，短篇小说集《现在几点钟》由台北阿波罗出版社出版。

九月，长篇小说《画梦记》由台北皇冠出版社出版。

一九七一年

十二月，短篇小说集《奔向太阳》由台北陆军出版社出版。

参与筹组黎明文化公司，并担任总编辑。

一九七二年

一月，主编《中国现代文学大系》小说辑（共四册），由台北巨人出版社出版。

八月一日，自军中退役，专事写作。

十月二十八日，由内湖迁居景美。

一九七三年

短篇小说集《非礼记》由台北皇冠出版社出版。

一九七四年

五月，长篇小说《八二三注》连载于《幼狮文艺》第 245 期至第 276 期，一九七六年十二月刊毕。

七月，短篇小说集《蛇》由台北大地出版社出版。

十一月二十至二十一日，《迟覆已够无理——致张爱玲先生》连载于《中国时报·人间副刊》。

结识胡兰成。

一九七五年

一月，短篇小说集《朱西甯自选集》由台北黎明文化公司出版。

六月，收到张爱玲信，信上说"希望你不要写我的传记"，自此音书遂绝。

十月，短篇小说集《春城无处不飞花》由台北三三书坊出版。

一九七六年

八月，短篇小说集《将军与我》由台北洪范书局出版。

八月，长篇小说《春风不相识》由台北皇冠出版社出版。

一九七八年

二月三日，发表《乡土文学的真与伪》于《联合报》副刊。

四月，长篇小说《八二三注》（三册）由台北黎明文化公司出版。

九月，《曲理篇》由台北慧龙文化公司出版。

一九七九年

四月，长篇小说《八二三注》由台北三三书坊出版。

七月，长篇小说《猎狐记》由台北多元文化公司出版。

十月二十二日，获第四届联合报长篇小说特别奖。

十一月四日，居南京的六姊辗转来信，获知父母、两兄均已不在人世。

一九八〇年

一月，短篇小说集《将军令》由台北三三书坊出版。

三月，短篇小说集《海燕》由台北华冈出版社出版。

十二月，《日月长新花长生》由台北皇冠出版社出版。

开始动笔写长篇小说《华太平家传》，经历多次易稿，至一九九八年病逝写有五十五万字未完。

一九八一年

一月，《微言篇》由台北三三书坊出版。

一九八三年

八月，短篇小说集《七对怨偶》由台北道声出版社出版。

一九八四年

七月，短篇小说集《熊》由台北皇冠出版社出版。

八月，短篇小说集《牛郎星宿》由台北三三书坊出版。

十月，长篇小说《茶乡》由台北三三书坊出版。

一九八六年

六月，《多少烟尘》由台中省训团出版。

十月，发表《三言两语话三毛——唐人三毛》于《台港文学选刊》第 5 期。

一九八七年

七月，中篇小说《黄粱梦》由台北三三书坊出版。

一九八八年

四月，携妻女赴大陆探亲，于五月二十一日返台。

一九九一年

四月十二日，发表《被告辩白》于台湾《中央日报》副刊。

一九九四年

一月三日，发表《岂与夏虫语冰》于《中国时报·人间副刊》。

一九九五年

十一月，发表《金塔玉碑——敬悼张爱玲先生》于《交流》第 24 期。

一九九六年

七月，发表《恨归何处——评王安忆〈长恨歌〉》于《联合文学》第 141 期。

一九九七年

三月，主编《山东人在台湾——文学篇》，由台北财团法人吉星福张振芳伉俪文教基金会出版。

十一月，身体不适，入荣民总医院检查，得知罹患肺癌。

一九九八年

三月二十日，长篇小说《华太平家传》连载于《联合报》副刊，至七月二十八日刊毕。

三月二十二日，病逝于台北万芳医院，享年七十二岁。

一九九九年

五月，短篇小说集《朱西甯小说精品》由台北骆驼出版社出版。

二〇〇一年

一月十八日，家属捐赠朱西甯手稿、图书、信札、照片、文学文物等共 1393 件，供台湾文学馆办理典藏、研究及展示活动。

三月十六日，台湾文学馆筹备处举办"朱西甯文学纪念展"，至四月十三日止。展场依照其一生的创作历程规划成六个时期，展出不同阶段的聘书、证件、照片、创作手稿，与亲友往来的书信及珍藏的文学书籍、杂志等。

二〇〇二年

三月六日，遗作长篇小说《华太平家传》由台北联合文学出版社出版。

九月十六日，《华太平家传》获时报文学奖推荐奖。

十二月，《华太平家传》获联合报最佳书奖（文学类）。

二〇〇三年

三月二十二至二十三日，"行政院"文化建设委员会主办、联合文学出版社共同举办"永远的文学大师——纪念朱西甯先生文学研讨会"活动，与会者有王德威、应凤凰、吴达芸、黄锦树、庄宜文、陈芳明、杨泽、范铭如、张瑞芬、张大春、朱天文、吴继文、郝誉翔、杨照、舞鹤、骆以军等人。

三月，短篇小说集《破晓时分》《铁浆》，长篇小说《八二三注》由台北印刻文学出版社重新出版。

五月，《纪念朱西甯先生文学研讨会论文集》由台北"行政院"文建会出版。

二〇〇四年

十二月，短篇小说集《现在几点钟：朱西甯短篇小说精选》由台北麦田出版社出版。

二〇一〇年

一月，第18届台北国际书展"台湾作家书房"主题馆展出朱西甯文物及图片，其他参展作家有王拓、白先勇、钟肇政、赖和、李昂、萧丽红、蔡素芬、杨逵、钟理和、黄春明、王祯和、朱天文等。

（参考台湾文学馆出版《台湾现当代作家研究资料汇编：朱西甯》一书整理）